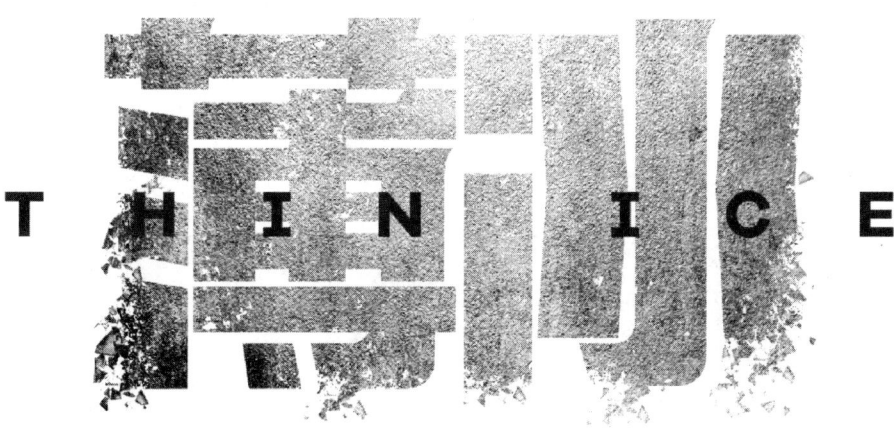

上

海飞◎作品

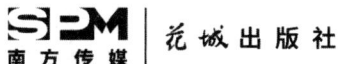

中国·广州

图书在版编目（ＣＩＰ）数据

薄冰：全二册 / 海飞著. -- 广州：花城出版社，
2023.5
ISBN 978-7-5360-9892-3

Ⅰ．①薄… Ⅱ．①海… Ⅲ．①长篇小说－中国－当代
Ⅳ．①I247.5

中国国家版本馆CIP数据核字(2023)第069932号

出 版 人：张　懿
责任编辑：黎　萍　夏显夫
责任校对：梁秋华
技术编辑：凌春梅
封面设计：WONDERLAND Book design

书　　名	薄冰 BO BING
出版发行	花城出版社 （广州市环市东路水荫路11号）
经　　销	全国新华书店
印　　刷	佛山市浩文彩色印刷有限公司 （广东省佛山市南海区狮山科技工业园A区）
开　　本	787毫米×1092毫米　16开
印　　张	30.5　　2插页
字　　数	455,000字
版　　次	2023年5月第1版　2023年5月第1次印刷
定　　价	98.00元（全二册）

如发现印装质量问题，请直接与印刷厂联系调换。
购书热线：020-37604658　37602954
花城出版社网站：http://www.fcph.com.cn

特别鸣谢

《薄冰》出品方

晟喜华视

| 目 录 |

第一章 …………………………………………………… 001
第二章 …………………………………………………… 017
第三章 …………………………………………………… 037
第四章 …………………………………………………… 055
第五章 …………………………………………………… 064
第六章 …………………………………………………… 078
第七章 …………………………………………………… 092
第八章 …………………………………………………… 104
第九章 …………………………………………………… 113
第十章 …………………………………………………… 123
第十一章 ………………………………………………… 133
第十二章 ………………………………………………… 144
第十三章 ………………………………………………… 155
第十四章 ………………………………………………… 167
第十五章 ………………………………………………… 177
第十六章 ………………………………………………… 190
第十七章 ………………………………………………… 201
第十八章 ………………………………………………… 213
第十九章 ………………………………………………… 225

第一章

1944年，上海的街头，人来人往，黄包车在人群中穿梭，传来叮叮叮的电车铃声。

在这样的时刻里，不远处的电车上下来一个身穿工装裤、满脸麻子、头戴瓜皮帽的年轻男子，他手提电工箱，上面醒目地标着"卡尔登大戏院"字样。他不是别人，正是军统潜伏在上海的特工陈浅，代号"吕布"。

陈浅放下了电工箱，拿出一根烟点燃，深吸了一口。烟雾缭绕中，他漫不经心地望了望前后左右。此时，一个穿着西装、戴着眼镜的年轻人从一辆黄包车上下来，刚好站在陈浅身后，他从口袋里掏出一张记者证挂在胸前，上面写着：《中华日报》记者董汉斌。董汉斌朝戏院走去，经过陈浅身边的时候，停下来掸了掸裤腿，小声说道："戏院电工已搞定，天黑之前醒不了。"

陈浅眯起眼望了望四周，又深吸了一口烟，就重新拿起电工箱，径直朝戏院走去。卡尔登戏院门口挂着一张硕大海报，上面画着能剧《葵之上》的广告，一个戴面具的艺人占据了大部分的广告画面。海报上写着：大日本级能剧艺术家，野村明首次中国献演。合作表演单位：共荣剧团。

陈浅走向了那张海报，仔细端详。他仍然抽着烟，一长截的烟灰颤动着，他的脑海浮起昨夜酒店客房内他将一张照片递给许奎林的场景："这是目标人物，仁科芳雄。"

"就这？毛森的活儿干得可够糙的。拿钱不出力啊。"许奎林看了一眼照片上仁科芳雄的侧影，影像模糊，明显是动态中偷拍的。

陈浅说："日本国宝级核物理学家，获得过日本天皇亲自颁发的特别勋章。没几个人见过他的真容。能搞到这张就不错了。"

　　许奎林说:"为什么要选择在戏院?"

　　陈浅说:"他是资深能剧爱好者,更是野村明的狂热崇拜者,情报显示,梅机关情报科科长井田裕太郎将会安排他观看明天下午四点的一场演出,那是专为日本侨民和亲日人士演出的能剧《葵之上》。所以,卡尔登大戏院将会是我们唯一有机会动手的地方。"

　　许奎林说:"这次怎么还是你狙杀,我配合?你那冲在最前面的风险,能让我体验一回吗?"

　　陈浅说:"我战死了,你再冲,不然你永远没机会。记住,他的右后颈有一块酷似梅花的胎记,你明天的任务就是假扮记者,近距离确认其身份。"

　　许奎林说:"知道了,老规矩,又是功劳归我,风险归你。"

　　陈浅说:"赏金一人一半,专门用于去后市坡喝酒。"

　　很显然,董汉斌就是许奎林假扮的。陈浅却在此时握紧了手中的电工箱,而在他不远处的戏院正门口已经排起了长队,日本宪兵负责安保,进场的观众除了拿出身份证件和戏票外,还必须接受搜身检查。排队者多是衣冠楚楚的日本人,也有一些汉奸模样的中国人,正在互相寒暄。突然有一名日本女客人用自己的杯子带了开水前来,宪兵把杯中水尽数倒掉,将空杯还给客人。女客人很不解,日本宪兵只说了一句:"今日不准携带任何液体入内。"

　　梅机关情报科行动组组长,井田裕太郎的助手北川景一脸严肃地站在一旁巡视,而政治保卫局上海分局行动队队长周左也站在一旁,看着眼前的情景,他立即对着配合宪兵维持秩序的手下命令道:"瞪大眼睛,查仔细了。一只蚂蚁也不能放进去。"

　　就在此刻,卡尔登戏院毛经理点头哈腰地迎了出来向他们打招呼,然而北川景只冷冷地看了一眼他额前一荡一荡的头发,并不答话。周左略一点头,"毛经理,今天的演出绝不容许出任何差错。"

　　毛经理不停点头,额前头发不停地晃荡着,"是是是,有任何需要我们配合效劳的地方,请您尽管下令。"

眼见周左不答话，毛经理略一迟疑，"看这阵仗，是有级别很大的人物来吧。"

周左的眼睛望向毛经理，说："你就不怕知道的东西越多，离阎王爷就越近。"

毛经理忙抽了一下自己的脸，诚惶诚恐地说："是是是。我听您话，我得离他远点儿！"

周左说："戏院内有任何异常，你要第一时间向我报告。"

毛经理说："当然当然，周队长，我姓毛的在江湖上混那么多年了，谁敢在我的戏院弄动静，我把他捆起来扔黄浦江喂鱼。"

陈浅环顾了一下四周，将烟蒂扔在地上，用力踩灭，走向偏门的员工通道。偏门也有两名宪兵把守，一名工人递上了证件，然后举起双手由一名宪兵上下搜身。陈浅看一眼手表，此时已是下午三点，他朝许奎林的方向看了一眼，发现他已经加入到了正门排队的人群中。紧接着他就看到一辆小汽车驶至戏院门口，一名身穿黑色西装三十岁左右的男子从车上下来，只见他嘴角坚毅，长身玉立，手指白皙修长，眉眼间甚至有些秀气。他的出现立刻引起了排队观众的惊呼，陈浅知道他就是今晚即将表演《葵之上》的能剧艺术家野村明。

果然不出陈浅所料，一名日本女观众立即兴奋地对自己的同伴说道："是野村明先生。"很快野村明就被热情涌上来的观众淹没，而他脸上没有露出任何不悦，全程淡定从容地给热心观众签着名。周左带人维持着秩序，他挤向了人群，站到野村明边上轻声说："野村明先生，请先进入戏院。这儿很不安全。"

野村明停住手中的笔看了他一眼，说："请闭上你的嘴！"

周左只得怏怏地退后，许奎林不动声色地站在一旁，他注意到不远处有一辆汽车停着，车窗内窗帘紧闭，车牌号0367。

不过陈浅关注到的却是与野村明一起到达的一辆小货车，车上有其余背上写着共荣剧团字样的演职人员。一群工作人员抬着一些箱子下车。共荣剧团王团长招呼众人从员工通道进入戏院，一名身穿布衣的小胡子工作

人员和另一名光头男子一起抬着一口大箱子，箱子上贴了封条，并用日语写着面具箱字样。

他们走在最前面，快走到陈浅跟前的时候，光头被路面不平的石板绊了一下，险些摔倒，陈浅立刻伸手扶住了差点落地的面具箱，而小胡子亦同时伸手护住面具箱，两人的手此时碰在了一起。陈浅立刻注意到了几个细节：

1. 小胡子的手腕纤细，脸上虽有些黑，耳后肌肤却白皙细腻。只见她五官清秀，分明是女扮男装。

2. 小胡子护住箱子的动作十分敏捷，显然有些功底。

陈浅意味深长地看了小胡子一眼，小胡子却粗着嗓子对他说了声："谢谢。"

陈浅笑了，说："不客气，身手不错。"

听罢，小胡子也意味深长地看了陈浅一眼，她想到陈浅在回身的一瞬间便与她同时伸手托住了面具箱，亦显示了他过人的身手。

小胡子笑了笑，说："你也是。"

马上，负责检查的宪兵甲向陈浅招手，陈浅态度恭敬地连忙上前，递上自己的假工作证。宪兵甲发现陈浅是电工以后，用枪刺对着电工箱，"放下，打开！"

陈浅照办，宪兵乙却在这时上前，朝他喊了一声："手举起来！"

陈浅举起双手，宪兵乙开始搜查陈浅的全身，然而陈浅的目光一直紧盯着正在检查电工箱的宪兵甲。宪兵甲伸手细细地检查电工箱内部所有用品，当他的手指划过内壁一处凸起的硬物时，抬头问陈浅："这是什么？"

宪兵甲的这一举动，让远处的许奎林的心不禁提到了嗓子眼，因为他在昨夜亲眼看见陈浅从腰间取出一把勃朗宁手枪，卸下弹匣，把一粒子弹压进了弹匣，然后把手枪装进了工具箱的夹层。他问陈浅："又是一颗子弹？"

陈浅回答："必须一击而中，快速丢掉手枪，在密闭空间，务求全身而退。"

小胡子也紧盯着陈浅，陈浅却面不改色。宪兵甲用手指一拨那个凸出物，底板浮起，竟露出了底下的夹层。许奎林下意识地咽了口唾沫，然而夹层中，并没有手枪，只有一卷电线和一团保险丝。

原来早在昨夜，许奎林已经睡着时，陈浅却久久不能入睡。他坐直身子，看着那只电工工具箱。很快他就翻身起床，从电工箱的夹层内拿出那把手枪，只身来到共荣剧团。陈浅摸进剧团道具房，赫然发现一些道具箱，上面用日文写着《葵之上》道具。其中有一只写有面具箱字样的箱子，是贴了封条的。

陈浅注意到角落有一个热水瓶。他立即打开热水瓶，让冒出的热气让封条的胶水软化，然后取出随身携带的匕首揭开封条，陈浅将勃朗宁手枪取出，用黑布包裹后放入面具以下，箱子的底部。最后陈浅将箱子合拢，封条被再次封上，一切看起来天衣无缝。

已经从偏门进入戏院的陈浅看似过关，一颗心却依然悬着，因为他知道那支勃朗宁手枪还在面具箱内，并且面临着随时被发现的危险。他仿佛不经意地回头，看了一眼门外小胡子和光头手中抬着的面具箱，而小胡子此时正好望向陈浅，两人身处的环境一明一暗，目光无声交会。随即陈浅躲入暗处，侧耳倾听着门外的动静。

门外，即使王团长已经向宪兵甲打过招呼他们是共荣剧团的，今天的能剧表演由他们全程协助，希望能行个方便放行。宪兵甲却并不买账，举枪对准了王团长，要求全部开箱检查，包括野村明先生的面具和服装箱子都要打开。这让门内隐藏在暗处的陈浅一阵紧张。

小胡子和光头只得把面具箱放在了宪兵甲面前，宪兵甲用刺刀挑破了封条，便欲开箱。此时外围忽然传来一声断喝："住手！"

小胡子等人散开，野村明从后面走了上来，说："谁允许你动我的东西？！"

宪兵甲解释这一切都是梅机关的命令，也是为了确保安全，却引起了野村明更大的不满，他对宪兵甲说："请闭上你的嘴！"

这里的争端引起了北川景的注意，北川景在初步了解情况以后，立即向野村明致歉，并希望他为了自身安全，也为了观众的安全，自行打开箱

子检查。

野村明冷哼一声："面具箱于我而言就是生命，无上的珍贵，不能随意打开，这是能剧的规矩。"

北川景笑了，很快收起了笑容，对宪兵厉声："我们的规矩是，打开！"

宪兵的刺刀随即挑向箱盖，野村明急了，说："慢，我自己来。"

面具箱被打开，露出里面一面彩绘面具和戏服。戏院内暗处，陈浅紧张地等待着。北川景拨拉了一下戏服，野村明已经啪的一声合上盖子，说："可以了吧。你已经对面具十分不敬，我已经给足了你面子，此事到此为止。"

北川景想了想，说："请。"

戏院门口，许奎林也通过了检查，进入了戏院。而不远处那辆车牌号为0367的别克轿车还停在那里。车内，前排驾驶员正襟危坐。后排，身穿日本军装的井田裕太郎敞着衣领，有些懒散地啃着一只梨，他的目光透过车窗上的纱帘缝隙望向戏院门口，显然，他也看到了刚刚野村明与日本宪兵的冲突。井田的腿上有一个盘子，盘内还有几个梨。井田边吃梨边说道："都安排好了吗？"

司机说："科长请放心，一切照您的吩咐安排下去了。"

井田的模样看起来十分和善，他把吃完的梨核放在盘中，继续吃下一个梨。井田满意地嗯了一声，咬了一口梨，说："很甜啊。晚上你再买一点，给由佳子送些去。"

司机说："是，科长。"

小胡子和光头抬着面具箱进入戏院的时候，有意无意地往陈浅刚才的藏身处看了一眼。此时那里已空无一人。他们把面具箱放在了化妆间后就听从王团长的吩咐立即退了出去，王团长却点头哈腰引着野村明走向梳妆台，一边走一边向他套近乎。野村明傲慢地看了一眼王团长，王团长继续说："您随时吩咐，鄙人定当鞍前……"

野村明转过身，对他说："请闭上你的嘴！"

王团长愣了一会儿,才说出后两个字:"……马后。"

陈浅趁着箱子周围没人的时候,才从暗处现身,从面具箱里面拿出事先藏好的那支勃朗宁手枪,然后快速从化妆间离开,提着电工箱走向配电房。戏院毛经理与陈浅擦身而过,瞥了他一眼,觉得他很是眼生,于是叫住了他,听到叫声,陈浅看到配电房已经近在咫尺,他还是停步转身,装傻般地望着毛经理:"叫我?"

毛经理走近陈浅,说:"你叫什么名字,我怎么没见过你?"

陈浅随即嘀咕了一句,毛经理没听清,追问的时候,陈浅的目光突然望向毛经理身后,满脸堆笑地点头,说:"皇军好!"

毛经理条件反射般地回头时,陈浅已经瞬间欺近,一掌劈中他后脑,毛经理顿时被打晕。陈浅扶住毛经理的身体,将他拖进了配电房,嘟囔了一句:"你没见过的人多了去了。"

陈浅即将关门的瞬间,从门缝里看到一名身穿日本和服的男子在两位侍从的陪同下,敲响了斜对面化妆间的门。野村明开门的瞬间,露出难得的谦逊笑容,并一再鞠躬致意。北川此时也出现在附近,有意无意地望向化妆间门口。和服男子被野村明邀请进入化妆间,两名侍从站在门口警戒。陈浅若有所思,关上了配电房的门:什么来头?野村明对他那么客气。

陈浅把昏迷的毛经理捆得严严实实,并在他的嘴里堵上毛巾以后,他打开了电工箱,从里面拿出那支勃朗宁手枪,打开弹匣,确认了里面的唯一一枚子弹。他拉动枪栓,子弹上膛,然后将枪插入腰间之后离开了配电房,并将房门反锁。

陈浅双手插兜,走在走廊上,他沿着脑子里的卡尔登戏院内部结构图,往后台区域的大型道具室走去。昨夜他和许奎林已经按照图纸熟悉了戏院内部的结构,知道这里是戏院用于存放不易搬动的大型道具的,而且今天晚上的能剧表演,不可能用到这些道具。所以,陈浅决定在这个房间动手,找一个正对着观众的狙击点。而他让许奎林注意观察观众席正面幕墙的异动,他一旦就位后,就等着许奎林给他确认。

此时，许奎林正拿着相机佯装抓拍观众，但一直没有等到观众席正对面有什么异动。许奎林看了一眼手表，已经三点四十五分，不由得心焦，于是他匆匆向后台走去，将证件递给后台入口的一名特务，说："我是《中华日报》记者董汉斌，想要在演出前采访一下野村明先生。"

然而遭到了特务的拒绝，许奎林于是将一小沓纸币塞进特务的手中，才得以进入。陈浅此时走到了道具室门口，出乎陈浅的意料，道具室门口过道上，居然有周左手下的特务何大宝巡逻执勤，但是他却在和戏院的一个女工作人员调情。紧接着陈浅就远远看到了不远处的许奎林匆匆走来，许奎林也看到了眼前这一出，两人眼神接触，许奎林朝陈浅微微点头。

许奎林走过去，拿着相机故意给女工作人员拍照搭讪，很快博取了女工作人员的好感，两人调笑间，许奎林指了指服装间方向，又在女工作人员耳边低语几句，两人就朝服装间走去。何大宝看着离开的两人有些着急，但又不敢擅离职守，只得喊了一句："喂，我们不是在讨论买包的事吗？我们还没讨论完呢！"

许奎林却边走边回望一眼何大宝，接着伸手揽住了女工作人员的腰。陈浅掐准时间，向着这边走进了过道，愤愤地骂道："色狼。"何大宝听到陈浅的话，像是受到了鼓励，气急败坏地朝两人奔去，喊道："给我站住，哎，说你呢，干什么的？就算是买包也有个先来后到啊！"

然而在许奎林等正要走进服装间的时候，刚刚在偏门见过的小胡子却刚好从服装间出来，与他们擦身而过，小胡子下意识地紧了紧右边口袋。陈浅此时趁着何大宝去追许奎林的机会迅速进入道具室，在门关上的瞬间，陈浅与从服装间出来的小胡子四目相对，但是小胡子看了一眼被关上的道具室房门，匆匆离开。

服装间内，何大宝对许奎林从他手中截胡的行为感到十分不满，两个人争执起来。而陈浅此时已经走到了道具室的最深处，那里有一面铁丝网罩，铁丝网罩后面，便是舞台背景布。陈浅的手指穿过铁丝网，把舞台背景布轻轻拨开一道缝，看到此时的剧院内已经坐得满满当当，只有第一排正中还空余几个座位。马上几名宪兵开路，一个气度不凡的西装男款款向舞台第一排走来，身后几名穿军装的要员紧随其后，并且北川景亲自在侧护卫。

陈浅看了一眼手表，此时已经是三点五十分。这时，许奎林已经被何大宝推出了后台，何大宝重新站在了道具室门外，愤愤道："色狼！"

一阵音乐声轻柔地响起，舞台中央亮起了一盏射灯，一名女主持人站在了舞台上："亲爱的各位来宾，女士们，先生们，让我们用热烈的掌声，欢迎今天最尊贵的客人！"

女主持人随即用日语重复了一遍，观众虽不知来宾身份，看到这阵仗，便纷纷热烈鼓掌。西装男在掌声中谦逊地挥手致意。

许奎林被何大宝从服装间里推了出来，已经赶回了观众席，他和另外两名记者一齐冲上前去拍照。西装男和照片上仁科芳雄的侧影有几分相似，但仅凭这一点还不足以确定他就是仁科芳雄，许奎林的脑子里顿时响起昨夜陈浅对他说的话："……记住，他的右后颈有一块酷似梅花的胎记……"

许奎林于是想假借拍照进一步上前查看其右后颈胎记，却被北川景一把推开。许奎暗自着急，下意识地看了一眼手表，已经三点五十五分。他的目光望向台上正面幕墙，看到了一处幕墙布微微突了起来。

他知道陈浅已经就位，但他不知道陈浅正在幕布后，默默地看着西装男坐到第一排正中的位置上后，此前去后台找过野村明的和服男子及其两名随从也在第一排落座。并且，在第二排有名观众突然站起身来凑到和服男子身后请求一看时，和服男子身边的两名随从随即十分警觉地阻止，并且两名原本站在舞台前的日本特务亦十分警惕地向前走近了两步。

这一切都让陈浅感到奇怪。台上，主持人已经在报幕，在观众席的许奎林急中生智，站在西装男的右前方拍照，闪光灯亮起的一刹那，西装男下意识地将头向左边低垂。许奎林紧紧盯着其右后颈，终于看到了那块梅花状胎记，然后许奎林立马转过身来，借着对着舞台上的主持人拍照的时候，夸张地翘起兰花指，向陈浅发出了确认目标的信号。

收到信号，陈浅又看了一眼手表，此时已是三点五十七分二十秒，而他今天的任务就是：必须要在四点之前击毙仁科芳雄。之所以一定要在此之前采取行动，是因为刚才他进入配电房不仅仅是为了检查自己的手枪那

么简单，更重要的是更换保险丝。而他更换的那根保险丝是被许奎林刻过一刀的，等到四点整，舞台大灯全部点亮的瞬间，保险丝承受不了那么强的电压，它就会瞬间熔断，到时候整个戏院内部就会陷入黑暗中，一旦错过时机，他很难再找到机会下手。

这是他们唯一的机会。

三点五十九分的时候，陈浅再看了一眼自己的手表。此时主持人已经退场，舞台一侧的乐师们已经开始奏乐暖场，等待着野村明上台。然而陈浅再次注意到第一排的和服男子，他一面鼓掌一面十分兴奋地望向舞台右侧野村明即将出场的方向，而仁科芳雄却显得心不在焉，鼓掌态度敷衍，甚至打了个哈欠。陈浅回想起那张模糊的侧影照，又快速地看了一眼西装男、和服男子，一时无法判断，而野村明已经戴上面具，走向舞台方向准备登台。

陈浅手表的时针距离四点只剩三十秒，陈浅再次正了正枪口，对准西装男，下一秒又对准和服男。他觉得自己的心跳得很快，好像被人塞进去一块秒表，嘀嗒，嘀嗒地响个不停，来回犹豫了好几次，他还是没有确定狙击目标。

许奎林看到陈浅迟迟没有行动，焦急万分，再次拿起相机，翘起了兰花指，准备对着舞台深处即将出场的野村明拍照，最终陈浅像是下定了决心，这次果断瞄准了西装男。

野村明整个人出现在舞台上时，许奎林按动了快门，闪光灯晃得舞台前的特务闭上了眼睛。也就在那十秒钟内，陈浅忽然将枪口从西装男的脑袋下移到腹部，开枪。

一个轻微的金属划过空气的扑哧声过后，西装男的腹部乍然绽放出一朵血色樱花，随即西装男捂住腹部，两眼瞪大，向前栽倒在地，痛苦地挣扎着。

卡尔登戏院外，枪声响起的时候，坐在车牌号为0736别克车内的井田裕太郎听到枪声，脸色迅速一变，他迅捷地推门下车，朝戏院大步走去。周左匆匆迎了上来，井田边走边吃着梨，不满地说："还是有别的戏开演了！真会凑热闹。"

戏院现场已经一片骚乱，观众害怕地尖叫、奔跑，宪兵们阻拦，现场乱成一片。小胡子在听到枪声的第一瞬间，就迅速地往出口处大步走去。许奎林见仁科芳雄并未被击中要害，顿感诧异，然而幕布后的陈浅却一边收枪一边紧盯着和服男的方向。只见数名守候在周围的特务一齐跑向和服男子身边，将他团团护住，并试图将他带离现场，混乱中，陈浅的目光锁定在和服男子的侧脸上，不出所料，和服男子的侧脸与照片上仁科芳雄的侧脸完美重合。陈浅在这时果断转身往道具室门口走去，随着他心中默数着："3……2……1……"

四点整，舞台所有的大灯同时亮起，又同时熄灭，戏院顿时陷入一片漆黑之中。

黑暗中，忽然打开的门将一片光线泄了进来，而一群荷枪实弹的日本宪兵已经冲了进来。手电光伴随着北川景的喊声："不要动，统统不准动！"在戏院内晃动。

人群显然惊吓过度，根本没有人听从他的命令。一声枪响，所有人都不动了，瞬间安静下来。此时刚刚跑到门口的小胡子立即停下脚步，迅速在最近的位置上坐下。

很快北川景就吩咐手下封锁了现场，并让所有人都回到观众席，回到自己的座位上，并且发布命令，让手下马上去查看电路，三分钟内恢复通电。

陈浅快速从道具室撤退，猛然推门，却猝不及防地把外面的何大宝撞倒在地，他十分果断地几下击打，就将何大宝击昏，拖进了道具室，陈浅从何大宝身上搜出所有钱塞自己口袋，发现何大宝兜里的钱少得可怜，忍不住鄙夷："真会吹牛，这么点钱还想跟女人套近乎，简直是个骗子。"然后他从容地关上门，快步来到服装间二排16号，那里挂着一件西装。他记起许奎林昨晚对他说："撤离时，你最多有一分钟时间去服装间，把二排16号的西装换上。西装口袋里有三本证件，日本医生，秋田洋行商人，德籍华侨。你到时候根据情况换着用。"

陈浅用最快的速度换好了西服,并将那本"福民医院外科医生渡边勇"的证件放入口袋,离开了服装间。

在北川景扣动扳机以后,现场观众虽然安静了下来,却呈现出有的惊惶,有的麻木的现象。北川景在台上来回踱步:"所有人都到这边集中。"陈浅在这时趁乱摸黑从后台来到了前厅,他的脸上戴了一副厚厚的眼镜,粘了假胡子,借着大厅中混乱微弱的手电光摸黑走到许奎林身边,低声说道:"是我。"

许奎林迫不及待地问:"怎么回事?"

"这是个冒牌货。"

"是冒牌货你还开枪?现在怎么办。"

"既来之则安之!"

"什么……"

许奎林还在震惊中,保险线已经被修复,全场灯火通明,井田就在这个时候出现在了白亮的灯光下。北川景见状,迅速跑到了井田的身边,啪地立正。

井田一脸淡定说:"不要慌,凶手还在戏院里。跑不掉!"

紧接着戏院内的所有人都按照离大门口由近及远的原则,排队接受检查。没有排除嫌疑之前,任何人不得离开!坐在离大门不远处的小胡子有些紧张地将手放入口袋,握住了口袋里的那枚蜡丸。事实上,她的真实身份是上海中共地下交通站人员——春羊。

放下面具箱以后,她就寻找机会不动声色地进入了服装间,四下观察,确定无人注意自己后,她装作整理演出服装的样子,走至西洋歌剧服装旁。她的手指数着衣服,最后在从左至右第三件衣服上停住,并在服装的口袋内悄然动作着,然后从口袋内取出了一个蜡丸,迅速放进了自己身上的右边口袋。

她正为此惊心不已时,陈浅远远看到和服男被几名特务保护着正有序向大门口走去,看得出,那队形是经过训练的。许奎林顺着陈浅的目光望去,也明白了:刚才那个果然是冒牌的。但陈浅看到北川景奔向了受伤的西装男时,他想了想,对许奎林说:"配合我行动,我们必须马上出去,盯上那家伙!"

陈浅说完,向中枪的西装男方向奔了过去,大喊道:"让一让,我是医生,让开……"并且果断推开北川景,用日语说道:"抱歉。我是医生。"随即陈浅就俯下身,先是查看了西装男的瞳孔情况,又测量了他的脉搏。

北川景问:"你是哪个医院的医生?"

陈浅头也不抬,亮了一下手中的证件:福民医院外科医生渡边勇。许奎林就在此时冲上前来,拿起相机拍照。北川景把他一把推开,怒斥:"不许拍照!"马上许奎林就被两名特务架开。陈浅的视线再次瞥向和服男,只见他已经接近了大门口。陈浅也在此时看到了小胡子春羊,一名宪兵正在盘问:"你是想出大门?"

"我就坐在这附近,大门不是被关闭了吗?"

"如果不关闭,你就出了大门了,是不是这样?你是干什么的?"

陈浅突然回想起,春羊刚好从服装间出来,与许奎林等人擦肩而过时,春羊下意识地紧了紧右边口袋。并且在她听到枪声后,猛回头,随即快步奔向大门口。但刚欲推开戏院门的春羊的手还未及碰到门,门就忽然被人从外面打开。

陈浅看着春羊放在口袋中的右手,他盯住春羊,喊了一声:"喂,孟寒君,还愣着干什么?"

春羊诧异地看了陈浅一眼,但她迅速从他的眼神中,认出了他。陈浅又接着喊道:"快过来帮忙抢救伤者。"

春羊愣了一秒,对宪兵说:"我是那位医生的助手。"说罢匆匆向陈浅奔去。陈浅此时撕开了自己的衬衣,往西装男的腹部枪伤处填塞着,春羊默契地配合着他。

陈浅突然说:"按住伤口!宪兵谁有急救包?"

没有一个人回应,躺在血泊中的西装男已经意识模糊。陈浅立马对北川景说:"快,派车,送我去医院,不然这位先生性命难保。"

北川景望向井田,然后摇了摇头,说:"我不能信任你!"

井田在一旁默默注视着现场的一切，脸上波澜不惊。

陈浅用日语急切地对北川景说："腰腹部贯穿伤，虽没致命，但已经大量失血，现在没有绷带，没有急救包，没有吗啡没有消炎止血粉，现在不送医院什么时候送医院?!"

陈浅的质问，让北川景向井田投去询问的目光。井田不动声色地上前询问陈浅："渡边医生刚才是坐在哪里看的戏？"

陈浅心下一凛，还是从容地用日语说出："在下是主办方邀请的特别嘉宾，一直带着助手孟寒君坐在嘉宾席，我是3排12座。"陈浅说完从衣兜里拿出一张戏票，并说道："我就问，能不能马上送医?!"

井田望向嘉宾席，嘉宾席上都是有头有脸的人物，现在不是在抗议就是娇贵地被吓到了。3排确实有几个位置空着。实际上，在陈浅从后台跑进演出大厅，借着大厅中混乱微弱的手电光，经过嘉宾席的时候，从一吓昏过去的老头身上顺走了一张戏票，并随即看了一眼座位。

井田还想对春羊盘问，陈浅却先发制人说："我从这位先生胸前看到了这枚天皇陛下亲授的特别勋章，如果没有猜错，这位就是大名鼎鼎的物理学家仁科芳雄教授吧，再拖延下去，您恐怕得向天皇陛下剖腹谢罪了！"

井田故作好奇地说："渡边医生还知道仁科芳雄教授？"

"不光是仁科芳雄教授，还有你，井田科长。十年前您跟美佳子结婚的时候，我还去喝过您的喜酒。您的岳父涩谷教授，是我的大学恩师。"

井田的脸色微微有些变了，但随即他慢慢露出了笑容，说："他乡遇故人，请恕井田失礼。"

春羊在这时焦急地说："渡边医生，伤者快不行了，很快就会失血性休克。"西装男也哼哼着，头上滚动着豆大的汗珠，头一歪，终于昏死过去。

陈浅抬头盯着井田，井田终于松口，吩咐北川景派人送陈浅和伤者去医院。陈浅在一旁掏出一块手帕擦拭手上的血迹，连指甲缝里的血迹也不放过。

最终北川景让周左亲自护送陈浅他们去医院。周左和陈浅各抬伤者的手和脚，春羊在一侧扶着，一行人往大门口奔去。许奎林却在这时找到机会，告诉井田，他在《东亚时报》上看过仁科芳雄教授的报道，教授应该是 RH 阴性血型，这种血型极其罕见，他担心到了医院都难有足够的血浆。

听见这些，井田饶有兴趣，问道："你的意思是？"

许奎林于是一脸忠诚地对井田说："我就是 RH 阴性血型。我愿意跟去给教授献血。这是我毕生的荣幸。"

井田看着他："很好！"

许奎林跟着陈浅等人继续往大门奔去。到了大门口却要接受检查，许奎林立刻举手接受摸身检查，接着是陈浅。春羊看着他们一个个通过检查，心头无比紧张，却不敢伸手去摸自己的口袋。春羊发现陈浅此时却用笃定的眼神看着自己说："快点，孟寒君，救人要紧。"

春羊无奈举起了双手，然而宪兵却什么都没有从她的身上找到，一行人顺利出了大门。

戏院内，在配电室被宪兵发现的毛经理，已经苏醒站在井田面前，他告诉井田，"是一名满脸麻子的电工把我打昏了，他穿一身工装……"

周左去开车的时候，陈浅看到一辆车牌号为 0315 的小车缓缓打开戏院侧门开了出来，陈浅分明看到了坐在后排中间穿和服的仁科芳雄。许奎林凑过身来问："地上那死鬼是不是替他死的？"

陈浅略一点头，说："灭他！"

说完，他迅速地在西装男口袋里摸索着，悄悄把一粒蜡丸装在了自己的口袋里。很快周左就驾驶着车牌号为 0424 的车子停在了陈浅身边，陈浅突然伸手打开车门将他拉出来，并将他一脚踹翻在地，许奎林上前连击数拳，周左被击晕在地。陈浅搜出了周左身上的枪，喊了一声："上车。"

随即许奎林跃上了驾驶室，春羊和陈浅也立马跃上了后座，合上车门后，陈浅说："一分钟内，必须得手。"

戏院内，嘉宾席上刚才被吓昏的老头儿已经苏醒，大声对正盘问的宪兵嚷嚷："我的戏票一直都在的，现在不见了。"

井田心中咯噔了一下，望向老头儿，"把他带过来。"

许奎林加速行驶，直接向 0315 汽车撞了上去，刺耳的声音中，将 0315

汽车逼停。很快，站在老头儿面前盘问的井田听到戏院外传来一声枪响。

刚才戏院内发生的一切，就像电影一样在井田的脑海里播放：

陈浅说完从衣兜里拿出一张戏票，"我就问，能不能马上送医？！"

"我就是 RH 阴性血型。我愿意跟去给教授献血。这是我毕生的荣幸。"

……

"快追！"

反应过来的井田立即对北川景下令，北川景立马带着宪兵和特务向戏院大门口冲去。0315 车的司机和保镖拔枪，陈浅已经打开车门，又连开了三枪，穿和服坐后排中间的仁科芳雄中弹。司机和保镖也中了枪。陈浅和许奎林火速下车，拉开车门探了一下仁科芳雄的鼻息。

后排保镖并没有死透，突然用枪对准了陈浅，扣动扳机，枪响。

后排保镖却扑倒在前座上，手中枪落地。而 0424 车门外，跪姿的春羊手中握着那名被击毙的保镖的手枪，仍然对着 0315 车后座那名毙命的保镖。

陈浅向春羊竖了一下大拇指，并迅速绕过来，从车内死去的保镖手中夺过了枪。陈浅远远地看到了后面追击而来的军车，三人快速上车，许奎林猛踩油门，在追兵的追击下疾驶而去。

周左醒过来的时候，看到了井田由模糊变清晰的脸，紧接着何大宝兴奋的神色也映入他的瞳孔，他听见何大宝说："队长，你也昏过去啦？我们今天都昏了一次。"

井田在这时笑了，他对还躺在地板上的周左说："周队长，你和你的队员一样热爱昏迷，这是你们的美德。"

周左尴尬异常，却也不得不硬着头皮说："井田科长，是您让我把他们送往医院的。"

井田像是顿悟了一般："我错了，我判断有误。对你的判断更有误。"

第二章

车轮快速碾压过路面，并不断伴随着子弹激射中车尾传出的金属铿锵之声，一场猫鼠游戏就这样在马路上展开。许奎林操纵着0424汽车的方向盘，突然从反光镜中看到春羊的帽子掉落，长发散落下来，头发上一枚十字架发夹格外醒目，于是立即询问她的身份，陈浅却怪他管得有点宽，并向春羊感谢刚才的救命之恩，还表示这份情他欠着。然而春羊却说："你今天也救了我，扯平了。"

陈浅看着她说："扯平不好，扯平就是断了所有念想了。"

"你什么意思？"

"要么我欠着你，要么你欠着我。这样咱们还能有下一回合。"

陈浅的话音刚落，一颗子弹击碎后窗玻璃，三人都下意识地低头躲避。这时，陈浅听见春羊说："你最好保佑这个回合能全身而退。"

许奎林于是接着春羊的话茬，取笑陈浅刚出狼窝就想骗小姑娘，陈浅也顺势跟许奎林斗起嘴来，一来一往间竟让车里的氛围有一丝惊险中的欢乐。也就是在这时，春羊突然嗅到了血腥味，马上许奎林就发现自己的小腹中了一枪。陈浅立即大喊："停车！"

随即车子就在一条弄堂口停了下来，陈浅打开车门，把春羊拉了出来，告诉她："你顺着这条弄堂，赶紧走！"

"那你们怎么办？"春羊一回头就看到了远远开来的军车。

"车到山前必有路，后会有期！"

陈浅说完这句话就已经坐进驾驶室，换下了许奎林。春羊望着陈浅，莫名有些不舍，却又不知该说什么。陈浅的目光望向她，说："走啊！"

说完，陈浅就驾车驶离。春羊望着远去的汽车，喃喃自语："后会

有期。"

眼见追击的军车渐近，春羊一咬牙，跑进弄堂深处。跑至一半她才想起，站定一摸口袋，又回望一眼，最终还是无奈地继续向前跑去。

陈浅边驾车边帮副驾驶室的许奎林捂伤口，还有心思开玩笑："你看你看，你也腹部伤。人要是不长腹部多好，免得中枪了麻烦。"

陈浅说这话的时候，后面的篷布军车已经再次紧跟上来。而此时前方有一辆电车叮当乱响着从街那头驶来，他果断加速，直接从电车头的边上将将开了过去。篷布军车被电车挡住了去路，一个急刹车，北川景懊恼地猛按喇叭。等到电车开过，篷布车迅速沿着陈浅逃离的方向追去，不一会儿他们就远远地看到了停在前面不远处的0424小车。

篷布军车驶到0424汽车背后才停下。北川景带着手下特务自车上下来，向0424车缓慢而警惕地包抄过去。不远处水果摊上，水果摊主看着这一切，北川景阴冷地看了他一眼，摊主不由得瑟瑟发抖。北川景举枪对准了驾驶室，只见车内驾驶座上有血迹，但车内空无一人。

北川景立刻观察地形，这辆车左前方不远处的地上，有一副跌碎了的眼镜，而距离眼镜不到10米的地方就有一条弄堂。北川景警惕地持枪往前，捡起眼镜，他知道这正是陈浅假扮渡边医生所戴的眼镜。北川景望向前方的弄堂口，只见有几滴血迹一直通向这条弄堂口，他立即下令："追！"

北川景等人冲进弄堂后，陈浅和许奎林从旁边的一个水果摊底下爬了出来，捂着腹部伤处的许奎林面露楚痛之色。水果摊摊主在一旁吓得瑟瑟发抖，大气也不敢出，只能鼓着眼睛，看着陈浅扶着受伤的许奎林迅速奔向另一条弄堂。很快，他又看见，陈浅和许奎林刚跑出这条弄堂，迅速又躲了回来。因为他们刚跑进去就发现另一队骑着三轮摩托车的宪兵驶上了这条街道，当先一人正是井田手下特务宫本良。宫本良坐在摩托车斗里，叫喊着："守住每个弄堂口，他们跑不远的。"

听着由远及近摩托车发动机的轰鸣声，许奎林扭头对陈浅说："你先走，别管我。"

"老子可不是薄情寡义的那个'吕布'。"

陈浅说的时候看到了一辆停在弄堂口的平板三轮车，他的心里已经有了计策。当一名日本宪兵驾着三轮摩托刚驶到陈浅和许奎林所在的弄堂口附近，突然，一辆平板三轮车从弄堂里冲了出来，猛地撞向三轮摩托。三轮摩托为避让平板三轮猛打方向，差点侧翻。陈浅此时从平板三轮车后飞身而出，与三轮摩托车上的特务搏斗，夺枪，踢飞特务，一气呵成地夺下了三轮摩托。

陈浅驾着三轮摩托驶向弄堂口，并对许奎林喊了一声："上车！"

许奎林立刻奔出。一颗子弹从远处飞来，击中了许奎林奔跑中的左腿，许奎林腿一软，跌倒在地。宫本良等众特务向他们一边开枪一边包抄。许奎林眼中满是决绝，身体却有些颤抖，冲着陈浅大喊："你走！"喊完他把手探向腰间皮带位置，却又犹豫地停住了。

陈浅一面向众特务开枪还击，一面将车倒向许奎林的位置，"上车！"

许奎林挣扎着上车，陈浅冒着枪林弹雨，驾车载着许奎林疾驶，眼看即将驶离包围圈，冷不丁一辆黄包车忽然斜刺里冲了出来，陈浅吃了一惊，他下意识地向左边猛打方向，总算避开了黄包车，却不慎撞上墙壁，飞身摔了出去。陈浅的脸部受到墙面撞击，接着被地面摩擦，顿时面目全非。挣扎着起身的陈浅只觉得脑袋嗡嗡作响，他摇了摇头试图让自己恢复清醒，他的眼前有些模糊，远远地，他看到许奎林躺在地上一动不动，状况不明，已经有两名特务冲向许奎林将他铐住。

紧接着陈浅也被两名特务按倒在地，双手反铐，他只听到自己粗重的呼吸声，视线渐渐模糊，随即陷入一片黑暗。

夜幕下的同仁医院灯火通明。

仁科芳雄躺在病床上，护士正在为他吊盐水，双目紧闭的他处于昏睡之中。井田裕太郎和北川景走了进来，紧接着北川景就告知井田裕太郎射中仁科芳雄的子弹偏了半厘米。井田裕太郎看着医院的白炽灯把仁科芳雄的脸色照得一片苍白，他说："如果今日仁科将军殉国，你我都应该以死谢罪。"

北川景一脸惭愧地说："要不是事先有所提防，安排了替身，只怕仁科将军在戏院就已经遭遇不测。"

"加派人手，除了指定的医护人员，绝不允许任何人接近仁科将军。"井田裕太郎再看了一眼病床上的仁科芳雄，就向外走去，北川景跟上说："是。"

走到走廊上，井田裕太郎突然问："现在关押在哪儿？"

"政治保卫局上海分局的一号牢房，江海浪江局长这儿，由他们审。"

井田裕太郎立即就否决了此事，告诉北川景自己受土肥原将军的急召要去南京，审问的事让他亲自来。并且叮嘱要么降，要么杀，务必将功折罪。

北川景听完，"属下一定尽力而为。"

井田裕太郎点了点头，随即又交代北川景让他去查清楚除了陈浅和许奎林两名刺客以外，和他们一起逃走的另一个人又是谁？

北川景回答："是。"

周左被陈浅打伤的左脸位置红肿一片，何大宝被打伤的右脸高高肿起，两人伤处对称，站在一起异常滑稽可笑。何大宝帮周左消毒伤口，酒精棉花刚接触周左的伤口，周左就疼得龇牙咧嘴，忍不住吐槽他这是在打铁。何大宝却让他把自己当成顾小姐，就不会喊得好像杀猪一样了。于是他们就顺着这个话题聊了下去，周左还顺便把顾小姐与何大宝那些钞票一递就会粘上来的女招待和舞女比了一比。何大宝不服气，说："钞票就能搞定的女人，多少实在。"

周左不以为然地说："所以你要是没了钞票，根本没有女人会看你。"

何大宝也没有反驳，反而说："所以我要跟牢你，这样就不会没钞票赚的。"

周左一听这话，却气愤起来，"他娘的，跟牢我？我都不知道还能混几天。要是仁科将军今天死了，要是那个刺客没被抓住，卷铺盖滚蛋都是小事，脑袋能不能在还不知道呢。"

何大宝一脸疑惑，"那不是抓住了吗？这两个刺客我们是不是要连夜审的？"

"你有几斤几两，想审这样的大鱼？这种事情，日本人不可能叫我们做的。"

何大宝听周左这么说，反而松了一口气，"那我就放心了，又可以睡个安稳觉了。"说着把酒精棉花又按上周左的伤口上，周左又号了起来："走开走开，留着明天顾小姐上班了再弄。"

当夜，许奎林的双臂被绳子捆住，高高吊起在政治保卫局一号牢房的半空。腿部中枪流出的鲜血将他原本浅色的西裤染得触目惊心。

北川景就在一旁慢悠悠地喝着茶，好像是在发呆。实际上他是在回想井田裕太郎临走前交代给他的话：这两个搭档行刺的方式，很像是军统赫赫有名的王牌行动小组'吕布'和'貂蝉'。如果我没有猜错，扮医生的那个，就是'吕布'。只要押对了这一点，他们就有可能相信，是军统有人出卖了他们，所以我们才安排了替身，诱捕他们。'吕布'的弱点是，重情重义，否则他完全可以抛下'貂蝉'一走了之。那么，打蛇也要打七寸，相比让他自己受刑，让他看着同伴受刑是更大的折磨。

而此刻宫本良已经用刀子从许奎林的腹部挖出了一颗子弹，又在毫无麻药的基础上给他的伤口缝针。宫本良边缝边说："你放心，我这是为你在救治！没有麻药，是为了让你更清醒，想清楚要怎么交代。"

许奎林疼得大声嘶吼，满头是汗。

接着宫本良把刀子移到了许奎林的腿部，"这儿还有一颗。慢……慢……来……"

许奎林瞪大了略显惊恐的眼睛。宫本良的刀子切进许奎林的皮肉，开始从许奎林的腿部挖第二颗子弹。也许是许奎林的嘶吼唤醒了正在发呆的北川景，他走到许奎林的面前，"疼吗？忍着点，这是为了救你的命。不过，不用感激我，这里所有的刑具都是为活人准备的，你要是死了，就不好玩了。"

随着许奎林的一声大喊，他痛晕了过去。

北川景又走到陈浅面前，陈浅虽脸部红肿，被绑在刑架上，却未受刑。北川景一副胸有成竹的样子，"陈浅，代号'吕布'，毕业于日本陆军大学，青浦特训班优秀学员，军统第一特工，当年曾因刺杀76号特别行动处副处

长沈汉年一战成名，三年来立功无数，在上海，除了之前潜伏进76号行动处的唐山海之外，你算是军统里名声最响的一个。"

说完北川景又走到许奎林面前，用一只木勺从木桶中舀起一勺水泼在了许奎林的脸上。陈浅立即大喊："你可以冲我来。"

北川景笑了："不好意思，我偏不喜欢让你心想事成。"

此时许奎林缓缓地睁开了双眼。

"许奎林，代号'貂蝉'，从你们的分工看，你就是个替'吕布'望风开车的，作用可以忽略不计。"

"挑拨离间？你不觉得无聊吗？"陈浅立即喊道。

"谁是主心骨，谁又是个跟班的，你们自己心里不清楚吗？我不过是替你们说出真相罢了。"

北川景的话似乎起了作用，许奎林的脸上已经露出了沮丧之色。北川景觉得这刚好收到了他想要的效果，于是他又接着说："还有一个真相就是，你们大概真的不知道，你们被出卖了。代价是，重庆有人从我们的军队手中拿回了一整船私人奢侈品。你们在前面冲锋陷阵，你们的上司却在背后给我们递刀子。"

陈浅望着北川景笑了："你演的哪一出？"

"你们什么时候要来，为何而来，一切尽在我们的掌握。不然，我们又怎么会用那个替身诱捕你们呢？"

陈浅却冷笑道，"你们要真知道我们会来，根本就不会让仁科芳雄去戏院。这种闪失，你们承担不起。"

"尊敬的'吕布'先生，你确实有几分本事，竟然能看出那是个替身。可惜，仁科将军现在安然无恙，你最终还是一败涂地，成了你们军统的弃子。替这样的党国卖命，值得吗？"说完北川景也笑了。

许奎林的脸上此时有了些凄惶和自嘲。陈浅不看北川景，望向许奎林，"奎林，还记得我们立过的誓言吗？"

许奎林神色一肃，想起了他和陈浅身穿军装，右手握拳，在青浦训练班的学员队伍中郑重地宣誓。

"我们投身革命，抛头颅洒热血，只为青春无悔。我们前赴后继，甘愿流血牺牲，只为保家卫国。不求流芳百世，但求死得其所……"

那时他和陈浅朝气蓬勃的面庞上充满了神圣的光芒。许奎林喃喃道："我记得。"

"就算真的有人出卖我们，上头的人错了，国家没有错，我们也不能错。"陈浅鼓励许奎林。

许奎林神色顿时变得坚定，"你说得对，我们不能错。我们前赴后继，甘愿流血牺牲，只为保家卫国。"

北川景却在这时打断他们的话，"好一个保家卫国。但你们有没有想过，就算改朝换代，国家和人民都还在，换的不过是当权者，你到底是在为国家卖命，还是被当权者给骗了？"

"改朝换代和外敌入侵可不一样，想偷换概念，宣扬你们东亚共荣那一套，你就省省吧。"陈浅根本就不吃北川景那一套。

"就凭你们这帮腐朽不堪的领袖，就凭堂堂国军竟然会对共军暗中下手，又能给你们的国家什么希望？"

"这就不劳你这个外人费心了。"

"好吧，对客人一定要礼貌。宫本，你再替'貂蝉'找找身上还有没有别的子弹了。"

宫本良接收到北川景的命令，又走向了许奎林，刀子比画着，"这儿？这儿？还是这儿？"

"没有了，没有子弹了。"许奎林紧张地望着宫本良。

"北川组长说有子弹，就一定有子弹。我就随便下刀子找吧。"

说完，宫本良的刀子切进了许奎林的另一条腿上，许奎林发出阵阵惨叫。

墙上的钟已指向午夜两点。

周左正坐在沙发上，双脚跷在茶几上打瞌睡。他却在这个时候接到一个井田裕太郎从南京打来的电话，接通以后，他又很快将话筒搁在桌上，朝着一号牢房奔去。

而在一号牢房内，许奎林已经奄奄一息，发出十分虚弱低沉的号叫声。

他的身上四处都是血水。

"你不如直接杀了他！"陈浅怒吼。

"我知道你不怕死，但你的搭档不是。"北川景说完转身面对许奎林，"我见过很多人，一个人到底想不想死，我一眼就能看出来。"

北川景又转身走到一旁桌上，那里摆放着从许奎林身上搜出来的东西，一块欧米茄手表，一支派克金笔，全铜打火机还有一条皮带。北川景从两层皮带的缝隙里取出一片刀片，这是许奎林被特务们打中腿后，想从腰中掏出的东西，最后他却犹豫了。

现在北川景用两指夹住那枚刀片放到许奎林面前，说："你要是真的想死，当时就该自行了断。要是当时你就死了，尊敬的'吕布'先生早已逃出生天。"

许奎林看着那枚刀片，不知道想了一些什么，突然他说："陈浅，要死死一堆，你这个兄弟情，我领了。"

陈浅笑了起来，"行啊，那投胎的时候咱们还一起，从小就可以联手打架。"

"为什么不一起活呢？你们还这么年轻，大可以有别的选择。"北川景说着又拿起许奎林那块欧米茄手表，"能戴得起这样名贵的手表，说明你养尊处优，出身不错。松一松口，命还在，好日子也在后头。"

许奎林也看着自己的那块欧米茄手表，眼中分明有着对生强烈的渴望。

"你们都是读过书的人，书上应该告诉过你们，中国人都是以成败论英雄的，失败了，你们就是狗熊。"

"我们杀过的人，数以百计。"陈浅抢着说。

"那是你，不是他。他就是个跟班的，算什么英雄？"

"没有'貂蝉'就没有'吕布'，我们向来都是一起行动。"

"但据我们的情报，一向你都是主攻手！"说着北川景突然又望向宫本良，"现在，让你的助手再休息一次吧。"

宫本良立即上前将一支烧得火红的铁块按上了许奎林的胸膛，惨叫声中，许奎林昏死过去。北川景一挥手，宫本良将一勺冷水泼在了许奎林身上，许奎林顿时又醒来。刚刚苏醒过来的许奎林还不及喘息，又被两名特工拖到墙角的水池边,那里面蓄满了水,许奎林的脑袋被特工摁进了水底,他艰难地挣扎着却无法抬头,一串气泡浮出水面,他已身处溺亡的边缘。

北川景对陈浅说:"救国你是没机会了,但只要你松一松口,救你的搭档还是有可能的。要是连最亲的人也救不了,你们那套信仰,就是个屁。"

陈浅沉默地看着眼前发生的一切,不语。而特工们眼看许奎林已经到了窒息的边缘,忽然放手,他的脑袋得以脱离水面,他大口喘息着,可没让他缓两秒,又被再度摁入水中,开始继续挣扎。

"放心,他不会那么容易死,我也有的是耐心等你开口。"

陈浅看着痛苦挣扎的许奎林,终于忍不住喊了一声:"住手!"

北川景满意地举了举手,特工放开了许奎林。从水中冒头的许奎林瘫软在地,呛咳不止,两眼无神,像一条濒死的鱼。

"说吧,关于你们和上海军统方面的联络方式,关于密码本,关于你们的内应,关于跑掉的那个同伙,你所知的一切,只要你说出来,你的兄弟就不用再受苦。"

"好,我说。我们跟上海军统飓风队,是通过……联络的。"

陈浅在说话的时候,周左已经走到牢房门口,见状他没有马上入内,而是站在铁栅栏外观望。而陈浅故意将关键字说得十分含糊,北川景走近陈浅,"你说什么?"

陈浅就在此时忽然用膝盖猛顶北川景的腹部,因脚有镣铐,抬腿幅度有限,但突然受袭的北川景还是痛得龇牙咧嘴,连退了几步。

宫本良立刻上前查看北川景的情况,周左也在此时冲了进来,"北川组长!"

北川景咬牙切齿地站起身来,随手抓起了身边的一把椅子,狠狠地砸向了陈浅的头部。陈浅随即满脸是血,嘴里也灌满了血,咕咕作响,他却含混不清地笑了。

周左见陈浅痛楚的样子,有些不忍,"北川队长,有电话,井田科长打来的。"

北川景于是交代手下的人接着打之后就扬长而去,周左在离去之前,看了一眼伤痕累累的陈浅和许奎林,说了一句:"我劝一句,好汉不吃眼前

亏。"然后就跟着北川景跑了出去。

北川景拿起话筒，恭敬地向井田裕太郎汇报对陈浅他们的审讯情况，井田在电话的最后说："好。明天一定要给我好消息。"

随即北川景怏怏地撂下电话。周左立即满脸堆笑，"北川组长，辛苦了，您看要不要弄点消夜，先歇一歇？"

北川景嗯了一声，周左于是提议北川景先到会客休息室。他让人去买。但随即川景就对周左提出的喝酒啃猪蹄的建议提出了异议，因为喝酒可能会误事，而他答应了井田科长明天一定要给他消息。不过周左再次提出的小馄饨配葱肉饼或者黑米粥加点糖的建议却让他勉强可以接受。

在确认北川景吃什么以后，周左一路小碎步跟着北川景出了办公室。确保让北川景满意，周左又补了一句："北川队长还有什么需要的，尽管盼咐。还有，《中华日报》的记者在外面等很久了，想知道刺客的来历，您看要不要见一见？"

北川景却皱起了眉，"周队长，你话太多了。"

夜已经很深了，牢房窗口有淡淡的月光照进来。照见牢房内，打累了的特工已经离去，许奎林奄奄一息倚靠墙角而坐，陈浅仍被绑在刑架上。突然，"喂，睡着了吗？"是陈浅的声音。

许奎林眼神涣散，停了一响才回答："要是睡着了，再也不醒来，那倒也好。"

"是啊。我奶奶说过，人活着，就是来世上受罪的。"

"你奶奶说的原话是，总得先受罪，才有福享。可我们还有福可享吗？"

陈浅沉默了一会儿，问许奎林："会不会后悔？"

"我就是个跟班的，我死不足惜。可你要这么死了，我替你不值。"

"你要是这么说，那我真想一脚踹死你。"

许奎林突然流下泪来，"我死了不要紧，我就是觉得对不住我爹，把我养这么大，我没尽过孝，还一直骗他说我在西南联大读书。"

"咱们走这条路，注定要亏欠亲人。"陈浅说。

"本来咱们说好的，要是我先走一步，你就替我跟我爹尽孝。要是你先走，我就替你照顾你奶奶。可惜，现在谁也顾不上了。"

"真贼，不到死前的一分钟，我都不认命！我也不许你认命！"

"可是明天我估计就扛不住了，你知道我心脏不好，三年前发过一次病，差点就死了。说实话，我没怕过死，自从那次活过来，我就已经觉得每天都是赚的。"

陈浅大笑起来："说得好！这才像'貂蝉'，'吕布'喜欢这样的你！"

"就算不死在这里，也不晓得哪天见一漂亮姑娘，一激动就挂了。"

"能让你激动的姑娘都还没见过，你怎么能死呢？"

许奎林苦笑："要不你现在给我整一个？"

"哎，白天那个姑娘，你觉得怎么样？"陈浅忽然想到了春羊。

"哪个姑娘？"

"就是那个小胡子。"陈浅眼前浮现春羊帽子被吹落，俏丽的短发上别着一枚十字发夹的模样。陈浅脸上不禁露出了微笑，"我奶奶说过，男女之情，就是欠来欠去的，没完没了，欠啊还的，就过了一辈子。咱们出去以后，一定得好好谈场恋爱！"

许奎林不太理解："恋爱？恋爱到底是什么滋味啊？"

"就是你见过一个姑娘之后，心里再也忘不了她，这辈子只想着她。"

许奎林却好像对此很意兴阑珊，他说："其实没见识过女人也好，就没什么念想了。兄弟，我们说好了，要是我先走，给我唱个曲子，我们最喜欢的《荆轲刺秦》。要是你先走，我给你唱。"

陈浅说："说好归说好，但凡有一丁点儿机会，我们都要活下去！好死不如赖活着，赖活个一百岁，不错！"

"好，要么一起赖活，要么一起赴死。"

不过许奎林的语气却没有陈浅那样坚定，但陈浅一点都没有听出来，因为他正抬头去看窗外的月亮，可是月亮不知何时已经藏进乌云中去了。

次日清晨，报童举着手中的《中华日报》不断奔走叫卖："号外号外，军统头号特工'吕布'惊天刺杀日本将军仁科芳雄，失手被擒！号外号外，中华日报，特大号外！"

这时一身女学生装扮模样的春羊拦下报童买下一张报纸，一翻开版面上"卡尔登大戏院""仁科将军大难不死""'吕布''貂蝉'搭档齐落网"等字样，让春羊不由得忧心忡忡起来。

而同样在看这份报纸的，还有政治保卫局的周左，他看得正认真的时候，何大宝端着两碗红烧牛肉面走了进来，"队长，面买来了。"

周左看着报纸，眼皮都没抬，说："给牢里那两条大鱼送去。"

"啊？"何大宝不理解，"给他们吃这么好，是不是今天要送他们上路了？"

"你晓得他们是谁吗？"周左把报纸丢在了何大宝面前。

何大宝看了报纸一眼，"吕……吕布？"

何大宝的眼神有点发直，但立即又庆幸他们被抓住了，要不然他的脑袋指不定长不牢。周左却告诉何大宝："他真要杀我们，昨天就下手了。不杀，是因为我们不够分量。"

"这样啊，那我就放心了。我反正肯定不够分量的。"

周左看着何大宝一脸不知死活的样子，告诫何大宝："我们就是混口饭吃，不求出人头地，但求平安无事。"

何大宝点头的空隙，走廊上就传来政治保卫局医务室医生顾曼丽高跟鞋的声音，周左迅速从座位上跳了起来，整了整衣服迎了出去，顾曼丽走到近前，一眼就看到周左脸上的伤痕。周左立即解释："昨天出任务受了点小伤，小事体，小事体。"

顾曼丽嫣然一笑，"来医务室，我帮你处理一下吧。"

周左屁颠颠跟上，边走边说："我就是在等你嘛。昨天大宝帮我弄，那笨手笨脚的，杀猪一样。跟你这样专业的没比。"

何大宝端着两碗面，看着周左跟随顾曼丽走远，才说道："在我跟前你就是爷爷，在顾小姐跟前你就是孙子。"然后他才来到一号牢房。

他首先把一碗冒着热气的红烧牛肉面举到了墙角地上迷糊中的许奎林面前，想到昨天许奎林跟他抢女人，他就气不打一处来，在许奎林伸手去拿的时候忽然往后退一步，更在许奎林骂他是狗汉奸，飓风队早晚会取了他狗命的时候故意松手把面碗跌碎在地上，然后故作惊吓地说："哎呀，吓死我了,飓风队陶大春陶队长,吓得我这面碗都拿不牢了,那现在你只好自己爬过来吃了。"

许奎林对何大宝怒目而视。被绑在刑具上的陈浅却向他发话,"喂,你什么名字?"

许奎林看到陈浅,莫名有些胆战心惊,"我为什么要告诉你?"

陈浅似笑非笑看着何大宝:"如果一会儿我跟北川组长达成了合作,没准以后我们就是同僚,先认识一下也好。"

何大宝忽然有点慌,但陈浅还是从一个前来找何大宝的特务口中知道了他的名字,陈浅说:"我记住你了,何大宝。我也给你一个忠告,凡事给人留点颜面,就是给自己留点余地,山高水长,风水轮流转,切忌一时得意。"

"你要会投诚,我何大宝改跟你姓!我改名吕大宝!"

何大宝人贱嘴不贱,但他说完就立即和那名特务离去。牢房里又只剩下陈浅和许奎林,还有桌子上剩下的那碗牛肉面。

许奎林开始艰难地爬向桌子,他扶着桌腿,抓着桌面欲坐上凳子,却因为体力不支,反将桌子掀翻在地,桌上那只碗也摔破了,牛肉面洒了一地。许奎林看着地上的牛肉面,咽了一口唾沫,强烈的饥饿让他不由自主地抓起牛肉和面条往嘴里塞,又拿起残破的半片碗贪婪地喝着面汤。

陈浅伤感地看着许奎林,什么也没说。许奎林却自嘲起来:"虎落平阳被犬欺,原来是这个滋味。"

陈浅本想安慰许奎林,却发现无济于事。许奎林吃了几口,忽然望着碎瓷片愣了一会儿,他拿着那瓷片爬向陈浅:"你帮我吧,陈浅,我不想再受活罪了,你帮帮我,我对自己下不去手。"

陈浅怜望着许奎林,一声叹息:"奎林,你跟我想象的不一样了!"

"干什么?"一声断喝传来,宫本良已经冲进了牢房,许奎林把心一横,拿起碎瓷片割向自己的喉管,却被宫本良一脚踢中手腕,碎瓷片飞出,许奎林委顿在地,一脸绝望。

"进了这里,什么时候死,怎么个死法,可由不得你。不过今天你们当中,有一个会死。"北川景跟着走了进来,他掏出一枚硬币,"人头,'吕

布'死。花，'貂蝉'死。"

叮的一声，北川景将硬币抛向空中。陈浅目光从容，而许奎林眼巴巴地看着那枚硬币，看它在空中翻滚，最后落在了北川景的掌心，然后他把目光望向了许奎林，很显然花纹朝上。

许奎林脸上竟然露出了解脱的笑容："陈浅，我先走一步了。记得给我唱《荆轲刺秦》！"

陈浅也笑了一下，不无豪迈地说道："行，你先走，我殿后！"

北川景的笑却不怀好意，"把人和狗都带过来。"

何大宝看见周左脸上夸张地贴着一块纱布，看起来有些滑稽，说："这个'吕布'太嚣张了，还想吓唬我。"

"谁让你去欺负他们的？"

"那他昨天打昏你的仇，我总要报的呀。你是我兄弟啊！"

"少把我扯进去，你那是替你自己出气。把门关上。"

何大宝反身把门关上，周左的声音也低了几分，"不管抓了什么人，投不投诚另说，这时候你就别再落井下石，那是替你自己积德，记住咯给我记住咯。"周左边说边拍何大宝的脑袋。

何大宝立马伸手护头，"好了好了记住了。你把我叫来什么事情嘛。"

周左这才想起正事，"可能要有行动，情报组那个聋子，据说译出了一个情报。万局让我不能外出，随时待命。"

何大宝一听立马抱怨起来："待命待命，津贴费发那么少，泡半个妞都不够。一天到晚待命。"

"你能不能有点儿志气？离开女人你会死吗？"

"可是不离开女人也不会死啊。"

这时电话铃却响了起来，周左拿起电话："是，好，我马过来。"

周左放下电话，看了何大宝一眼："局长叫我！"

许奎林被两名特务拖入旁边的二号牢房。此时牢房内的立柱上，正绑着一个遍体鳞伤的姑娘，她的嘴里被塞了布团。她衣衫尽湿，仿佛被从头到脚淋了一盆油，散发出一种香味。

许奎林不禁嗅了嗅。北川景笑着问许奎林："闻到香味了吗？"

许奎林有些茫然。

"这是一种香油，用这种香油腌制过的生肉，是我们的纽波利顿犬最爱的美味。"

此时三只凶猛的纽波利顿犬被拉到了牢房门口，隔着牢房门，狂吠不止。紧接着北川景向许奎林详细地讲解了这种刑罚的过程，这让许奎林的面上不禁露出惊恐之色，嘴也不受控制地哆嗦起来，他无声地摇头。

北川景却说："别着急，凡事有个先来后到。她先来。"然后他又把军统和中共做了一个比较，进一步向许奎林阐明了这其中的利害关系，他说："说实话，我敬佩中共的人，远胜过你们军统。军统的人进了这里，十有八九会招供，而中共，十之八九宁死不屈，哪怕是一个手无缚鸡之力的女人。我真是难以想象，中共究竟有什么本事，让这些人为他们的信仰死心塌地，肝脑涂地。

"如果我们没有来中国，如果国军和共军非要争个高下，我押共军赢。可惜，我们来了，你们只有两个选择，要么投诚，要么死。没错，你现在还可以选。

"在看完这场盛宴之前，你要想说，都还来得及。"

陈浅在这边虽然看不到许奎林的情况，但是他能听见北川景对许奎林说的每一句话，他在这边牢房冲着许奎林大喊："许奎林你听着，大丈夫生有何欢，死有何惧，不要认怂，你要像个男人！"

眼见说的话不奏效，北川景一挥手，牢房门打开。

三只纽波利顿犬如饿虎扑食般奔向了柱子上的姑娘，开始无情地撕咬。姑娘的脸因为疼痛和恐惧而深深扭曲，面露狰狞之色，并发出痛苦已极的惨叫。

许奎林害怕到瑟瑟发抖。

陈浅还在大声喊着："许奎林，我们可以死，我们可以哭，但我们不可以错，不可以输！我们守住的每一个秘密都能救人无数，立起更高的城墙，把敌人阻挡在外！"

北川景说:"你可以不用受罪的,只要你开口,锦衣玉食功名佳人都会在外面等你。"

陈浅继续大声为许奎林鼓气:"我们忍受所有的痛苦就图一个死得其所,不枉青春!我们可以证明的,我们的意志比铁还要硬,肉体的这点痛苦又算得了什么……"

北川景说:"人是为什么而活的?为那些不相干的当权者?还是为你自己?信仰和主义能替你尽孝还是能救你的命?醒醒吧,傻子。"

陈浅依旧在喊:"…中国人是打不垮的,早晚我们会把鬼子全都赶尽杀绝!"

北川景说:"这是你最后的机会!"

北川景和陈浅的声音在牢房里交替响起,突然许奎林满面惊恐之色,意志已全线崩溃,只是发出哑喑的喊叫声,甚至盖过了那个姑娘的惨叫,无数姑娘被撕咬,血腥,惨叫的画面在他的脑海里堆叠。忽然,许奎林捂住胸口,呼吸急促,双眼一翻,猝然倒地,再无声息。

陈浅忽然听不到许奎林的喊声了,他呆了一会儿,试探地叫了一声:"奎林?"而那边牢房人声渐息,中共的姑娘已没了声音,只有狗吠声仍在传来。

陈浅又喊了一声:"许奎林!"

依然没有人应答,陈浅却听到二号牢房的门被打开,有人走了出来。隔着铁栅栏,陈浅看到许奎林被宫本良和另外一名特务从二号牢房拖了出来。

陈浅双眼通红,高喊道:"许奎林!"

北川景走到了一号牢房门外,看着被拖走的许奎林,北川景鄙夷地摇了摇头,"他死了!被吓死的。你们重庆来的人果然是人才辈出啊。"北川景说罢大笑着离去。

陈浅痛苦地闭上了眼睛,他回想起他和许奎林这些日子相处的点点滴滴,最后他想起许奎林被拉走前,脸上竟然露出了解脱的笑容,"陈浅,我先走一步了。记得给我唱《荆轲刺秦》!"

陈浅于是轻轻哼唱起来:"风萧萧兮易水寒,壮士一去兮不复还,探虎穴兮入蛟宫，仰天呼气兮成白虹……"

唱着唱着，陈浅的眼泪如同一场磅礴的雨水，潸然而下，眼泪迷蒙中他好像看见许奎林一身小开打扮，抽着烟对他回眸一笑的洒脱模样。

政治保卫局第一分局局长万江海坐在办公桌前，递给周左一张纸条，"这是聋子译出来的。"

"万局，这聋子成天算来算去，把情报当哑谜猜，你把他当回事？"

"当然。得把谁都当成事，一个疑点也不能放过。"

周左看着手中的纸条，上面有一串四位数字，其中几个四位数下，写着文字：米高梅，接头。11月30号晚。此时北川景和宫本良经过万江海办公室，北川景慢条斯理地叫了一声："万局长。"

万江海忙站起了身，"北川队长，刚好您在这儿，保卫局情报组刚破译一份情报。"

周左忙把那张纸条递上。北川景看了看纸条，"11月30号，今天？"

周左忙点了点头，说："是，今天。"

北川景于是立即吩咐跟在他身后的宫本良带几个人跟周左一起去看看。宫本良接到命令，说了一声："是。"

时间一转眼就来到了晚上，各色的舞客从米高梅进进出出，而在米高梅的门口也有不少等客的车夫，也有卖烟花的小贩，一派繁华的景象，让人根本不相信整个国家正处在日寇的铁蹄之下。

突然一辆黄包车在米高梅的门口停下，一个身材妙曼的女子伸出美腿，踩着高跟鞋稳稳地落了地。一张钞票自女子的手递给黄包车夫，"不用找了。"

黄包车夫点头哈腰："谢谢小姐。"

黄包车走后，女子身穿旗袍的窈窕背影就完全出现在了灯红酒绿的米高梅舞厅门口，这一切显得是如此相得益彰，让人根本想不到这会是之前的假小子和女学生模样的春羊。

春羊走进米高梅，她走到一个靠近角落的桌子旁坐下。舞台上，妖娆的歌女正在唱着《夜来香》，舞池中的男女们相拥起舞，春羊看似百无聊赖

地把桌上那朵玫瑰花的花瓣一片片摘下，在桌上用花瓣堆叠出一只鸟的轮廓，而旁边放着一杯伏特加，在灯光的效应下泛着清冷的光。

一个男子走到桌前，看着她，说："伏特加太烈，不适合像你这样的姑娘。不如试一下葛瓦斯？"

春羊抬起头来，看到站在她面前的陈深将一瓶葛瓦斯放到桌上。陈深看起来很年轻，眉眼间却有些沧桑。

"看来你经常这样跟姑娘搭讪。"

"你猜错了，上一次我这样跟人搭讪是三年前。这是第二次。"陈深说着顾自坐了下来。

这番切口让春羊确认这就是她的上级，'麻雀'。春羊立即向陈深打招呼："你好，'麻雀'同志。"

陈深也回："你好，'布谷鸟'同志。"

即便打过招呼，春羊还有一事感到比较好奇，于是她问陈深："我曾经听说，'麻雀'同志已经牺牲了。"

"那是第一任'麻雀'，她叫沈秋霞。"

"那你是继任的'麻雀'？"

陈深喝了一口葛瓦斯，没有回答，春羊却明显地看出他的笑容里有淡淡的悲伤。春羊于是立即向他汇报自己的情况："'麻雀'同志，我在大戏院找到了蜡丸，但是不小心被我在逃出戏院的时候丢失了。"而她明明记得在宪兵搜身之前，那枚蜡丸还在她的口袋里，可是宪兵搜身的时候，却什么都没有从她身上找到，这让她感到有点奇怪。

春羊不知，这个世界上还有更奇怪的事，那就是她和麻雀在此接头的情报已经被一个聋子给破译了。此刻周左已经带着包括何大宝在内的五名特务正待在米高梅的某一间包厢内蹲守。何大宝见周左脸上仍然贴着那块纱布，"队长，你能不能把那个纱布摘下来？大得像块豆腐一样，贴在眼睛下面，你走路还看得到路吗？"

"你懂什么？顾小姐给我贴的，我要是一回头就摘掉了，她不是要不高兴的嘛。"

何大宝知道周左不会摘，他是故意这样过过嘴瘾，然后他又问周左今天晚上到底是什么人来接头。周左也不清楚，但直觉告诉他很可能与'吕布'有关系。

"是来救他们的人？"何大宝一脸疑惑，此时坐在包厢另一角落的宫本良看了一下手表："周队长，你是在等天亮吗？"

"再等等，万一还没来呢？太早搜寻，我怕打草惊蛇。"周左说。

而在包厢外，陈深的目光从一名此时刚刚走进舞厅的日本军人身上掠过。那名日本军人搂着一个清纯的洋装女子一起上了楼，进了一号包房。春羊还在继续说："对不起，我没能完成任务。"

陈深仍望着军人和洋装女子，他说："这次你冒的风险很大，提供情报的同志是以仁科芳雄的随从身份来上海的，全程行动受限，所以只能选择在日本人耳目众多的戏院接头。我们想要见到他，很难。"

"我不怕危险，就怕完不成任务。我辜负了组织的期望。"

"不用自责，我看到报纸了，卡尔登大戏院昨天出了点事。能从这样复杂的环境中全身而退，作为一个新手，你已经做得很好了。"

"其实昨天如果不是有人相助，我很可能做不到全身而退。"

陈深把目光转回来："你说的这个人，应该是'吕布'吧？"

此时远在政治保卫局的一号牢房内，一个煨烙铁的炉子摆放在牢房中央，数串嗞嗞冒油的羊肉串正在炉子上烤制着。北川景坐在一旁，桌上已经备好了酒菜和两副碗筷。陈浅仍被绑在刑架上，一脸淡然的神色。

北川景顾自喝了一口酒，把那枚硬币放在桌上："你不会真的以为，我是用硬币来定你们生死的吧。"

陈浅面无表情，并不理会北川景。

"其实我早就选好了要他死，因为他就是个废物，而你才是我们看中的人。"

陈浅听到笑了起来，"你不会是想放了我吧。"

北川景于是抬头看着陈浅。"你摆下这桌酒菜，不就是为了劝降我吗？"

北川景也笑了起来，他端着酒碗走到陈浅的面前，说："这桌酒菜确实是为你准备的，你若降，便可坐下同饮。你若不降，这杯酒也会敬你亡灵。

但我知道，你大概还是会选择死的。"

"我必须佩服你一下，你看人很准。"

"你这一身过人的本事，就是应该活着去见证历史和创造历史的，这样死去不可惜吗？"

"不不，中国人有个成语，过犹不及，现在这样刚好，一个战士，本来就应该死在战场上。这是最好的结局。"

"宁死不降？"

"不降，宁死！"

北川景于是把杯中酒尽数浇在陈浅头上，酒水流了陈浅满身满脸，陈浅伸出舌头舔了一点唇上的酒水，笑道："好酒！"

第三章

"你怎么猜到是'吕布'?"春羊问。

然而陈深认定陈浅就是"吕布"的原因很简单,因为军统阵营里除了唐山海和肖正国,在他们之后,就只有"吕布"有这样的本事。即便如此,春羊却还在为一件事忧心,那就是她回去仔细地想了想,那天唯一有可能拿走蜡丸的就只有他。那天她看着他们一个个通过检查,心头无比紧张,却不敢伸手去摸自己的口袋。然而在许奎林和陈浅走过去之后,春羊看到陈浅用笃定的眼神看着自己。但可惜撤退的时候,匆忙分散,她还没来得及向他问个清楚。

她说到这里的时候,突然想到早上在报纸上看到陈浅被捕的消息,也不知道他的情况现在怎么样。实际上,在政治保卫局的牢房中,陈浅已经被北川景的手下特务丢进了二号牢房,牢房门外,数只纽波利顿犬已经被带到了门口,陈浅盯着狂吠不止的恶犬,眼神冷冷地对峙着。

陈深没有看出春羊内心的担忧,他思索了一会儿说:"此人心细如发,他一定早就察觉你在戏院的一切行动。如果他是我们的敌人,就太可怕了。"

陈深的话让春羊不免有些后怕,她向后靠到椅背上坐了一会儿,又挺直了背脊,说:"可我觉得他不会。"

陈深笑了笑,说:"你知不知道国民党一直防共防谍,视中共为敌人。"

"反正我觉得他不会。如果他是那种人,当时他就不必救我,甚至可以让我引开敌人的注意,更容易全身而退。但事实上,是他帮我引开了敌人。"

陈深听完也赞同地点了点头:"要是他能活下来,有机会我真想会会这

个小伙子。"

春羊在这时像是鼓起了勇气一样，她说："'麻雀'同志，我想知道我们有没有可能营救他？只有救他，才能拿回蜡丸！"

陈深看了春羊一眼，仿佛看到曾经的自己："春羊同志，我知道蜡丸遗失之事，你有些内疚。不过，深牢大狱中的营救几乎就是送死，此事到此为止。"

"我知道我的想法很天真，从日本人的大牢里救人谈何容易。可我就是觉得，中国人应该帮中国人。还有，只有取回情报我才能将功折罪。"春羊还在坚持，这时她又想到，昨夜在弄堂口陈浅的目光望向她，对她说走的场景，于是她再次鼓起勇气，"他是个英雄，他不该就这么牺牲，他应该活下去，杀更多的敌人。"

然而此时陈深突然看见包厢门口微微异动，周左带人正在向舞厅门口走去，但他未动声色，依旧对春羊说："从前我也是这么想的。"

春羊满怀希望地看着陈深，"那现在？"

"现在看来，我们有麻烦了。"

春羊也顺着陈深的目光望向门口。那里有舞厅经理迎上前去，周左在向经理说着什么，何大宝及宫本良的手下，随即四散开来。宫本良及一名日本特务守在了门口，已经阻止客人出入。

这一切都发生在眨眼间，春羊有点慌，陈深却十分从容地向她伸出手，"我想请你跳个舞，现在，跳舞是工作。"

春羊于是把手放在了陈深的手里，随即陈深揽着春羊的腰肢滑入舞池翩翩旋转着。陈深微笑地看着怀里的春羊，说："战斗就要开始了。带武器了吗？"

"没带。不过刚来的时候我就看过了，楼梯口有一个电闸，如果走不掉，我会直接撞上去。"

陈深笑了，说："我很欣赏你勇敢的样子。"

不过春羊马上说："但我觉得我们能走掉！我们必须活着！"

陈深的笑意更深，"我也很欣赏你的信心。你跳得很好，跳舞好的人，运气一般都不会太差。"

周左已经开始走近舞池，审视着舞池中的男女。他看到了陈深旋转中若隐若现的脸，却有些看不真切，他走入舞池，试图靠近一些。终于，他走到了春羊背后，看到了陈深的脸，陈深甚至对他微笑了一下。

"周组长，好久不见，看来你高升了。"

"你是……"

周左惊讶地看着陈深，然而背对着周左的春羊冷不丁用高跟鞋猛踩他的脚背，接着以手肘猛击他腹部，陈深迅速欺身上前，夺走了他刚刚从腰间掏出的枪，并将他踢翻在地。陈深朝天就是一枪，随即舞池大乱，尖叫声四起。正在向一个舞女询问情况的何大宝一回头，只见舞女们的惊叫声中，陈深和春羊就混在舞客当中，随众人向舞厅门口逃散。

周左躺在地上疼得龇牙咧嘴："陈深，是陈深！"

等到何大宝奔至周左身边，并把他扶着坐起身的时候，陈深早已不见了踪影，他于是只得对着人群大喊："所有人都老实待着，谁想逃，谁就是共党！"

牢房的门打开，几条恶犬就迫不及待地扑向陈浅，因为它们已经闻到他身上芳香四溢的香油味。陈浅一拳猛击在一条扑上来恶犬的鼻子上，恶犬登时被击得后仰倒地。不多时陈浅身上已经被恶犬咬伤多处，他的身上全是血水。但他仍不断地将恶犬击退，突然他抓准机会，拎起了恶犬的后脖，将恶犬的鼻子顺势前推，撞向了墙壁，恶犬随即晕倒在地。

牢房铁栅栏外，北川景看着陈浅与恶犬们的搏斗。马上第二条恶犬就狂吠着冲向刚刚站起了陈浅，陈浅没有闪避，反而迎上去一把抱住，并一口咬住了恶犬的喉咙，紧紧叼住。他的脸慢慢转了过来，望向北川景，眼中杀气腾腾。恶犬不停地呜咽着，陈浅猛力地用双手掐紧了恶犬的喉管，然后他松开嘴，吐出了一撮带血的狗毛。

北川景被吓了一个激灵，眼睛深深地眯了起来，他感到了恐惧。

周左已经确定接头的是一男一女，男的是从前76号特别行动处毕忠良的手下陈深。何大宝对此感到十分愕然，"他还活着？"

周左快速地说:"女的没看清,穿一身旗袍。快找!"

陈深趁乱跑向了楼上,一脚踢开了一号包房的房门,房内传来一个女人的尖叫声。周左等人闻声立刻追往楼上。

一楼的春羊却在这时匆匆向洗手间走去,在洗手间门口,春羊一把将一名女服务员拉进了洗手间,在那个瞬间,春羊下意识地往楼上一号包房的方向望了一眼。她想起刚才在舞池陈深对她说:"看到二楼的一号包房了吗?刚刚走进去的人,叫桃田启,是宪兵司令部的人,论军衔,比梅机关的井田裕太郎还高半级。今天他来这里,看样子是私会相好的。"

她和陈深已经约定好,陈深会进去这间包房制造一点小动静,而她需要想办法趁乱离开。

周左和何大宝连撞数次,终于撞开了一号包房紧闭的房门。然而在撞开房门的瞬间,周左的脸色也瞬间大变,因为他看见桃田启只穿着一条短裤衩,一动不动地正对门站着,脸色铁青,而他身后的窗户洞开,周左立马说:"桃田中佐?您怎么在这儿?"

"你们想干什么?"

"对不起,桃田中佐,我们怀疑有人在这儿接头。"

周左连忙解释,可是此时又有周左的三名手下冲了进来,看到桃田启的样子面面相觑。原来此前陈深冲入包房,用枪指住欲出来一看究竟的桃田启,他用枪顶着桃田启步步后退,桃田启身边的女子吓得尖叫一声,陈深又把枪对准了女子,女子噤声,陈深立即拔出了桃田启腰间的枪,逼迫桃田启将上衣脱掉,露出光身,穿着短裤,之后陈深卷起衣服,扔出窗去,同时越窗而出。

何大宝看到了桃田启的模样,关切地问:"桃田中佐,你为什么不穿衣服,小心着凉。"

桃田启立即一个耳光甩在了何大宝脸上,何大宝猛地立正,"打得好!"

"你这个笨蛋,人从后窗跑了,还不快追!"

周左赶紧解围,何大宝也反应过来,立马带着两名手下扑到北面窗口,黑暗中却看不到陈深的身影,何大宝喊一声:"追!"又带着三人跑下楼去。

一楼女卫生间内,春羊已经换好了服务员的工服,把原本盘起的头发改为马尾，在鬓边夹了一个十字发夹，然后她推开了窗户查看情况：宫本良和一名特务守在舞厅门口，服务员、清洁工、乐队人员正在往后走。

"舞厅工作人员可以离开，男舞客可以离开，穿旗袍的女人全部留下。"宫本良一直在喊，春羊找到机会混入了往外走的人群中，不过她走在了最后，手上托着一只托盘，上面放着两瓶葛瓦斯汽水。走到门口的时候，宫本良突然伸手把春羊拦下了，春羊沉着地应对着宫本良的盘问，宫本最后在春羊手中的托盘上拿了一瓶葛瓦斯，用牙齿咬开瓶盖，喝了起来。

春羊立即说："先生，一块钱。"

宫本良身边的特工却猛地将春羊推开了："找你们老板要钱去！"

从大门口走出来以后，春羊独自奔跑在夜晚的弄堂中，跑出一段路后才停下来回望远处灯火辉煌的米高梅舞厅，她仿佛看到了刚才在舞池内旋转的时候她再次向陈深表达了她想要救陈浅的想法，陈浅看着她的眼睛，说："好。我就欣赏一下你的决心。"

"你同意救'吕布'了？"

"你回去等海叔的消息。"

"是。"

想到这些，春羊顿时觉得今夜似乎是个还不错的夜晚，然后她满眼期待地转身跑入了夜色中。

第三条恶犬扑向了陈浅，它咬住了陈浅的腿，陈浅用拳头连续猛击恶犬鼻子。恶犬受痛松口，仍旧狂吠着，想要再次攻击。陈浅脸红耳赤，喘着粗气，他握紧了拳头，向恶犬挥了一下。恶犬呜咽了一声，看看北川景，竟畏步不前。

北川景的脸色变得不淡定，轻轻挥了挥手，恶犬就被带离了。陈浅摇摇晃晃地走向了铁栅，一步一步，最终双手猛地拍在了铁栅上，浑身是血地朝北川恶狠狠地笑。

北川景对眼前发生的这一切感到难以置信，但他又不得不相信。这时一名特务对北川景说："这狗的弱点是鼻子，他能制得住它们。"

北川景看着牢房内裹足不前的恶犬，叹了一口气，"没用的畜生。宰了吧。"

恶犬被特务带离了牢房，而北川景却很深地看着靠在铁栅上的陈浅，"你很勇敢，我非常佩服。"

"狗也有勇敢的，但狗最终斗不过人。"

北川景笑了，"输了的人也跟狗差不多，所以，一定要赢到最后。"

陈浅也笑了，"你说得太对了，那就得走着瞧。"

北川景再看了陈深一眼，就大步离去。而陈浅却再也支持不住，单膝跪地勉力支撑，最终还是四仰八叉地躺下昏死过去。

重庆。

军统第一处审讯室长长的走廊的前方，传来阵阵凄惨的嘶喊和皮鞭抽动的声音。邱映霞在前，老汤在后，沿着走廊往前走去，走到一道铁门处，邱映霞站住。跟在后面的老汤忙推开铁门，铁门内审问的谍参科副科长王大葵连忙起身，叫了一声："邱科长。"

邱映霞一言不发，目光却落在了那张审讯台上，王大葵忙上前拿过那本讯问笔录。邱映霞翻动了几页，皱起眉头。

王大葵捕捉到了邱映霞的表情，立即点头哈腰："是关处让我来审的，'矮脚虎'一案让关处很是头痛，他让我们谍参科限期破案。当然，我们主要是为了你军事情报科服务。嘿嘿。"

邱映霞头也不抬翻看笔录："他破过间谍案吗？"

王大葵显得有些尴尬，邱映霞把笔录扔回到台子上，缓步走到了那名被吊打的疑犯面前，而一名打手举起了烧红的烙铁，正要往疑犯身上烙。邱映霞却举手制止，打手停住了，看了看王大葵。王大葵点了点头。邱映霞走到疑犯面前，和他对视着，过了一会儿，她说："我来审……"

王大葵和打手对视看了一眼，显然有些为难，邱映霞的眼神却转了过来，盯着王大葵："王科长，疑犯事关军事情报，高射炮群的一举一动日本人都知道。你说抓捕日特汉奸，情报科要不要审？"

"……这个，需要处长同意。"王大葵有点犯难。

"同意？他敢跟我去见戴老板吗？"

邱映霞咄咄逼人的语气让王大葵闭上嘴，并且离开牢房来到关永山的办公室，把刚才在牢房的状况向关永山添油加醋地汇报了一遍，关永山听完不气反笑，随后更是拿出一套紫砂茶具与王大葵一起品鉴，"你看这把鹅蛋壶，绝对是周永福的作品。来来，你看，这包浆，这成色，你看这落款，道光时期的作品。"

王大葵看着关永山，"关处您真不生气？"

"生气难道一定要怒发冲冠才行吗？年轻人，到了我这岁数，你也会变成这样。"关永山说着又笑了。

"是是。"王大葵应答着，马上又想到，"在下还听说……听说陈浅和许奎林出事了？有这事？"

关永山愣了一下，随即把一文件纸扔在了王大葵面前，"有！三处刚刚传来的消息，准没错。这样，你把邱映霞叫来……"

王大葵刚答"是"，关永山想了想，又说："不，我们去见她，省得她来了，又对我这些紫砂壶不待见。"

"这鹅蛋壶确实不错，可也得像您这样懂行的人才欣赏得来。"王大葵忙又看了一眼紫砂壶，想了想，忙不迭地说，然后就一路又跟着关永山回到了审讯室。

王大葵殷勤地替关永山推开门的时候，邱映霞正在讯问笔录上写字。靠在桌边抽烟的老汤看见关永山，立即站直身子："关处。"

关永山点点头，径直走到了邱映霞身边："我们一处的邱大美女亲自来审啊。"

邱映霞将蘸墨钢笔插进墨水瓶，头也不抬地说："请叫我邱科长。"

关永山愣了一下："好，邱科长，结果怎样？"

"他不是'矮脚虎'，也跟'矮脚虎'没有任何关系。"邱映霞说。

关永山看着被吊着疑犯："为什么？"

"情报科锁定提供我高射炮群情报的疑犯，代号'矮脚虎'，有三个特征。第一，有军方背景，或是军人。这是你们谍参科派驻在高炮部队的参谋提供的。第二，断文识字，能写会算，经常出入高档消费场所。第三，

胆大心细，随机发报。而这个人都不是，他是警察局的线人，以前还是朝天门码头的挑夫……"

邱映霞还没说完，被吊着的疑犯就叫喊起来："女青天啊。我早就说了，我是线人，可他们非说我是什么大鱼。我哪是鱼啊，我连一颗螺蛳都不是。"

王大葵却不认可，"可他身上有手绘地图，十分可疑，而且特别狡猾。"

邱映霞针锋相对，"手绘地图上标的全是茶楼、酒馆、烟馆、客栈、电影院、商行和妓院、舞厅，全是些消费场所，他不是警察局的线人是什么？"

关永山在一旁听着，"凭这些也不一定能证明他只是线人。"

邱映霞听到这句话突然笑了，随即起身，"关处说是什么，那就算什么。我先回。"

"关处有事找你。"王大葵眼见着她要走，立即说。邱映霞于是边走边回过身朝关永山笑了一下，然后说："来。"关永山笑眯眯地跟了上去，王大葵轻声对关永山说："你看，多自以为是，她还把处长你放在眼里吗？"

关永山也轻声："什么地方没几个头上长角的孙悟空？翻筋斗的时候还得靠她。"

他们一起来到邱映霞的办公室，关永山看了王大葵一眼，王大葵把一份文件递到了邱映霞的面前，"'吕布'和'貂蝉'在上海翻了船。"

邱映霞不响，看了文件后，扔在了桌上。

王大葵说："这是'白头翁'的急电，'吕布'和'貂蝉'行刺仁科芳雄失手，'貂蝉'殉国，'吕布'重伤，现被关押在上海政治保卫局行动队。"

"这'吕布''貂蝉'也算是第一处的一对福将，出手十余次，次次完成任务，全身而退。这次我刚申请把他们调到一处，不想他们意外失手，可真令人心痛啊。"关永山说完叹了一口气。

邱映霞却没有那么沮丧，反而很乐观地说："常在河边走，哪有不湿鞋。陈浅只要没有被击毙，基本上都能活下去。"

关永山说不懂邱映霞为什么会这样说，马上邱映霞就解答了他的疑惑，原来邱映霞曾看过陈浅的档案，整整13页纸，6326字，无一不是在说明一个事实：那就是陈浅是一个天才。所以邱映霞根本不为这件事忧心，关永山却打算派出飓风队陶大春队长去设法营救。很显然，这一想法也立即被邱映霞阻止了。

关永山感到有点无言以对，不过很快他的脸上就露出笑意："邱科长，你很冷酷。"

邱映霞脸上也慢慢浮上笑意："不，是冷静。"

"跟邱科长聊天特别有意思，最近我很忙，等到稍空一些了，真想邀请邱科长和处里其他同事一起喝一杯，我从二处调到一处，还没请大家吃过饭，得补上。"

邱映霞却拉开了抽屉，里面竟是一支手枪，一瓶洋酒，她说："我习惯一个人喝。"

关永山愣了一下，看到邱映霞又迅速地把抽屉合拢了，立马说了一声："好酒。"

"你一只随便丢在角落里的名贵紫砂壶，可以换到一百箱这样的好酒。"

关永山听完尴尬地笑了笑。邱映霞脸上却还保持着笑意："我不喜欢紫砂，光收藏而不用，那是死的。"

"那什么是活的？"

"我抽屉里的酒是活的。"

陈浅躺在地上的草堆里，两颊通红，脸上身上多处伤口发炎，即使有蚂蚁爬过他的伤口，他也没有苏醒过来——他已经陷入了昏迷。

此刻的他感觉身体似乎变得特别轻盈，俯瞰着飞过繁华的上海滩，飞过奔腾的江面，飞向重庆山城烟雨蒙蒙的朝天门码头，飞进重庆老宅的厨房中。在老家的厨房中，他看到他唯一的亲人外婆正在烧一碗辣子鸡。而在家中的墙上，有一张全家福，照片上有少年时的陈浅和父母、阿娣一起。

"陈浅，来吃辣子鸡了！再不吃辣子鸡，那就只剩辣子了。"外婆就把一碗烧好的辣子鸡端上了桌，朝着屋内喊道。

陈浅在昏迷中喃喃地呼唤着："外婆……"

突然外婆就进到屋内，一把就揪住还躺在床上陈浅的耳朵，说："你这个懒到生虫的家伙，赶紧起来，给我穿得整整齐齐的，骗姑娘去，不然成了老大难，我就不认你这外孙！你给我滚蛋……"

陈浅在昏迷中眼角流出一滴泪水，"外婆……"

周左和何大宝在办公室内讨论着昨天桃田启被人扒光衣服和陈深逃脱的事情。周左觉得万江海在抓捕陈深这件事上让日本人插一脚实际上是在为他们着想。

何大宝不解，周左告诉他以昨天这样的情况，要是在陈深在他们手上丢了，那就是他们的失职。但是日本人要面子，陈深在他们手上丢了，那是陈深的本事。

何大宝随即反应过来，说："对啊。你们当官的就是脑筋好。这种事情我反正是想不到的。"

不过周左却还是想不明白，这个陈深走都走了，还回上海来干什么？在他为此感到头疼的时候，桌上的电话响起，周左接起，万江海在电话那头告诉他，梅机关发话了，今天就把陈浅转送过去。周左撂下电话，觉得这也是个烫手山芋，早脱手早了。

何大宝却在一旁念叨："陈深，陈浅，深深浅浅的，都很厉害啊。队长，你说他们名字怎么这么像的，会不会是两兄弟啊？"

"我哪儿知道？"

周左说出这句话的时候，已经听到了走廊上熟悉的高跟鞋声。顾曼丽拿着手包，一如往常地沿着走廊走进医务室，但是今天在办公桌前坐下后，她立即打开了手包，那里面躺着一枚十字发夹。

在来医务室之前，她去了一趟茶馆。在那里，海叔将这枚发夹移到她面前，"'布谷鸟'同志跟'吕布'在卡尔登大戏院曾有一面之缘。见到这枚发夹，他应该就会知道，是我们想救他。'飞天'同志，'麻雀'同志的要求是，在确保你自身安全的前提下，尽一切努力营救'吕布'。"

突然，敲门声响起。顾曼丽一抬头，只见周左脸上粘着前天那块大纱布，正站在门口，"顾小姐，我来换药。"

顾曼丽把十字发夹放进白大褂的口袋,脸上浮起了微笑,"好啊,周队长这边坐。"

顾曼丽引着周左到一旁坐下,为他揭下纱布,只见伤口红肿处已变成深红色,"恢复得还不错。坚持换药,再有一周应该就痊愈了。"

周左却就着她的话,把话题引向了顾曼丽如果要选男人,最看重男人什么的话题上。顾曼丽说:"要有智慧胆魄,有担当,也要有爱护家人的柔情。"

周左立马嘿嘿笑了起来,"周某的目标,就是成为这样一个男人。"

顾曼丽听完笑笑,将一枚酒精棉花按上了周左的伤口,周左疼得吸了一口冷气,脸色突变,但强忍着没哼出声来。顾曼丽却在这时关切地问:"会有点疼吧?"

周左顿时又觉得全身都酥了,"不疼不疼。顾小姐,麻烦你一会儿跟我去趟牢房。"

顾曼丽心念一动,"是有犯人需要看病吗?"

"有个要犯要转送梅机关,得做个常规健康检查,做到移交报告里。"

顾曼丽看了一眼墙上的钟,此时已是下午四点半,"好。等我一会儿。"

等到顾曼丽再次出现在周左的眼前的时候,周左发现她把盘起的头发放下了,并且鬓边还别着一枚十字发卡,这让周左眼前一亮,说:"顾小姐,你把头发披下来,更好看了。"

顾曼丽笑了笑,提起医药箱,说:"我们走吧。"

在走廊上,两人边走边聊,顾曼丽无意之中把手插进了白大褂的口袋,那里面有一颗药丸。上午海叔跟她接头的时候,还告诉她,按政治保卫局的常规流程,如果审讯再无进展,像"吕布"这种规格的特工就会被送往梅机关。他们唯一可能营救"吕布"的机会,就在转送押运途中。

而她知道转送过程中政治保卫局和梅机关都会派人重兵守护,正面营救的话,死伤恐怕难以预计。海叔于是将一个纸袋交给她,并告诉她:"这是'麻雀'同志让我交给你的。这种药物是他偶然从一位德国医生那里拿到的,据说服药后会使人的心肺功能迅速假性衰竭,进入假死状态。"

她打开纸袋，看到里面的药片，瞬间明白，组织的意思是人要救，伤亡也要尽可能降到最低。于是顾曼丽装作在不经意间向周左透露了今天特别想吃周左上次跟她提到过的宝珠弄的大壶春生煎，但是又担心下班过去买太晚，不知道能不能买到。

周左一听立马上钩，马上答应下班后开车送她过去买。顾曼丽又假装害怕他耽误押送犯人，周左却说让何大宝去送，就这样半推半就间顾曼丽答应了让周左陪她一起去大壶春买生煎。

说着说着，他们就已经走入了一号牢房，陈浅还处在昏迷中。不知道过了多久，陈浅在迷糊中睁开眼睛，看到有人给自己打针，但他仍看不清眼前的人是谁。

顾曼丽已经开始查看陈浅身上的各种伤口，并在健康登记表上填写，同时说道："此人全身有挫裂伤、犬咬伤共计23处。"

随后又从陈浅的腋下取出一支体温计，"体温38.6摄氏度。"然后转过头对周左："如果想要他活着继续接受审问，需要给他注射盘尼西林，以防伤势进一步恶化。哦，还有狂犬疫苗。"

周左说："你都写下来，给不给治，让梅机关那边看着办。"

"好。"

顾曼丽说完见陈浅渐渐睁开了眼睛，她俯身靠近了他，让自己鬓边的发夹正好在他的视野内，"能听见我说话吗？"

陈浅努力将眼神聚焦，他一眼看到了顾曼丽鬓边的十字发夹，眼前立即浮现春羊短发俏丽的模样，等到他的视线终于清晰，他认出顾曼丽并不是春羊。

陈浅微不可见地点了一下头。

顾曼丽继续写报告，随即顾曼丽注意到陈浅胸口有处伤口豁着大口子，于是对周左说："有几处较大的伤口需要做一下清创缝合。"

周左说："不用了吧？把人送走就行了。"

"我是担心途中行车颠簸，万一犯人大出血导致死亡，周队长会难以跟梅机关交代。"

周左一听到顾曼丽是在为他考虑，马上答应。顾曼丽随即让他到一边去坐一会，缝针需要充足的光线，他站在这里，会影响她工作。周左立即走到一旁的桌边坐下，看着顾曼丽的背影。而陈浅虚弱地坐在地上，任由顾曼丽用酒精给自己的伤口略作消毒。

注射麻药后，顾曼丽下意识地理了理头发，摸了摸头上的十字发夹。陈浅看了一眼那个发夹，用询问的目光望着顾曼丽。顾曼丽轻轻地一点头。

陈浅已然会意。那时顾曼丽的掌心已经多了一枚药片，她将那枚药片捏碎，洒入陈浅的伤口处，接着迅速将伤口缝合。对顾曼丽做的这一切，坐在陈浅对面的周左毫无察觉。

做完检查登记后，晚上到了时间陈浅就被阿忠和阿力抬上了一辆篷布军车的车后厢，周左也将犯人移交报告交给何大宝："就十里地，你好好把人送进梅机关，就没咱们什么事了。"

何大宝接过报告："放心吧，队长，我们这里的人再加上梅机关那边的人，十个人送一个人，哪个不怕死的敢来抢人？这种不合算的生意军统不会做的。"

"要说以前，这种硬碰硬的救人情况，确实很少发生。"

"就是嘛，您就安安心心地跟顾小姐去白相好了。"

"去去去。"

何大宝反而凑到周左耳边低声坏笑，"春宵一夜值千金呀，队长。顾小姐这个铁树原来也会开花的啊，你这么长时间的功夫总算没白费，机会要抓牢啊。"

周左一脚踢在何大宝屁股上，"滚！"

何大宝就笑着上了车。

顾曼丽在办公室里打出一个电话："喂，三友书店吗？"

"是的。"电话那头随即传来春羊的声音

"麻烦你转告你们老板，就说顾小姐订的书，本来约了现在过来取的，现在有事来不了了。"

"好的，顾小姐。"

"人送出来了。"春羊撂下电话，对海叔说。

"马上通知龙头哥准备行动。"海叔吩咐春羊。

"好。"

顾曼丽撂下电话，脱掉身上的白大褂，走到窗前，恰好看到押送车驶离，而周左已经将自己的汽车开到门口，站在车旁等候着她。

周左看了看表，此时已是傍晚六点二十分。他一抬眼，就看到顾曼丽从办公楼内出来，她穿着呢大衣，围着围巾，披散了长发的模样在周左看来简直惊为天人。

周左满脸堆笑地迎了上去，顾曼丽却说："今天能让我来开车吗？过过车瘾。"

周左略感惊讶，说："顾小姐也会开车？"

"我在英国留学时候学会的，我还买过一辆二手宾利，在假期的时候开着它去了布利克林庄园。"

两个人就这样边走边说着上了车，最后来到大壶春生煎店买了生煎。上车的时候，顾曼丽趁周左把生煎袋子递给她去关车门的时机，在里面洒入一些药粉。顾曼丽开着车，坐在副驾驶座上的周左吃完生煎打起了呵欠。等到顾曼丽将车开至一处僻静街道，坐在副驾驶座上的周左已然陷入了昏睡。

顾曼丽看表，此时是晚上七点半。押送车也已经驶进梅机关的大院并且停了下来，然而在后车厢的陈浅却突然捂住胸口，满脸痛楚之色。刚才在车上的时候，顾曼丽缝进陈浅伤口里的药片就已经融化，药物成分进入他的血液，进而使他的心脏急速收缩，现在刚好到了发病时间。何大宝等人围在陈浅身边，却也只能一脸无措地看着他，陈浅在剧烈的抽搐过后，两眼圆睁，再也不动了。

何大宝不敢触碰陈浅，他捂着鼻子，退开两步，指挥手下特务给陈浅做胸部按压急救。等到北川景到达的时候，陈浅已经从押送车上被搬了下来，平放在地面上，何大宝一脸惶恐地站在一旁。

北川景问："死了？"

"上车的时候还有气呢，车开到半路，不知怎么的就不行了，口吐白沫，翻白眼，还抽筋。然后就……没气了。他们都看见的。"说完何大宝一指自己手下数名特务。

北川景打开何大宝递交上来的那份移交报告，他一眼就看到了报告中的"犬咬伤和建议注射狂犬疫苗"字眼。

何大宝瞄了一眼，立马咋咋呼呼地喊道："狂犬病，一定是狂犬病。被狗咬了这么多口，他还咬了狗呢，肯定是狂犬病发作死掉的。这可是会传染的。北川组长，您小心点儿，离尸体远点儿。"

北川景不禁皱眉，但是却马上吩咐宫本良叫他们的医生来确认一下。最终经过青木医生的确认，陈浅已经死亡。但从症状来看，虽然有些像狂犬病，但青木医生认为是鼠疫的可能性更大。

从南京回来的井田裕太郎在知道这个情况以后，想让青木立刻解剖尸体，确定真正的死因，却被北川景及时劝阻了。因为在此前日军第六师团就曾发生过一起第一名感染者死去后又感染了为尸体做解剖的医生，接着又感染了更多人的案例。出于对梅机关人员健康和安全的考虑，北川景建议井田裕太郎听从青木医生的建议尽快将尸体送走，同时立刻对梅机关内部设施和人员进行彻底消毒。

井田听完叹了一口气，"这些活着的时候令人难以心安的家伙，到死了也要做个瘟神。"随即他挥了挥手，"这个陈浅，今晚就拖出去埋了吧。"

井田不知道，在他说出这句话的时候，躺在梅机关医务室里脸色灰白的陈浅的手指竟然轻轻地动了动。

龙头哥跟着劳工队长和劳工甲进了梅机关院子，有些好奇地东张西望着。不一会儿，陈浅的尸体被两名全副武装穿着防护面罩戴着手套的特务抬了出来，放在地上。

劳工甲立即哎哟一声："这肯定是瘟病死的。"

而宫本良吩咐马上送去乱葬岗埋了，劳工队长答应，却没敢靠近，只是远远地看了一眼，扭头对龙头哥喊了一声："喂，快过来，赶紧把人抬出去。"

劳工甲已经在一旁戴上了粗布口罩和手套，毫无防护的龙头哥在戴上

劳工甲递给他的一只口罩后,走近看了陈浅一眼,确认他的手臂上有顾曼丽留下的以便确认身份的三角形针脚后,就和劳工甲一起合力将陈浅抬出了院子。

劳工队长临走还殷勤地给宫本良递烟,说:"长官,以后有这样的活儿,尽管找我。保证价钱便宜,随叫随到。"

半个小时,他们就来到郊外的乱葬岗。龙头哥和劳工甲还是像之前一样分别抬着陈浅的上半身和腿部,劳工队长走在前面打着手电,照到了路边的破木箱。

龙头哥一眼认出破木箱上写的数字72。这让他想起行动前,海叔曾告诉他:"我们会在乱葬岗准备好一个木箱,箱子上会有数字72,你设法把'吕布'装进这个木箱后下葬。"

实际上是在他们到来之前,海叔和春羊已经把一些过氧化钠的粉末放入了木箱内,而过氧化钠和人呼出的二氧化会产生化学反应,就能生成氧气,只要他们能赶在氧气耗尽之前把人挖出来,陈浅就会没事。

龙头哥于是一边漫不经心地嚼着薄荷叶,一边故意找机会和劳工甲闲聊,在得知劳工甲害怕被陈浅感染后,龙头哥立马提出把陈浅装进箱子里的建议,并且自告奋勇为了劳工甲的安危,由他独自把陈浅扛进去,这让劳工甲很是感动。

但是在龙头哥把木箱拖到陈浅身边,将陈浅抱起放进木箱时,陈浅已经悠悠醒来,恢复了呼吸。迷糊中他双眼微睁,看到一个宽阔的身影抱着自己,并且在嚼着什么东西。但光线微弱,他只看到了此人脑门上有颗痣。

感觉到陈浅动静的龙头哥低声说了句:"别出声。"

随后陈浅又感觉到箱盖在自己面前被盖上,而他再次昏迷过去。等到他醒转过来的时候,他已经处在黑暗中。他伸手触摸四周,发现自己身处箱子里,他用力想顶动箱盖,却根本顶不动。

箱子里淡黄色的粉末开始有融化迹象,陈深暂时尚能呼吸,他定了定心神,开始回想从他在牢房里遇见顾曼丽到一个宽阔的身影抱着自己这中间一切的过程。等捋完一切,他已经完全清醒了,开始平静地等待救援。

事先埋伏好的春羊和海叔也从草丛后出来,开始挖掘坟墓上松垮的浮土。箱子里的陈浅也听到了有人在掘坟的动静，他屏息等待。可是箱子外却突然没了动静，他知道出现了状况。原来是走在路上的劳工队长摸了摸口袋，发现自己的烟不见了，不顾龙头哥的劝阻，执意回来找。春羊和海叔察觉手电光闪动，于是立即躲藏了起来。

劳工队长走近坟地，用手电照着刚才自己休息时坐的那块石头，果然看到自己的半包烟。他拿起那包烟，正欲离开，忽然察觉坟包有些异常，他把手电照向坟包方向，果然发现坟上的土和之前离开时不同，他用手电照着，走近了几步。冷不防身后草丛中传来一声异响，劳工队长急速转身，只见身后草丛中有灌木晃动，他喊了一声："谁？"

而灌木丛中悄无声息，劳工队长惊恐地咽了一口唾沫。马上他的侧后方又传来一声异响，劳工队长又急速转向左侧后方，手电晃动中，依然什么也没看到。

这时他看见一个身影从他眼前一闪而逝，劳工队长已经吓得魂飞魄散，大叫："鬼，鬼啊。"跌跌撞撞地跑下山去。

而这一切不过是春羊和海叔略施小计。

黄色的粉末已经渐渐溶解，陈浅在箱子内逐渐感到呼吸困难，就在他觉得自己快要窒息的时候，箱盖被人打开，春羊跃入箱中将他扶着坐起，"喂，你醒醒。"

然而陈浅只是微睁了一下眼睛，就再次昏死过去。

山下，顾曼丽驾驶着周左的汽车前来，周左仍在副驾驶座上昏睡。黑暗中，顾曼丽看到山上有人影下来，那是海叔和春羊他们。

远远地，海叔看到了顾曼丽的汽车，海叔对春羊说："丫头，在这儿等着。"

春羊说"好"，海叔就背着陈浅靠近了顾曼丽的汽车。顾曼丽赶紧下车，打开了汽车的后备厢，把陈浅放入了后备厢。

"把人送到顾家山路43号。"海叔说完一眼看到副驾驶座上的周左，"他是周左？"

"对。我给他下了药，但最多到午夜十二点，他会醒来。"顾曼丽又看

了看表,"此时是晚上十一点,我必须在一个钟头内完事。"

说完顾曼丽从口袋中掏出那个十字发夹,"这个请物归原主。"

海叔接过,说:"好,那你路上小心。"

远远的山坡上,春羊背对着山下,正用草编着一只小羊。听到汽车驶离的声音,她才转过身来,果然看到汽车远去,海叔正在向她招手。

第四章

顾曼丽驾车行驶在夜晚的上海街头，前面不远处，有一处关卡。

顾曼丽瞟了一眼车子前挡风玻璃处的特别通行证，上面盖有政治保卫局的红戳。

负责设卡是政治保卫局上海分局职责缉查处的唐亚夫。唐亚夫远远看着车开来，招手招下车辆，紧接着车窗玻璃被摇下，顾曼丽的脸就慢慢出现在唐亚夫的眼睛里，唐亚夫敬礼："通行证。"

顾曼丽从挡风玻璃处取下通行证递给他，他弯腰去接的时候，瞅到了副驾驶座上闭眼沉睡中的周左，一眼就认出他来，随后在聊天中他知道了车上的女人是一分局医务室的顾曼丽，他试图叫醒周左，可是周左睡得很沉，毫无反应。

检查完毕，顾曼丽问："唐先生还有什么事吗？"

唐亚夫却故意试探说他记得周左的家似乎不住在前面，顾曼丽听见他说，略有些尴尬地笑了，顿了顿才说道："我家在前面。"

顾曼丽刚说完，车子的后备厢内昏迷中的陈浅无意识地扭头，头撞到了后备厢中的一个水壶，发出一声轻响。

听到这声轻响，顾曼丽心中一惊。很显然唐亚夫也听到了，他说："后备厢是有什么东西吗？麻烦唐小姐打开看看。"

何大宝的车却在这时迎面驶来，车灯晃得唐亚夫睁不开眼睛，还按响了喇叭。然而何大宝一见是唐亚夫就热情地下车跟他寒暄起来，顾曼丽这时把头伸出车窗，"大宝，任务完成了？"

何大宝一见是顾曼丽，告诉她在押送任务在路上出了一些问题，马上他就发现是顾曼丽开车，而周左在车上睡着了，顿时心领神会让她赶紧走，唐亚夫这时却仍坚持想要检查后备厢,但在何大宝告诉他,顾曼丽是他们局长万江海的表外甥女后,唐亚夫怕危及自己的饭碗,立即对前方关卡处特务一挥手,特务抬起栏杆。

驶出关卡,顾曼丽从后视镜中看了唐亚夫和何大宝一眼,松了一口气,她加大油门,绝尘而去。

此时顾曼丽的手表已是十一点半。

对于陈浅死在了押送的路上这件事,周左在第二天早上八点钟揉着太阳穴,无精打采走进办公室里以后,感到有些莫名烦躁,他想陈浅要是能多扛一会儿,等到了梅机关才死,就没有他们什么事了。

然而何大宝却马上从他的脸色中看出他烦躁的原因肯定是因为没有搞定顾小姐,要不然对于死人要写报告这种小事根本算不上什么。

实际上,周左也对于昨天晚上昏睡一夜感到十分懊悔,觉得自己太过于不争气,但是他就是一上车,车子一摇晃就睡着了,一觉睡醒,已经到顾小姐楼下,并且头疼得要命。之后顾小姐请他上去坐一会儿,给他吃了颗止疼药,结果他在沙发上靠了会儿,又睡着了,再醒来天都亮了。

他觉得昨晚发生的这一切,简直像是被人下了药一样。

其实除了周左,此刻顾曼丽正站在窗前捧着一杯茶慢慢喝着,也在回想着昨晚发生的一切细节,她想到离开检查站以后,她如约把车开到了顾家山路43号,按照三短一长敲开了房门。房门开了,门内的人是陈深,然后她又打开后备厢,和陈深一起把陈浅抬进房间,在离开的时候,陈深送别她,告诉她务必做好善后工作,确保自己的安全。于是回到家以后,她给醒过来的周左又喂了一片安眠药,看着在沙发上沉沉睡去的周左,她精心洗去了周左车轮上的泥土……

顾曼丽还没想完,突然,敲门声在她身后响起,顾曼丽转身,看到周左站在门口:"顾小姐,我来换药。"

顾曼丽嫣然一笑:"好啊,周队长这边坐。"

陈浅已经昏睡了好几天,他脸上的红肿已经慢慢消退,伤势也在逐渐好转。可是他却一直分不清自己到底是在现实中还是在梦境里。

一会儿，他在迷糊中看到一个苗条的女子扶起自己，喂自己喝水，自己靠在她的肩膀上，闻到她身上清新的气息，觉得莫名的安心。突然，他又发现自己奔进重庆自家的院中，喊着："外婆，我回来了！"桌子上的辣子鸡正冒着热气，厨房内的炉子还热着，墙上的全家福中每个人的笑脸都没有变，屋内却空无一人。马上一切就快速消失，春羊突然出现他面前，她戴着那枚十字发夹，意气风发地开枪，他刚想上前，却看见许奎林站在他前方不远处，被一群恶犬袭击，许奎林痛苦地号叫着，满脸是血。他冲上前去，打跑了恶犬，对许奎林喊道："快走！"而许奎林已经猝然倒地，又一只恶犬向他扑来，朦胧中他听到有人在叫他："醒醒，你醒醒。"

他就猛地从梦中惊醒，从床上坐了起来，此时的他满头大汗，手中紧紧抓着春羊的手。春羊却快速挣脱了他的手，陈浅也有些不好意思地放开，"是你？"

"还认得我？看来脑子没坏。"春羊俏皮地说。

这时陈浅注意到春羊鬓边别着那枚十字发夹，他想起在牢房中的时候，顾曼丽头上别的正是这枚，他立即明白春羊是那边的人，是他们救了他。不过很快，他又知道了春羊之所以救他，就是为了拿回在卡尔登大戏院他乘人不备自她口袋中悄然拿走的那枚蜡丸。

说着，春羊就把纸笔放在了陈浅面前，让他把蜡丸上的内容写下来。不知怎的陈浅却想逗逗她："你怎么就知道我能记住？那要是被鬼子给搜走了呢？"

"就凭军统头号特工'吕布'的本事，你要说你没记住，或者落鬼子手上了，那就肯定是故意的。"

陈浅笑着看着春羊："那我要就是故意呢？"

"拖回乱葬岗，哪里挖出来的，埋回哪里去。"春羊瞪着眼。

陈浅却越发觉得她有趣。几句话后，春羊把纸笔往陈浅怀中推了推："啰唆，你到底写不写？"

陈浅一笑，拿过笔思索了一下，接着写了起来，一长串四位数字出现在了纸上：1856，5845，6798……

原来那天陈浅在春羊离开后，从口袋中取出那个蜡丸，捏碎，展开里面的一张纸条，看到了上面的一长串数字。他将那些数字记下后，就将纸条吞掉了。

陈浅写完了全部的数字，郑重地交给春羊。春羊接过以后，表示为以示奖励可以给他做点吃的。

陈浅问："会不会做辣子鸡？"

春羊却不同意，告诉他昏睡了六天，只能吃面。很快春羊就转进厨房，利索地切菜，娴熟地将面条下入水中，又打了一个鸡蛋。陈浅扶着房门来到厨房门口，看到春羊正在打散鸡蛋，这烟火气中分外真实的身影让他莫名熨帖。

那天接下来的辰光里，就是春羊陪他一起吃面，一起斗嘴，气氛还算欢乐。唯一的插曲就是在斗嘴的时候他一不小心摔碎了春羊一只碗，春羊心疼不已，捡起一块较大的碎片，上面有一只羊的图案，春羊说："这碗是海叔亲手给我做的，天下独一无二只此一只，你拿什么赔？"房东方太太却在这时突然敲门来借桌椅，为了不让方太太起疑心，春羊只得暂时作罢，假装陈浅是她的男人，是从外地到上海来看病了，顺利打消了方太太的怀疑。

到了晚上，迫于房间只有一张床，陈浅和春羊睡在一张床上，但是春羊却拿了一把菜刀放在床边的凳子上，警示陈浅不要越界，不然伸腿砍腿，伸手砍手。可是到了半夜，春羊却忽然翻了个身，把腿放到了他身上。

陈浅的眼睛顿时睁大了，他轻轻叫了一声："喂。你是睡着还是醒着？那你这样，我是不是要砍你腿了？！"

春羊并无反应。陈浅却在这时坐起身来，看着春羊压在自己身上的腿，"这种不平等条约我怎么就答应了？"但是就着窗外的月光，陈浅望着春羊沉睡的脸庞，脸上又不自觉地露出了笑容。陈浅刚想伸手挪开春羊的腿，春羊这时轻动了一下，陈浅吓得立刻躺下，不敢再动。

第二天早上醒来的时候，他发现春羊已经不在，可是桌子上用水印写的字迹还未消，应该刚刚离开不久，于是迅速追出去，可是沿着弄堂追出一段路，却根本没有发现春羊的身影，他有点怅然地站在晨光中，忽然他看到了路边草丛中那枚十字发夹。

这是春羊刚才离开时，下意识地抚了一下头发，十字发夹便从她的头发上滑落在地，陈浅捡起发夹，握在了掌心中。

当陈浅亲耳听到江边的早点摊上，有摊贩用四川话叫卖着：
"小面，小面，又麻又辣的小面，来一碗嘛。"
"豆花，热乎的豆花……"
"来买，来买，刚出笼的包子。"
他才敢相信，历经一个月，他终于踏上了重庆的土地。为了确保这一切是真实的，他在下船后，又驻足狠狠地看了一回，他看到在一片白茫茫升腾的水雾中，有两人船只穿行在河面，岸上的挑夫挑着沉重的担子正在台阶上走着，穿着棉袄的顽童在台阶上奔跑，而热气腾腾的早点摊上，有人买了刚出笼的包子，也有人正在小吃摊上吃着重庆小面。

他轻声自语说了一句："老子陈浅，回来了！"

陈浅回来的第一件事，就是去军统第一处见了关永山。在陈浅把自己过去一个月的经历给关永山复述了一遍的时候，关永山略显惊讶地说："你是说，没有任何人帮助的情况下，你一个人从梅机关逃出来了？"

"报告关处，确切地说，没有人能活着离开梅机关，离开的时候，我就已经是个死人了。"

关永山不解地看着陈浅，王大葵也在一旁一脸迷惑。

"整个过程说来话长。确切地说，幸亏有人相救，陈浅才九死一生逃了回来。"

关永山听到这句话，走过来说："陈浅，我比任何人都盼着你回来。可你真回来了，该走的审查程序也要走。"

陈浅语气坚定："陈浅愿接受处里的审查和全面甄别，以证清白！"

"好，原本要在'四一大会'上为你追授云麾勋章和少校军衔，戴局长都已经批了。我希望你堂堂正正地通过甄别审查，亲自领受属于你的荣誉。"

陈浅庄严地立正敬礼："是！"

关永山让王大奎请来了邱映霞亲自给陈浅审讯。

邱映霞坐在审讯室桌子的上首，桌上的录音机正在运作，把邱映霞审讯陈浅的内容全部录制了下来。但为了不让中共救他的事实被军统知道，陈浅捏造了一个名叫郭宝国的人物来代替春羊他们，然而邱映霞对陈浅的话依旧半信半疑，她说："按你的说法，郭宝国自发营救你。那他买通的狱卒是怎么让你知道，他是郭宝国派来的？"

"凭一支笔。"陈浅回答。

邱映霞让陈浅接着说："我父亲在世的时候，曾经送过郭宝国一支派克金笔，使用多年后，笔帽上略有磨损。当时那名狱卒就把那支笔别在胸前口袋处，我认出来了。"

"你受了严刑拷打，高烧陷入半昏迷，还能一眼认出那支笔？"

"我并不是一直昏迷，也有清醒的时候。"

邱映霞不相信陈浅只是一睁眼，一个清醒的瞬间，就认出了那支笔。陈浅沉默一秒，逼视着邱映霞："对，我认出来了。我不会放过任何可以救我命的细节。邱科长也一样。"

在陈浅说完这句话的时候，邱映霞轻轻按动了桌底下的按钮，在与审讯室隔着一块玻璃的外屋，警示红灯立马亮起，老汤看到红灯，立刻上前敲了敲审讯室的门："科长。"

邱映霞对老汤点了点头，起身离去，老汤忙带上了门，审讯室内只剩下陈浅一个人。陈浅暂时放松下来，但他知道，在他背后的那面单面玻璃后面，仍有人在盯着他的一举一动。

陈浅猜得没错，从邱映霞对他审讯开始，关永山就一直在玻璃背后看着他的一举一动，在他提到郭宝国给他注射了一种麻痹神经的药物，让他达到假死的状态从而从梅机关逃脱的时候，这让关永山想起他曾在二处的时候，有个叫冯大奎的奸细在审讯的时候被周海潮打断了气，送出去的路上也是这样又活了过来。

见邱映霞出来，老汤忙地给她递上一杯刚泡好的白菊花茶，邱映霞喝了一口，关永山已经在问她："邱科长，你觉得他会不会已经做好了所有准备，以应付我们的审查，填好了所有的漏洞。"

邱映霞把杯子交还给老汤："关处想要听到什么样的消息？"

关永山愣了一下："我哪有想要听到哪种消息这一说，我就想着你能明察秋毫，别把一颗定时炸弹留在处里。"

"好，那你就等我的消息。"邱映霞说着把目光投向玻璃后审讯室内的陈浅，她看到陈浅后背笔挺地坐在黑暗的审讯室内，被笼罩在昏黄的灯光下。

终于，邱映霞一步步向审讯室走去。走之前回头对关永山："放心关处，如果是颗炸弹，那一定是先炸了我。"

关永山："为什么？"

"因为现在我是他对手。"

审讯继续。

陈浅依旧端坐在凳子上，后背挺得笔直。邱映霞却加快了语速："为确保你没有遗漏交代任何信息，请再说一遍，郭宝国买通的狱卒是怎么让你知道，他是郭宝国派来的？"

"凭一支笔。"

邱映霞看着陈浅示意他继续说。

"我父亲在世的时候，曾经送过郭宝国一支派克金笔，使用多年后，笔帽上略有磨损。当时那名狱卒就把那支笔别在胸前口袋处，我认出来了。"

突然邱映霞抬手示意陈浅噤声，逼视着陈浅，然后："你在撒谎。"

"凭什么这么说？"

邱映霞这时扭头，伸手把录音机关掉，倒带，倒到前面第一次审问陈浅这个问题的时候。在播完以后，她又把刚刚审问陈浅的这段对话播放出来对比了一下就关掉录音机。

她看着陈浅："两次回答，一模一样，一字不差。"

陈浅不以为然地笑了："这就能说明我在撒谎？"

"正常我们说话，同样的意思说两次，在组织语言的时候都会有些字眼

的出入。但你这两次回答，只字未改。你要确保不露马脚，就会竭力按照事先准备过并熟记的措辞来回答。"

陈浅心中对邱映霞暗暗佩服，口中却说："荒谬。"

邱映霞于是开始考验陈浅，她说："刚才你说，你不会放过任何可以救你命的细节，所以你一眼认出了那支笔。那现在你看看，我现在和刚才离开前，有什么变化？"

陈浅有一丝紧张，他还是竭力冷静下来，看着邱映霞，迅速回忆着刚才邱映霞的装扮，发现她没有任何变化。但是为了让感觉更为逼真，陈浅假装很愤怒，表示自己九死一生从敌人手里逃出来，没想到回了重庆，却被自己人整，甚至撕开自己的上衣露出自己的一身伤。

邱映霞却觉得他这是败露前的恼羞成怒，告诉他既然他能观察得到一支钢笔，那就拿出同样的本事来观察她。陈浅于是让自己平静下来，看了邱映霞一会儿："你在诈我。你没有任何装束上的变化。"

邱映霞不动声色地看着陈浅："你确定？"

"如果一定要有，那就是气味。"

邱映霞看着陈浅。

"你出去后回来，身上多了一种气味。菊花，你喝了菊花茶。"

在陈浅说出邱映霞身上有菊花味之后，关永山就对他大为赞赏。回到办公室，王大葵就表示郭宝国那边，他一会儿立刻发电报，请上海区协助查实。但关永山认为如果陈浅要真成了日谍，一定会把一切都做干净。这时邱映霞在一旁说："今天天黑之前，我要知道这个郭宝国的全部亲友关系。"

王大葵不是很明白，关永山还是让他按着邱映霞的意思去办，并且告诉王大葵："邱科长有她自己的思路，你不用管她干什么，你看，我都不管。我只管跟她要结果。"

王大葵立刻心领神会地说："是，是。"

审讯完，陈浅被老汤带到军统第一处禁闭室，老汤表示刚才的事让陈浅受委屈了，陈浅却很坦然，老汤于是问陈浅想要吃什么他去给他买。

陈浅已经在床上躺下，他用脑袋枕着双手："老子想吃辣子鸡，不超过四斤重的童子鸡，只取鸡腿，腌足半个钟头，油炸，炸两次。花椒、干红椒、指天椒一样也不能少。出锅的时候辣椒得盖得住鸡肉，犹抱琵琶半遮面！"

老汤说："讲究！"

陈浅说还有更讲究的，需要小阿娣的手艺。

老汤不解："哪个是小阿娣？"

"本人外婆。"

第五章

第二天，陈浅再一次被带进了审讯室。

邱映霞换了一件衬衣，外套还是昨天那件制服，她正在摆弄一台仪器，这是一台军统刚刚从德国进口的测谎仪，很快这台测谎仪上的电线就被连接到陈浅的手腕上，太阳穴上。

这时邱映霞从口袋中取出一叠纸牌，在桌上展开成扇形，让陈浅抽一张。陈浅忍不住问："这跟审讯有关系吗？"

"有。你不用怕，除非你心虚。"

陈浅不屑地笑了，抽取了其中一张，移到自己面前。邱映霞让他记住这张牌面，陈浅就把那张纸牌对着自己略微掀起，看清了那是一张黑桃A。然后邱映霞让陈浅把它混进所有的牌里，打乱再给她，陈浅照办了。邱映霞接过陈浅递来的全部纸牌，告诉陈浅接下来她每亮出一张牌，就会问他一次是不是这张，陈浅要迅速回答她不是。

邱映霞接下来于是一连亮出了三张纸牌，陈浅都淡定地回答她不是。等到邱映霞亮出第四张纸牌，就是陈浅此前抽到的黑桃A时，她问："是不是这张？"

陈浅的神色表情与之前没有任何不同，他说："不是。"

可是他的话刚完，测谎仪就忽然发出警报声。邱映霞就把那张黑桃A的牌面转向自己看了一眼，又转向陈浅，"现在说实话，是不是这张？"

陈浅努力让自己定了定心神："是。"

测谎仪这时却安静地没有发出任何警示。邱映霞于是不再测试其余的纸牌，而是对一旁的对老汤说了一句："把人带进来。"

老汤点头并打开了房门，门外等候的，是一个名叫郭昌昊的年轻男子。

郭昌昊进来以后就立马向陈浅打招呼，这让陈浅有些意外，他辨认了一会儿，才问道："你是……郭昌昊？"

在郭昌昊在审讯桌的左侧坐下以后，审讯就又开始。邱映霞问了陈浅一些上一次见郭昌昊是什么时候，中间又为什么隔这么多年不见的问题，发现没有任何破绽以后，于是她开始时转入正题："陈浅，我现在再问你一次，你如实回答。你在行动前去见郭宝国，到底是哪一天？"

陈浅看着那台测谎仪，莫名心跳加快，但他还是努力让自己镇定心神，让心跳渐渐恢复正常，然后他说："11月26日。"

测谎仪却在这时毫不留情地发出警示音，陈浅的额角也因为紧张而微微渗出汗水，邱映霞盯着陈浅的眼睛："你撒谎！"

"我没有。"陈浅故作镇定

测谎仪却再次发出警示音。邱映霞胜券在握地看着陈浅，对郭昌昊说道："郭昌昊，把你刚才在外面跟我说过的话，再说一遍。"

郭昌昊于是说："陈浅大哥，我11月中旬去上海看望我叔叔，到11月27号离开，这期间我怎么没见过你？"

陈浅只觉得脑袋里嗡的一声，他竭力镇定自己，甚至还笑了笑："昌昊，你不是来逗我的吧？"

邱映霞却一声断喝："陈浅！我来替你说实话吧。你扛不过大刑，背叛了党国，甘做日谍。你在日本人放走你之后找到了郭宝国，买通他们一家为你做伪证，甚至全程在他们家养伤。如果不出意料，我们派去上海查探证据的人不会在郭家查到任何可疑线索。陈浅，你确实是个天才，但你忘了一点，你事后在郭家养伤或有人证，但你在被捕前看望郭宝国之事必是编造！一个国文教员出身的生意人在上海竟有呼风唤雨从日本人眼皮底下救人的本事，你编故事要不要再离谱一点？

"你千算万算，没料到郭昌昊11月26号的时候就在郭宝国家。你的证据链掉了链子，就是个肥皂泡，啪！必碎无疑。"

邱映霞说完盯着陈浅："把日谍陈浅给我抓起来！"

老汤立即带着两名士兵上前欲按住陈浅，陈浅却在这时让老汤慢着，然后站起身对邱映霞说："就凭郭昌昊一句话，你就断定我是日谍，这简直

就是笑话!"

"你瞒得过人,但瞒不过机器。"

陈浅冷笑:"是吗?那我倒要看看,郭昌昊这句谎话,能不能瞒得过机器?"说完,他一把扯掉贴在自己手腕上和太阳穴上的电线,他抓着那把电线,逼视着郭昌昊,让他跟自己对质,到底是谁在撒谎。

邱映霞于是让老汤给郭昌昊的手腕上和太阳穴上也贴上了电极,在邱映霞的讯问下,测谎仪没有出现任何警示。郭昌昊这时以为自己过关了,顿时松了一口气,然而他的这一神色变化根本没有逃过陈浅的眼睛,随即陈浅告诉邱映霞他也有问题要问。邱映霞沉默了两秒,就答应了他。

陈浅问:"11月19号这天,郭家为老太太请了一尊佛像,还特意请了真如寺的大师前来作法开光。我11月26日到郭家,请佛刚满七日,老太太特地邀我同她一道吃斋念佛,郭宝国作陪,请问你人在哪里?"

"我一直都在啊,反正从早到晚,我就没见过你。"

"你确定?"

"确定。"

然后陈浅转向邱映霞,说:"我问完了。"

郭昌昊不禁面露疑惑之色,马上他就听到陈浅对邱映霞说:"邱科长,现在让我来告诉你两个结论。第一,郭昌昊撒了谎。如果他从11月中旬到11月27号期间真的住在郭宝国家,那他一定知道,老太太请佛是11月27号的事,根本不是11月19号。刚刚他坚称自己在11月26日当天没有见过我,却没有指出请佛日子这个明显的错误,只有一个解释,他在撒谎。"

陈浅这段话一出,郭昌昊张口结舌,求助般地望向邱映霞。

陈浅在这时又接着说:"第二,这台测谎仪,也是个骗子。如果我没有猜错,你在那些纸牌上事先做过记号,所以你早就知道,我看过的牌面就是黑桃A。那么只要在我对着黑桃A说不是的时候,你暗中控制这台机器,它就会发出报警声!"

说着陈浅蹲下身来,观察着桌子底下,果然发现测谎仪的底部有一根电线从桌面的小孔中穿出,延伸到邱映霞一侧,并设置了按钮。随即陈浅站起身来,继续看着邱映霞:"根本就没有什么测谎仪,你这么做的目的不过是为了吓唬我,别想在你面前撒谎。"

邱映霞面无表情,陈浅又接着说:"至于郭昌昊,也是你找来的演员,你认定我可以事先安排一切,那么唯一的漏洞就在行动前的那次拜会。但凡我有一点心虚,那么在他的指认下,我必定自乱阵脚,满盘皆输!今天这场审讯,从头到尾,你都在给我下套!邱科长如果去当导演,一定比蔡楚生还厉害。"

邱映霞站起身来,拍了拍陈浅的肩膀,说:"陈浅,你若不是英雄,必是奸雄。党国的原则就是,只要你有一丝疑点,宁可错杀,绝不放过。"

"我最好的兄弟许奎林牺牲了,我答应过他,但凡我还有一口气,但凡我还能活下来,'吕布'和'貂蝉'的招牌就还在,我们的使命就没完。我承认你的手段很高明,但我陈浅忠于党国,问心无愧。"

陈浅一脸镇定沉着,他知道这一轮他赢了。

随即审讯室的门开了,关永山走了进来,一面鼓掌一面走向陈浅:"好!好一个问心无愧。"

王大葵手中拿着一份电文,也说:"上海方面已经回电,经多方证实,陈浅所述基本属实,他确实是被郭宝国所救。"

关永山面对着邱映霞,问她还有什么问题要问,邱映霞看着陈浅,略一沉吟:"祝贺你。"说罢她独自离去,老汤亦带走了郭昌昊。

关永山于是告诉陈浅审查到此结束,回头"四一大会",他可以亲自接受戴局长颁发的少校军衔和云麾勋章。陈浅则告诉关永山,未能完成行刺任务,还痛失搭档许奎林,他无颜领受这军衔和勋章。就在这样互相恭维和推让中,陈浅最后向关永山敬了一个庄严军礼,以示对这场审查的结束。

接受完审查,陈浅就可以回家了,但他事先去了一趟邱映霞的办公室,进去以后,陈浅一眼看到邱映霞面前自己的行李箱,明显被翻看过,陈浅立即问:"邱科长,我的行李物品还有问题吗?"

邱映霞合上了箱盖:"可以了,物归原主。"

"那就多谢了。"

随即就是老汤在为邱映霞之前审讯他的时候冒犯之处打圆场,陈浅也

配合他的话说下去，最后陈浅还对邱映霞竖了一下大拇指表示佩服，然后就提起箱子，说了一声："走了！"

陈浅没看到在他离开后，邱映霞的嘴角竟然露出了一丝微笑："此人只行刺杀之事，是埋没人才，做情报特务才不浪费他的天分。"

老汤立马接话："我还是头一次见你审问输了阵仗，还打心眼里高兴的。"

陈浅独自提着行李箱走在重庆街头，他从小贩手中买了一包久大烟厂的国魂香烟，给自己点上一支，美美地抽了一口。然后他看到一辆六座马车跑过街头，在一个站点停下，陈浅立即小跑两步，赶上马车坐上了上去。

马车载着陈浅奔过重庆高低起伏的街道，这让他心中更添劫后重生的感慨。当马车跑过一家瓷器店的时候，陈浅看到店内的店员正在盘点瓷器，他不由得多看了两眼。很快马车就载着陈浅来到家门口，陈浅看到家中灯光通明，而门口有两个浅浅的新鲜的高跟鞋的鞋印。陈浅想了想，掏出钥匙，轻微而小心地打开了门。

马上，陈浅就看到外婆跟一个姑娘在讲解自己的成长影集，姑娘手中翻着影集，眼神却在流转，她早就注意到了越来越近的陈浅，却仍当作没注意到。等到陈浅走到身边，外婆转身，大惊，在陈浅肩上拍一记："哎呀陈浅，你吓我一跳。你是想要吓死我吗？你吓死我就不用我管了是吧？"

陈浅大笑："你这个老仙女，你死不了。"

外婆喜形于色的样子像个孩子，拉着陈浅看半天，说他瘦了，陈浅拗不过外婆，只好承认自己瘦了。寒暄了半天外婆才突然想起什么似的："你朋友等你半天了，说你要出差回来了。你有这么漂亮的朋友，怎么从来没告诉过我？"

陈浅看了姑娘一眼，姑娘也笑眼看着陈浅。随后外婆再和陈浅说了几句，就很识趣地说自己要去做饭，把空间腾给了他们。陈浅和姑娘坐在桌的两边，陈浅盯着姑娘："姑娘认识我？"

姑娘笑了笑："我叫吴若男，初次见面，请多关照。"

陈浅于是问吴若男从哪里来，吴若男却突然靠近陈浅，反问他："你最怕我从哪里来？"

"我有什么可怕的？"

"你不怕，可你外婆，还有门外那位朋友，你说他们会不会怕？"

陈浅此时听到了敲门声响起，不由得脸色一变。陈浅打开门，发现是发小钱胖子正倚门而立，头上戴着礼帽，手中提着一个食盒，陈浅责怪他装模作样，然后一把夺过钱胖子手中的食盒，就欲关门。钱胖子却一手抓紧了食盒，一手推门，自己走了进去。钱胖子走进去先跟陈浅胡侃了几句，这时才看到沙发上还坐着一位姑娘："咦，还有客人啊？"

吴若男就对钱胖子略一点头微笑，钱胖子看着，却立马低声问陈浅："哪里带回来的漂亮姑娘？"但是刚问完，外婆就在厨房喊让钱胖子去给她打个下手，陈浅也立即就让钱胖子去帮忙，钱胖子立即心领神会地笑了，说："好的，我帮忙，我回避。"然后就朝着厨房走去，进去以后还关上了厨房门。

客厅里就再次剩下了陈浅和吴若男两个人。陈浅再次质问吴若男的身份，吴若男却说没有他们放水，陈浅根本无法从梅机关逃脱。这让陈浅猜测吴若男是井田派来的，于是他试探："所以，你想说连郭宝国也是你们买通的？"

吴若男却笑起来，说："这不重要。重要的是，以后你得乖乖听我的盼咐，你的外婆，还有郭宝国，才能长命百岁。"

听到她这么说，陈浅立马知道她对梅机关发生的事一无所知，于是心中大定，知道她绝非井田的人。于是他笑嘻嘻地靠近吴若男："是吗？可我外婆说过，男子汉大丈夫，除了她和我将来媳妇的话，哪个女人的话也别听。"

吴若男以为陈浅要占她的便宜，瞬间从口袋里掏枪对准了陈浅，随即吴若男却将枪口一转，对准了厨房方向。陈浅脸色一变，一脚踢中吴若男的手腕。吴若男只觉得掌心一震，那支掌心雷就到了陈浅手中。吴若男想要夺回，却发现不是陈浅的对手，反而在情急之下，攻击陈浅的时候，将客厅桌上的花瓶踢飞。响声惊动了在厨房做饭的外婆，外婆想要钱胖子去看看，钱胖子却觉得不用担心，外婆却担心万一陈浅对人家姑娘没有分寸。

所以等钱胖子走出来的时候，刚好看见吴若男因为一个旋踢被陈浅躲开，失去平衡即将倒地，被陈浅拦腰抱住后，跌入了陈浅怀中的场景。

吴若男看着陈浅近在咫尺的脸，突然觉得心如鹿撞，乱了心神。而听到钱胖子出来的陈浅立刻放开了吴若男，并将掌心雷藏入口袋。

"那个……我是不是出来得不是时候？"钱胖子的表情有些讪讪的。

吴若男却忽然伸手欲打陈浅耳光，被陈浅一把捉住手，并且忽然掏出枪对准了吴若男。吴若男看着眼前黑洞洞的枪口，"外面可都是我的人。"

"别演了，说吧，除了这个胖子，还有谁是你的同伙？"陈浅说着看了钱胖子一眼。

"我不是我不是。唉，我早说了，跟陈浅没的玩，吴若男她非要再试探你一次。"钱胖子立马跟吴若男撇清关系，陈浅也把那支掌心雷抛还给吴若男，吴若男有些狼狈地接住，说："你是怎么看出来的？"

"就算是试探也拜托认真点儿。枪里连子弹也没有，这不是闹着玩是什么？"

这时厨房内传来外婆的声音："陈浅，吃饭了，快来把辣子鸡端出去。"

"来啦。"

陈浅和钱胖子两人毫不客气地对着一盘辣子鸡大快朵颐。钱胖子还是不理解陈浅是怎么看出他跟吴若男是一伙的。陈浅告诉钱胖子，进门的时间点掐得太好了，而他事先并没有听到门外的脚步声，说明钱胖子已经在外面等了一会儿了。而且钱胖子好歹也算是个特务，见到陌生女子出现在他家，既不好奇还刻意回避，根本不是钱胖子的风格，搁平时钱胖子见到漂亮姑娘，都恨不得直接把人家生辰八字问出来。

钱胖子听完嘿嘿一笑："这姑娘的生辰八字我可不敢问。"

陈浅立马知道吴若男的来头不小，钱胖子也点了点头，压低声音："八十一军团蔡迪龙将军的私生女。处里人人皆知，却没人敢说的'秘密'。"

陈浅"哦"了一声，接着吃起了辣子鸡。

此时吴若男正在卫生间内洗手，她对着镜子看着自己，突然就回想起刚才在陈浅怀中与他四目相对的画面，她迅速伸手接水拍打自己的脸，让自己冷静下来。外面陈浅和钱胖子还在聊天，知道钱胖子和吴若男都被关永山调到了一处，现在是邱映霞的手下。

不一会儿，吴若男从卫生间里走了出来，陈浅让她在他家吃饭不用客气，不然就等着饿肚子，吴若男说她像是那种会客气的人吗，说着伸出筷子却与陈浅夹住了同一块鸡肉，两人互不相让，又在筷子上较起劲来，最后那块鸡肉飞出，掉到了钱胖子的碗里。

大家不由得面面相觑。钱胖子用汤勺舀起那块裹着羹汤的鸡肉放进嘴里："哎呀，渔翁得利，渔翁得利，多谢多谢。"

吃完晚饭，陈浅和外婆送钱胖子和吴若男出来。外婆叮嘱吴若男以后要常来，吴若男满口答应，并且还和外婆相谈甚欢，最后才依依惜别。

他们都走后，外婆抱着一条被子走了进来，只见陈浅正在整理照片，他找到一张许奎林与自己的合影，取出来，放进相框中。

外婆放下被子就对陈浅说："衣裳脱下来。"

陈浅不同意，外婆却从口袋里掏出一盒膏药："别以为我不知道你每次出去做啥，这次又是一身伤回来的，我看出来了。脱衣服擦药了。"

"外婆，你会不会为我担心？"陈浅突然问。

"自家孩子受伤受苦，哪有不担心的。不过呢，阎王什么时候来收你，生死簿上早就写好了，担心他就不来了？"

这时陈浅已经脱下了衣服，露出身上的伤口，外婆看见心一缩，拿起膏药就给陈浅擦起来，"人生总是要受伤的，多伤几次，就皮实了，以后多大的风浪，都能顶得住。"

"可是外婆，许奎林没顶住，他……回不来了。"

陈浅的语调很是难过，外婆擦膏药的手也停顿了一下，过了一会儿，她轻声地说："这是命。可惜了，年轻得像根葱。"不过外婆又说："不过你记住，他是为家国而死。你也一样，只要是你认定该做的事，就别怕不能回来，你这辈子才不会后悔。"

"嗯。我什么也不怕，就怕我走了，没人照顾你。"

外婆一听就不服气起来，说到底是谁在照顾谁。陈浅就跟外婆斗起嘴

来，说今天一个陌生人来家里，说是他的朋友，外婆就信了，万一她是敌人呢？外婆也不服输，说她是不是坏人，她一眼就看出了，还说能看出来陈浅跟这姑娘是第一次见，并且陈浅要是乐意娶这姑娘，她应该也会乐意进咱们家门的。

陈浅不屑地一笑，"你就别乱点鸳鸯谱了。"

"哦，我知道了，你是不是有意中人了？"

陈浅的眼前突然浮现春羊笑意盈盈的样子，"你又知道了？"

"那发夹是谁的呀？"

"你翻我行李了？"

"你哪回回来不是我替你收拾行李帮你洗衣服的？"

"行行行。我自己去洗衣服还不行吗？"

陈浅起身就打算离开，外婆却追上来："喂，不准跑，药还没擦完呢。你还没告诉我那姑娘是哪里人呢？"

钱胖子用脚踏车载着吴若男行驶在街上，街上已人烟稀少。突然，钱胖子听见吴若男说："我听说外婆其实是陈浅家的保姆。"

"对啊，外婆叫小阿姊，在他们家干了四十多年了，陈浅待她就跟亲外婆一样。"钱胖子回答。

吴若男顿时对这种感情感到有点羡慕，不像她，明明有亲人，却跟陌生人差不多。钱胖子却不理解，觉得像她这样要啥有啥还没人管的日子，他羡慕还来不及呢。

所以这个世界上就是缺什么羡慕什么。

"你跟陈浅认识多久了？"吴若男又问。

钱胖子回答完了，吴若男又说到了陈浅，钱胖子却在这时狡黠地笑了："你三句不离陈浅，你想干什么？"

吴若男一巴掌拍在钱胖子后背："你管我想干什么？"

钱胖子吃痛大叫了一声："哎哟，我不管还不行吗？我哪敢管呀……"

第二天早餐时间，邱映霞和老汤还有吴若男在一张桌子上就餐。老汤问起了吴若男昨天她和钱胖子去陈浅家试探他的事，说得正兴起的时候，老汤突然看到陈浅和钱胖子从食堂窗口打了重庆小面，挤出人群，准备过来找桌子就餐。

老汤说："说曹操，曹操到。"

吴若男于是连忙招呼钱胖子过来坐，钱胖子看到，拉着陈浅一起向他们走来。陈浅在向邱映霞打过招呼后，就和钱胖子到稍远处另一张桌子上坐下开始吃饭。

吴若男的眼神却一直有意无意地追随着陈浅的身影，邱映霞坐在一旁，这些都被她看在眼里，她的嘴角露出一丝看破一切的笑意。

陈浅把手中那碗重庆小面吃得稀里哗啦的时候，忽然听见背后一桌王大葵和小方在嘲笑许奎林是被活活吓死的，就是个厌包，根本不配拿到"云麾勋章"，甚至都算不上是牺牲。

陈浅在一忍再忍后，终于忍不住用腿往后一顶，顿时他的凳子向后一移就撞到了王大葵的凳子。王大葵不满地回头，随即就认出了陈浅。马上王大葵就伸手欲与陈浅握手，"你大概还不认识我。在下第一处谍参科副科长，王大葵。"

陈浅只是冷冷地看着他，并不与他相握，这让王大葵不禁感到有些尴尬。

"党国要是少一些像你这种不学无术、长舌无聊的人，鬼子早就被打跑了。"

听到这句话，王大葵的脸色立马变了，他说："你……什么意思？请你放尊重点！"

"不把你五马分尸就算客气了，还要怎么尊重？你给我听好了，我和许奎林出生入死，杀敌数十，要拿云麾勋章，我们的战功根本就绰绰有余。许奎林英勇就义，是我亲眼所见，哪来的被吓死一说？"

眼看着情况不妙，钱胖子赶紧上前拉住陈浅："行了行了，陈浅。"

陈浅却并不罢休，他对着王大葵说："今天我很生气，所以你要跟我道歉。如果不澄清事实，后果会很严重。"

远远地，邱映霞和老汤，还有吴若男都听到了这番话。食堂里的众人

也都被两人吸引，围拢过去，就连吴若男也忙放下筷子围了上去，只有邱映霞自顾自喝着粥，仿佛对一切不为所动。

陈浅的拳头已经握紧，他告诉王大葵："我数到三，再不道歉，我至少让你掉三颗门牙。开始吧，一，二……"

"怎么？有人跟我们谍参科杠上了？"突然一个声音在众人的围观圈外响起。

陈浅扭头望去，只见众人让开一条道，谢冬天站在圈子外，身穿风衣，用ZIPPO打火机手势纯熟地为自己点了一根骆驼香烟，并对着陈浅的方向漫不经心地吐出一个烟圈。烟雾中他瘦削的脸庞无喜无怒，眼神却冷得像刀子。

随后谢冬天叼着烟走到陈浅面前，微笑地盯着陈浅，"原来是我们的大英雄'吕布'。这是出了什么大事，有多大的仇怨，才非要揪着我谍参科的人不放呢？"

"谢科长这话，听着就很体恤下属。不过你难道没教育部下，散布谣言，蛊惑军心，污蔑烈士是要军法处置的？"

王大葵却在一旁嘀咕："烈士？哼……烈士又不是你能定的。"

陈浅二话不说一拳打在了王大葵脸上，顿时打掉了王大葵的两颗门牙。

众人哗然。王大葵吐了一口血水："你竟然动手打人……你……我的门牙……而且是两颗，天哪……我最重要的两颗门牙。"

"不杀人那已经很客气了。"陈浅对王大奎怒目而视。

王大葵于是作势就咆哮着要往前冲，被谢冬天伸手挡住了。谢冬天转过头来，冷冷地看着陈浅："寻衅斗殴，就算你不怕军法处置，戴老板的家法你也不怕吗？"

"死过无数回了，我还能怕什么？现在我是在帮你教育部下，免得连累到关处，因谢科长教导下属无方而受到局座批评。"

现场局势一触即发，钱胖子小声说："陈浅，要是不想动静闹大，就见好就收。要是你想闹大了，算我一个！"

吴若男也一副看热闹不嫌事大的样子："什么叫见好就收？没啥好收的。陈浅，你可以啊，身手不错。"

王大葵大叫着欲扑上来与陈浅相斗，被小方和另一名特工死死拉住，"别拉着我，看我今天不把这个不知天高地厚的五马分尸。我丢脸没事，我们谍参科的脸不能丢，都别拉着我……"

眼见着就要闹得天翻地覆，邱映霞依旧视若无睹地喝了一口粥。这时老汤端着花生米到了桌边，放到她面前，两人继续旁若无人地吃着早餐。

谢冬天在听了很久以后，终于明白是王大葵乱说话惹怒了陈浅。谢冬天捏了捏王大葵满是血水的嘴角，朝向陈浅，说："陈浅，现在满意了吗？"

陈浅突然问："谢科长也有亲人吧？"

"谁没有亲人？"谢冬天有点敏感。

"那要有人往谢科长的亲人身上泼脏水，还死不认账，谢科长能满意吗？"

谢冬天的喉结滚了滚："王大葵，看来陈浅还是不满意，我帮不了你了。"

谢冬天退到一旁，王大葵的气势顿时弱了几分。面对陈浅咄咄逼人的气势，王大葵吓得有点结巴。这时候关永山出现在了食堂门口："哟，这都是干什么呀？饭堂变成练武堂了？"

关永山的到来让饭堂的局势暂时缓和了下来，关永山问陈浅什么误会非要用武力解决。陈浅立刻回答关永山："报告关处，戴局长在内部大会上说过，没道理可讲的事，正义之事，必以武力解决。"

谢冬天这时也说："关处，陈浅这是把同事当成了敌人。戴局长的话属下不敢反驳，不过我也记得局本部的纪律里有一条，凡寻衅滋事打架斗殴者，一律关禁闭48小时。"

关永山在斟酌了情况以后，决定按纪律关陈浅禁闭48小时。吴若男在一旁忍不住，跳出来说："关处，这件事是王大葵挑起的，要不是他说许奎林的坏话，陈浅也不会教训他。"

关永山抬手制止了吴若男说下去，并吩咐谢冬天负责调查清楚这件事，之后关永山看了邱映霞一眼，又告诉谢冬天实施禁闭也由他执行。

说完以后关永山就离去了。谢冬天的嘴角在这时露出了一抹不易觉察的微笑，再次抽了一口烟。陈浅凌厉的目光穿透笼罩在谢冬天身周的烟雾，盯住了他。

然而在不远处的邱映霞已经安静地吃完了早餐，然后用手帕擦了擦嘴，随后就不动声色地离去了。

吴若男还在为关永山让谢冬天负责调查这件事感到愤愤不平，觉得谢冬天肯定护着自己的手下，当官的一个比一个黑。老汤让她牢骚在他跟前发两句就算了，这种话在外面说不得，况且关处处事，自有他的道理。

吴若男还是不服，老汤在窗前给自己的植物修剪着花枝："关处调陈浅来第一处的事，处里上下差不多都知道了。有本事没本事的人，都各自揣着心思打着算盘。"

"那谢冬天肯定是怕陈浅抢他的风头。"

老汤却解释："今天的事谢冬天跳出来说了话，陈浅打人的事大家也都看见了，关永山要是不罚陈浅，就有偏袒之嫌。木秀于林，风必摧之。关处罚他，也是为了保他，树敌多了对陈浅也没好处。"

吴若男却觉得凭陈浅的本事不会怕树敌，只有那些没事光拍马屁的人才怕乌纱不保。

老汤笑了笑："陈浅还年轻，让他受点挫折，是好事。"说着他咔嚓一声，剪下了一截枝条，说："是时候再插一盆了。"

禁闭室里，陈浅坐在墙角，正高唱着《荆轲刺秦》："风萧萧兮易水寒，壮士一去兮不复还，探虎穴兮入蛟宫，仰天呼气兮成白虹……"和许奎林牺牲时不同，陈浅的歌声此时少了些悲情，多了些斗志。

而在禁闭室外，钱胖子正蹲坐在地上，一直在为陈浅还是打王大葵打得太轻了而喋喋不休，他觉得陈浅至少得打掉他整排牙齿。陈浅听到这里突然停下来，他对钱胖子说："王大葵不足为虑，那个谢冬天才是狠角色。"

钱胖子对陈浅这句话十分认可。因为大家都知道谢冬天来军统之后，最大的功劳就是抓住了电讯处的共谍。但为了抓住这个共谍，谢冬天把整个电讯处上下洗了一个遍，至少抓了十来号嫌疑人，等到最后，也没弄清楚谁才是共谍，但是电讯处没死的人，也差不多都残了。

陈浅哼了一声："这算什么真本事？"

"可关处就是挺器重他的，没办法。处里真有本事的人也不多，关处也怕……"钱胖子突然压低了声音："邱科长一家独大。"

谢冬天走进自己的办公室，走到文件柜前，对着柜子玻璃上的影子整了整衣衫，又将略微凌乱的头发用梳子梳理整齐。王大葵此时走了进来，正拿毛巾擦着脸上身上的血迹。另一只手里一张纸中，包着两颗被打掉的牙。

"他娘的，今天是遇上疯狗了。这断齿之仇，老子早晚要报。"

谢冬天转过身来："你也长点教训。有些人，有的地方，碰不得。"

"我这次吃点亏也就算了，关处总算看你的面子，把他关了禁闭。但等他出来了，你可得小心点。不管关处把他安排在哪儿，往后都是你的劲敌。"

谢冬天走到桌前坐下，不屑地笑了笑："要是我没猜错，邱映霞会跟关处把陈浅要过去。"

谢冬天也的确没猜错，邱映霞吃完早餐后，就走进了关永山的办公室要了人。王大葵也立马就反应过来："对啊。她下面还缺一个副科长。陈浅好歹在上海立了功，给个副科长职务总是要的。那邱映霞本来就难搞，再加上陈浅，日后只怕更难对付。"

"认识我到现在，你看我输过吗？"

王大葵摇头："我一直觉得，我最大的本事，就是跟对了谢科长您。"

谢冬天受用地一笑："邱映霞正在查'矮脚虎'，我们必须抢在她前面。要让关处和戴老板都看看，到底是军情科强，还是谍参科牛。"

第六章

光线从窗口透进来,照出一片跳舞的尘埃,陈浅靠着墙,就望着那片尘埃发呆。然而此时外面却传来两个人的脚步声,是吴若男和钱胖子来给陈浅送饭。但是陈浅刚打开禁闭室的小窗,一个文件袋就被吴若男丢了进来。

"邱科长给你的作业,48小时要是做不完,就再关48小时。"吴若男站在禁闭室门外朝陈浅说。

陈浅捡起来,打开文件袋,首先看到的是最上面的一张任命文件:兹任命陈浅为军统第一处军事情报科副科长。文件上有着鲜红的印章,还有关永山龙飞凤舞的签名。接着打开下面的一叠资料,只见首页写着:关于高射炮群情报泄露情况的调查,正文内有"矮脚虎"的关键字。

陈浅仔细地翻阅着资料,吴若男和钱胖子就坐在禁闭室的门外啃着鸡爪,钱胖子边啃还边向陈浅介绍着有关"矮脚虎"的情况,他说:"我们已经根据他泄露的情报对他的身份做了初步推断,军方内部人员,军衔少校以上。但这个范围还是太大了。"

陈浅的目光此时从资料中的"嘉陵宾馆""老巴黎理发厅""心心咖啡厅"等字样掠过,然后他对钱胖子说:"这个人一定留过学,而且是欧洲国家。"

吴若男一愣,放下了手中的鸡腿,"为什么这么说?"

因为按照资料上被捕的日特供述,"矮脚虎"最近三次分别将情报放在了嘉陵宾馆的卫生间水箱内、老巴黎理发厅的储物柜还有心心咖啡馆的杂志架上。时间分别是10月3日、10月27日和11月19日。而陈浅记得,10月初嘉陵宾馆举行过为期一周的意大利建筑文化展,但是资料上显示的这个放情报的厕所距离餐厅很远，当日住宿的客人名单里也没有找到可疑对象。所以陈浅推测"矮脚虎"不是以住宿或吃饭的方式进入宾馆的，而是以看展览的方式。然而重庆弹丸之地，在公共场所遇见熟人的概率很大，如果"矮脚虎"有留学西方的教育背景，那么万一撞见熟人也不会令人起疑。

吴若男听完陈浅的话，觉得这一切只是陈浅的推测，虽然有道理，但还是有点玄。

于是陈浅提供了更多的证据链。

首先，10月27日，"矮脚虎"把情报放在了老巴黎理发厅的储物柜里，那是一个男式提包。从照片上看，做工一般，似乎使用了有些年份，但陈浅认得出，那是一种顶级的植鞣革，一般皮革的鞣制时间只需三到七天，但这种皮革的鞣制时间长达半年，会有特殊的质感，封边必须是打磨塑性的方式。国内达不到这样的工艺水准，陈浅认为应该产自欧洲国家。他让吴若男去查一查，西方小众品牌的包袋近十年的款式。

其次，11月19日，"矮脚虎"把情报留在了心心咖啡馆的一本英文杂志里。那么"矮脚虎"选择的这本英文杂志必须很小众，这才能确保不会被接头人以外的人翻看到，而且他翻阅的这本书必须符合自己的身份和品位，所以他一定有留学背景，并且不可能是东方国家，只能是西方国家。

最后，"矮脚虎"最近一次的发报地点，是在华中图书公司的三楼杂物间。而陈浅记得华中图书公司三楼，有一整面书架的原版英文小说。"矮脚虎"要在三楼逗留，又要乘人不备进入杂物间发报，那"矮脚虎"必须是这里的常客，而且得待在人流稀少的区域。因为相比其他冷门中文书籍，看英文原版小说的人是最少的。

此时，陈浅翻看着资料，他还提出了一个更为大胆的猜想，那就是从他们已经截获的电报里计算分析出，有几个高频英文单词，分别是 her，light 和 grain。电报里出现英文单词，而且还是常用词，这让他觉得，译电码可能是一本英文小说。

听陈浅说完，钱胖子和吴若男在禁闭室外不禁对视一眼。然后钱胖子仿佛醍醐灌顶一样，"英文小说？我们怎么没想到？对啊，谁能想到他们会

用英文小说做密码本呢?"

"是啊，想不到的才更保险。"吴若男回答他。

陈浅则说："如果留过学，英文熟练，用英文做密码本完全可行。"

说完他又快速翻找手中的资料，很快他就翻到那天某炮兵营临时通知在罗家湾附近敬义堂召开紧急会议，不到两个小时，会议现场就遭受了轰炸。所以陈浅怀疑，"矮脚虎"在获悉情报之后，应该是匆忙之中来到华中图书公司。而那个译电本，他不可能随身携带，极有可能就在书架上，他在华中图书公司就能根据密码本写出密电码，这才能第一时间传出情报。

对于陈浅提供的这些信息，吴若男一脸惊喜，"有道理！神了，陈浅你简直可以去当算命先生了。"

钱胖子也立马说："我一会儿就去华中图书公司实地考察确认。"

陈浅继续翻阅着手中的资料，他又说："还有，他的年龄不会超过35岁。"

"这你又是怎么知道的？"钱胖子立即问。

"更早的一次接头地点，9月24日那次，是在人民公园溜冰场。上年纪的人，怎么会去那种地方？所以……"陈浅的眼中闪着光，"他一定是个洋派的年轻人。"

在陈浅在禁闭室分析这些资料的同时，谢冬天戴着墨镜走进了码头附近的一家露天茶馆，一排躺椅上躺着一排茶客。这时他看到倒数第一张椅子上躺着一个布衣男子，脸上盖了一顶草帽，身上盖着一张报纸。于是他走到空着的倒数第二张椅子上坐下，"我要的东西带来了吗？"

草帽男听到谢冬天的声音："钱带够了吗？"

"你要价太高了，不见到东西我不放心。"

"别处买不到的东西，就值这个价，我可是冒着被老大剥皮的风险卖给你的。你放心，东西包你满意，我还指望着做你下次生意。"

谢冬天想了想，把几张钞票递到了草帽男手中："好，一旦你们有行动，你必须第一时间通知我。钱，不是问题。"

"我就喜欢跟你这样的人做生意。"草帽男坐起身来，戴上帽子，他低头数了数钱，而他头上的草帽仍旧把他的脸遮盖得严严实实，数完，草帽男收起钞票，说："看见前面那家糕点铺了吗？"

谢冬天顺着草帽男的眼神，马上就看到了不远处有家明记糕点铺。等到谢冬天走进糕点铺，伙计立马迎上来："客人要来点什么？"

"小黑哥订了两份桃片，已经付了两块钱，让我十二点钟来取的。"谢冬天回答。

伙计看了谢冬天一眼，便从底下的柜子里取出两包糕点交给了谢冬天。谢冬天接过糕点，走至僻静处，才拆开了那两包糕点，里面并不是桃片，而是一些"矮脚虎"相关情报资料。

谢冬天立马精神一振。

被关了两天后，胡子拉碴的陈浅才被放了出来。关永山站在门外，微笑着说："年轻人，我送你一句话，想要有前途，就得低调做人，高调做事。"

"多谢关处教诲，可要是碰上疯狗咬人，我一定要他的狗命。这跟高调低调，一点儿关系也没有。"

关永山觉得陈浅还是年轻气盛，有些道理，他总要栽些跟头才会懂，于是他对陈浅说："陈副科长，跟着邱科长好好干，有前途。"

陈浅于是对着关永山说："是，关处！"

而早就等候在一旁的钱胖子看着关永山离去，迫不及待地上前："快，跟我走。"

马上陈浅就跟着钱胖子驾着车，行驶在重庆的街道上。陈浅忍不住问钱胖子："华中图书公司带回的那几十本英文小说里，都没有找到符合条件的密码本？"

陈浅之所以这样问，是因为昨天钱胖子已经按照陈浅提出的推理去过了华中图书公司三楼，但是钱胖子对着满墙的原版英文小说一筹莫展。想了想，他开始翻看架子上的英文小说，又拿出纸笔，开始记录那些小说的名字，然后又把它们一样一本全部买了回去带给了陈浅。陈浅通过钱胖子告诉他的现场情况分析，告诉他密码本肯定不会放在不容易拿到的顶层，

因为搬动步梯，难免产生动静，吸引他人注意。而华中图书公司的书架一共有八层，这样就还剩下底下的六层，几十本书。但是要译一段电文，可能要翻动很多页码，还有可能产生折痕，如果垫着书本写字，甚至还有可能留下书写的痕迹。

最终陈浅从前胖子买回来的那几十本书中选出了十余本符合条件的书，分别是《傲慢与偏见》《太阳照常升起》《大地》《纯真年代》《呼啸山庄》《悲惨世界》……最终通过陈浅的不断翻阅演算，终于在第二天中午演算出这些书都不是密码本，但这个密码本的前一百页中，一定有连续三页的首行，同时出现过 her, light 和 grain 这三个词。

符合这个规律的英文小说，就是密码底本！

钱胖子开着车，说："对。邱科长认可你的思路。现在她认为这个叫沈雄的嫌疑最大。如果他就是'矮脚虎'，那么一定能在他家里找到密码本。"

原来，在陈浅不断演算密码本规律的同时，吴若男也一直把自己泡在档案室里，在翻阅大量档案、筛查了无数人员后，她终于按照陈浅提出的那些条件，将"矮脚虎"的人选圈定在三份档案内，他们的姓名分别是季坤霖、沈雄、李东平。但是邱映霞一早就盯上了这其中的沈雄，因为沈雄一个炮兵营长，俸禄低微，却平均两个月就会换一个白人女朋友，正常来说这是根本不可能的。但是在这之前，邱映霞除他之外，盯的还有五个人，是陈浅把他们怀疑的范围缩小了。

很快钱胖子就将车开到了小洞天川菜馆附近，钱胖子一指川菜馆："看见小洞天了吧？对面就是沈雄家。邱科长说了，只要你今天把'矮脚虎'捉拿归案，小洞天八大碗伺候。"

"小洞天八大碗也比不上小阿娣的辣子鸡。但我要是算错了，我倒请邱科长十八大碗。"

小洞天二楼包厢，吴若男已经看到钱胖子的车驶到了附近，她扭头对邱映霞说："陈浅他们到了。"

邱映霞喝了一口菊花茶，说："准备。"

吴若男一点头后，就走到小洞天川菜馆旁一部临时接线的电话机旁开始拨打沈雄家的电话。电话铃声响起的时候，沈雄正在家和一个白人女子亲热，衬衫都已经解开了。听到铃声，女子推开了沈雄，让他先去接电话，沈雄于是只得扫兴地翻身到床边，接起了电话："喂，我是沈雄。"

吴若男假装自己是团部调来的新秘书，告诉沈雄团座有令，让他速回营地，有紧急会议。然而沈雄却对吴若男的身份不信任，吴若男于是加重了语气，"怎么？沈营长是需要团座亲自下令吗？"

沈雄这才说："没有没有，请转告团座，我会尽快赶到。"

之后吴若男撂下电话，对包厢内的老汤点了点头，而邱映霞依旧坐在一旁喝着菊花茶，一边用望远镜望着对面的沈雄家。不一会儿，她就看到沈雄和白人女子一起出门离开，这时车内的钱胖子和陈浅也看到了出来的沈雄。

等到沈雄坐着黄包车离去以后，钱胖子对陈浅说："邱科长的计划是，先调虎离山，等他走了，你就进入他家，设法找到密码本和发报机，在找到证据之前，切忌打草惊蛇。"说着还交给了陈浅一个微型相机，"这个带上，应该能派上用场。"

陈浅接过，"我有多少时间？"

钱胖子看表，显示时间为十点，然后告诉陈浅大概一个钟头，但实际上钱胖子还没有搞明白，既然沈雄的嫌疑这么大，为什么不直接抓起来审问。陈浅告诉他，从矮脚虎以往发出的情报来看，很可能不是一个人，而是几人组成的团队。邱科长应该是想好了，必须把他们连根拔起。

钱胖子这次才恍然大悟："原来如此。"

陈浅独自走进公寓，来到二楼201房门口，在确定楼梯上无人之后，他用一根铁丝打开了公寓房门。陈浅进去迅速观察了一下屋内环境，两间卧室，一间属于沈雄，另一间是客房。除了客厅和饭厅，另有一间书房。看完陈浅走向窗口，拉开了窗帘，从窗口望向对面小洞天川菜馆二楼包厢窗口。

因为他想起下车前钱胖子对他说的话："沈雄的老妈今天跟荣记裁缝铺约了十点量体裁衣，然后来沈雄家中吃午饭。就算半小时完成，她从裁

铺回来也要半小时以上，沈雄老妈一出裁缝铺，我们的人会从那里打电话通知我们，而邱科长和吴若男就在对面小洞天包厢里，一接到电话，吴若男会用镜子向沈雄家里反射光线作为信号提醒你。一旦沈雄老妈回到这条街，吴若男会第二次发出提醒，这时候，你就必须立刻离开沈家。"

此时只开了一道缝的包厢窗口，吴若男也看到了对面沈雄家书房窗口的陈浅，说了一句："他进去了。"而邱映霞看了看表，此时是十点零八分。

陈浅迅速开始查看沈雄书架上的书籍，果然发现了不少英文原版小说。陈浅拿出微型相机，拍下了这些小说的封面。随即陈浅又开始在主卧室翻箱倒柜地寻找发报机。他打开衣柜，敲击背板，以确定柜内是否另有洞天。

陈浅在做这些的时候，钱胖子走近不远处的交叉路口，蹲在路边，盯着过往的每一辆黄包车。突然他看见沈雄竟然坐着黄包车归来。原来刚才沈雄坐在黄包车上离去后，他一直坐在车上思索，突然他似乎想到什么，然后马上勒令黄包车夫停下。黄包车停下后，沈雄直奔旁边的电话亭，开始拨打团部的电话，听到电话里传来冯秘书的声音后，沈雄神色一下变得凝重。

钱胖子迅速点烟，并向小洞天二楼方向挥手，并指向沈雄所坐的黄包车。这时一直站在窗口的吴若男也看到了沈雄，"不好，沈雄怎么回来了？"

听到吴若男的话，包厢内正在下象棋的邱映霞和老汤对视一眼，迅速起身到窗口查看。

吴若男有点焦急，"现在要怎么办？"

邱映霞却看着下面沉吟不语。楼下沈雄下了黄包车后一边抽烟一边在公寓楼下站立了一会儿，四下观察着，钱胖子佯装看起了报纸，挡住自己的脸，而沈雄抽完一支烟后就进入公寓楼。

邱映霞这时说："他想跑。"

陈浅此时再次走到了书房，开始翻看沈雄的书桌抽屉，他发现有一个抽屉是上锁的，他又掏出铁丝，移开椅子，欲捅开抽屉锁，而窗外突然有一注强光照进了屋内。一抬头，陈浅就看到对面的吴若男用镜面反光射向这边，吴若男看到陈浅之后，用手做了个接电话的动作。

陈浅一怔，随即看表，此时是十点十九分。电话马上就响了，是老汤从对面包厢打过来的。陈浅又望向吴若男，只见她继续做出接电话的动作。于是陈浅立即停止了撬抽屉的动作，迅速走进主卧室到电话机旁，他接起了电话，把话筒放到耳边，但没有出声。老汤在电话中告诉他，沈雄忽然回来了，让他想办法把他控制住。

陈浅撂下电话的同一时刻，就听到了门外开锁的声音。情急之下，他钻入了床底。沈雄打开门，走到书房门口的时候忽然站定，他的目光望向被拉开的窗帘。然后轻轻地走进书房，立刻发现被挪动过的椅子，再观察抽屉锁，发现上面有被金属剐蹭过的痕迹。

沈雄立即警惕地拔出枪，举枪查看屋内一切可以藏人的地方，在他都检查一遍后，整个卧室在他眼中一览无余。他盯着床底，床底下的陈浅没有携带其他武器，唯有将口袋中那截铁丝握在手心。

可是当沈雄欲走向卧室内的时候，忽然客房传来一声轻响，他迅速走向客房方向。然而只是风吹窗帘，带倒了桌面上的一个相架，确认客房没人，沈雄的目光再次望向了主卧室。

公寓里的情况已经十分紧急，而此时公寓楼下一辆汽车却突然驶来。钱胖子下意识地藏身到一个水果摊后面，却惊讶地发现，车上坐着的人竟是沈老太太和谢冬天。谢冬天主动下车帮沈老太太打开车门，并帮她抱起后排的几套西装和一匹绸缎面料，陪同她一起上了楼。

这一切都让在二楼包厢观察的吴若男不禁发出疑问："为什么是谢冬天送沈老太太回来的？我们的人为什么没在沈老太太离开裁缝铺的时候打电话通知我们？"

"一定是什么地方出了差错。"老汤说

"要不要让钱胖子设法拦住他们？邱科长？"吴若男问邱映霞，

钱胖子也在楼下望向小洞天包厢窗口，焦急地等待邱映霞的指示。

"不，放他们进去。"

沈雄已经进入卧室，他几乎已经断定有人藏在床底下，他持枪一步步

走近床边，忽然卧倒举枪对准了床底，但意外的是，此时床底已空无一人。

沈雄不禁一怔。一个硬物此时顶住了他的后脑，正是陈浅用一支钢笔佯装枪口对准了沈雄。可是门外忽然传来开门声还有沈老太太的声音。

沈雄立马害怕了，他说："哥们儿，你要什么都好说，别吓着我妈。"说着还举起了手中的枪，"我妈七十多岁了，心脏不好，受不得惊吓。"

陈浅略一犹豫，拿下了沈雄的枪，"立刻打发她走。你要是想跑，外面全都是我们的人。"

然而沈雄一到客厅，就发现了跟着母亲一起进屋的谢冬天，他感觉到来者不善，于是在谢冬天自报家门以后，告诉母亲他与这位朋友有事要谈，叫辆黄包车送她回去。

沈老太太正要出门，谢冬天忽然伸出一只手撑在门框上挡住了沈老太太的去路："沈老太太请留步，在下想请沈老太太和沈营长一道跟我走一趟。"

沈老太太意识到了什么，她回头有些不安地看了沈雄一眼，沈雄于是对谢冬天说："谢科长，你找我就找我，我们的公事，跟我老娘有什么关系？"

谢冬天却说："听说沈营长黑白两道通吃，很有些本事，我怕出了这个门，你就跑了。有沈老太太作陪，相信沈营长会比较安心。"

沈老太太听到谢冬天这句话，关切地看了一眼沈雄，忽然向谢冬天撞去，将沈冬天撞得一个趔趄退出了门外，撞在了对面公寓门上，然后沈老太太大喊："儿子，快跑！"

沈雄愣了一下，随即快步向外跑去。

外面的发生的一切，让陈浅始料未及，他不得不立即追了出来。而那时谢冬天已经拔出枪，推开沈老太太想要去追沈雄，沈老太太却死死地抱住谢冬天的腿，谢冬天于是举枪毫不犹豫地向沈老太射去。陈浅见状立即一枪击向谢冬天的手，然而子弹只擦伤了谢冬天的手背，谢冬天的枪还是响了，沈老太太立马背部中枪，倒在了血泊中。

对面包厢内的邱映霞、老汤和吴若男都听到了两声枪响，皆脸色一变。邱映霞迅速反应："动手！"

吴若男于是立刻推窗向钱胖子做出了行动的手势，所以钱胖子在沈雄刚刚奔出公寓时，就举枪对准了他，沈雄此时双眼通红，竟然飞身扑倒了钱胖子，要夺他手中的枪。打斗中，钱胖子的枪被击飞，但不远处已有另外几名军情科特工向此处奔来。

沈雄见状不再恋战，放开钱胖子起身便跑。

吴若男此时从对面小洞天川菜馆奔出，举枪连射，却一发子弹都未打中沈雄，而谢冬天此时也已经奔出了公寓楼，他看准了沈雄逃跑的方向，举枪瞄准他的腿部，一枪命中。

远处沈雄腿部中弹，跌倒在地，随即被一拥而上的军情科特工制住。然而这其中既有邱映霞手下的郭仔、小冬瓜，也有谢冬天手下的小方和王大葵。

王大葵对郭仔说："人是我们抓的，你们别想跟我们抢。"

大家都在冲沈雄奔去，陈浅此时却背着受伤的沈老太太跑下楼来，他大喊："救人！快救人！"也已经来到街上的邱映霞看了一眼受伤的老太太，说："送人去医院！"

"那沈雄呢？"钱胖子问。

邱映霞于是望向谢冬天，只见他已经命人将沈雄押上了远处谍参科的汽车，并远远地向邱映霞颔首致意。他的右手被陈浅击中的地方正有鲜血流下来，他的手下忙递上手帕，他接过包住了手上的伤口。

邱映霞对钱胖子说："彻底搜查沈雄家。"

钱胖子："是。"

回到办公室，老汤还一直在为谢冬天突然出现在他们的包围圈感到不解。因为他们才刚刚确定沈雄的最大嫌疑，谢冬天怎么也知道了？就算他也一直在追查"矮脚虎"，可老汤还是觉得蹊跷。因为负责蹲守荣记裁缝铺门口的兄弟回来说，看到谢冬天接走了沈老太太，但那条路上的电话线路却突然出现了故障，找不到可以打给他们的公用电话。

邱映霞听完告诉老汤："有内鬼。都捋一捋，看看是哪个环节出了问题。"

老汤回答完是，邱映霞又问："陈浅回来了吗？"

吴若男说："还在医院，他说要等沈老太太做完手术才放心。"

腿部枪伤已经做了包扎的沈雄坐在审讯室内，一言不发。谢冬天坐在其对面，手上的伤处也已经用纱布做了包扎，突然，谢冬天开口说："一个每月俸禄只有27块的炮兵营长，却过着挥金如土，两个月换一个洋妞女朋友的日子，你是想告诉我，这些钱都是天上掉下来的吗？"

"谢冬天，我没什么要说的。我告诉你，没有证据，三天后你就得放我出去。但你杀了我妈，你滥杀无辜，我一定会整死你这个狗娘养的。信不信我用高炮把你轰了！"

谢冬天看了沈雄一会儿，慢慢走到他面前，忽然揪着沈雄连揍数拳，打得沈雄血流满面，摔倒在地。沈雄挨了揍，大骂："谢冬天，你这个人渣！你这算什么本事？"

谢冬天放开沈雄，走到一旁，解下手上的纱布擦拭着手上沾染的沈雄的血迹，语气依然平和："整死我？凭什么？凭你当过土匪？留过洋？杀过共产党，也救过戴老板？"谢冬天伸出一根手指对着沈雄摆了摆："没用的，我把你抓了进来，就不可能让你活着出去。"

沈雄气得咬牙切齿："你敢？你就不怕高炮部队找你军统算账？"

谢冬天依旧笑着："通日就是死罪，戴老板不会也不敢保证你。你空有一身本事，却还得死在我这个狗娘养的手里，看来你连狗娘养的都不如。"

沈雄气极反笑："我也不信了，没有证据，你怎么扣我一顶通日的帽子？"

然而此时邱映霞和吴若男、老汤此时已经站在了审讯室门口。吴若男喊了一声："谢科长，该换人了。我们已经让了你一个钟头。"

谢冬天对吴若男说话的方式和态度很是不满，但他还是笑着对邱映霞说："从我手上截人？这不合规矩吧？邱科长，你下面的人怎么说话呢？是不是没人教？"

邱映霞这时才开口："你从我的包围圈里把人抢走，打草惊蛇，放跑了真正的'矮脚虎'。我没跟你算账，你还要跟我讲规矩？"

谢冬天一愣："他不就是'矮脚虎'吗？"

"不想延误时机，放跑'矮脚虎'，就给我让开。"

邱映霞的语气很强硬，谢冬天看了邱映霞一会儿，微微地笑了："好，审讯就请邱科长来，我也想见识一下邱科长的本事。其他有什么需要谢某配合的，请邱科长尽管开口。"

"不劳谢科长费心，我军情科可用的人手足够。"

谢冬天没有说话，王大葵也没敢说话，只是惶恐地看着邱映霞和谢冬天。很快，谢冬天转身对沈雄说："我说过的话一定做到，你出不去的。"然后又转身对王大葵说："走。"

谢冬天边走边忍气解开紧扣的衣领，脸上透出克制的怒意。王大葵在一旁劝说着，然而被打落门牙后的他说话却有些漏风。走至半路，吴若男忽然追了上来，挡在了他们面前。谢冬天冷冷地看着吴若男："吴大小姐是有什么指教吗？"

"我就想问你，从自己人手上截胡，你要不要脸？"

王大葵立马接话："吴若男，你怎么说话的？"

谢冬天制止了王大葵说下去，他上前一步，看着吴若男："吴小姐养尊处优，想要什么有什么，当然不屑于抢。但我不一样。我什么也没有。不抢，就会饿死。如果你在凌晨三四点钟的重庆街头和人为一块馒头打过架，你就知道，没有什么光荣与羞耻。只有抢，才能活下去，才有尊严，才有飞黄腾达，才不会被人踩在脚下。吴小姐，我特别羡慕你，有一个好爹。"

吴若男忽然心中满不是滋味："我也不是靠他的。"

谢冬天笑了："那吴小姐以为，你靠的是谁呢？"

谢冬天说罢绕过吴若男，向前走去。王大葵跟上，跟谢冬天说着："她还真拿自己当大小姐了。"

吴若男听在耳中，不由得气恼万分。

满脸是血的沈雄被扶起并重新坐到了审讯椅上，邱映霞开始对沈雄循循善诱，她说："你不说，是因为你觉得，外面有人会保你。"然而沈雄只从滴血的发丝后看着她，于是她又说："谢冬天刚才说的话，你信吗？"

"姓谢的就是个疯子。"听到这句话沈雄终于有了反应。

"不，他和你一样，是个孝子。"邱映霞说。

老汤这时在一旁补充，"谢冬天从小跟寡母相依为命，受了不少欺凌。他这个人平生最恨别人骂他的母亲。你刚好踩了他的痛脚，他一定有仇必报。而且你刚刚放了狠话，如果你活着出去，一定要弄死谢冬天。但你可能忘了，在你出去之前，谢冬天就可以告诉所有人，你已经招了。"

"你猜，等你出去以后，外面的人是会保你呢？还是会想要你死？"

沈雄脸上的神色已经开始犹豫变幻，而邱映霞说罢站起身来："一个钟头足够谢冬天出去放风声的，一个小时后，我让你走。你说，要是这么快你就能平安无事地离开，他们还会相信你吗？"

老汤在此时配合地看了一眼手表，此时是下午两点。

看着邱映霞和老汤即将离去，沈雄忽然感到莫名的恐慌。然而邱映霞却突然站住了，她说："对了。要不是我的人出手，你老娘已经被谢冬天打死了。"

沈雄一怔："我娘她……还活着？"

然而邱映霞和老汤已经彻底走出去。

医院里，陈浅看着刚刚做完手术，躺在床上白发苍苍的老沈老太太，心中莫名伤感，忍不住说出："我只希望小阿娣将来走的时候，我能陪在她身边。"

钱胖子站在陈浅身边："呸呸呸，说啥不吉利的话，小阿娣长命百岁，至少还要活三十年。不过，这个谢冬天可真够狠的。"

沈老太太的嘴唇却在这时轻轻动了一下，陈浅立即俯身到沈老太太面前："沈老太太，是不是有什么想说的？"

"救救我儿子……"

沈老太太的手费力地抬起，想接近自己胸口的大块宝石项链。陈浅于是帮老太太拿起那块宝石吊坠，却发现宝石侧面有个搭扣，打开搭扣，里面赫然藏着什么。

墙上的钟已经指向两点四十。

"邱科长,就快三点了,难道你真的要放了沈雄?"吴若男问。

然而她刚一问完,陈浅就匆匆走了进来,直接说:"邱科长,我要审问沈雄。"

邱映霞看着陈浅,随即说:"今天你要是审不出来,我们就等于输给了谍参科。打架只能让你关小小的禁闭,而立功,才能真正胜人一筹。去吧,我等你扬眉吐气。"

陈浅成竹在胸:"是!"

第七章

陈浅端着一副围棋进入了审讯室，想跟沈雄下棋。沈雄却扭头望了一眼墙上的钟，已经指向下午两点四十五分。他说："你们邱科长答应过我，三点钟就放我走的。"

"棋有很多种下法，两个钟头，可以比谋篇布局，十五分钟，可以比步步为营。还请沈营长不吝指点。"说着陈浅已经拿起了一枚黑子，然后又说："你娘是我救的，你欠了我人情，所以，我就不客气了。"

陈浅说罢将一枚黑子落在了棋盘上。沈雄看了陈浅两秒，也拿起一枚白子在棋盘上落下，问："她还活着？"

"还吊着一口气，可毕竟岁数大了，能不能扛过去，不好说。"

这句话让沈雄的心里起了波澜，但他没有说话，继续落子下棋。忽然，陈浅的手中就多了一串项链，陈浅手一松，项链的宝石吊坠从掌中滑落，在沈雄面前晃动着，宝石的光芒让他的瞳孔一下子缩紧了。沈雄欲夺项链，陈浅却手一缩，再次将宝石吊坠抓在了手中。他打开搭扣，露出了里面的一张照片，照片上是个五岁左右的男孩，高鼻深目，显然是个混血儿。

沈雄看见照片，他已经乱了心神，但他仍不肯招供，并且他定了定神，又在棋盘上落下一子。

陈浅看了看盘面，说："我劝你不要走这一步。"

"落子无悔。"

陈浅也没有恼，而是继续落下黑子，说道："好，那就让我猜猜你的心思。'矮脚虎'不是一个人，而是一个情报小组，你只负责发报和收报，真正提供情报的另有其人。你现在大概打定主意，只要死不松口，出去之后，日本人只要确认你没有出卖你的同伙,就不会对你动手,顶多不过是丢车保帅,从此弃用。戴局长念及旧情,也不希望看到你牵扯其中,往后你只要夹着尾巴做人,就能苟延残喘,混口饭吃。"

沈雄没想到陈浅已经知道这么多,他的眼神已经有点飘忽,陈浅却从衣服内袋中掏出一本赛珍珠写的《大地》放在桌面上移向沈雄,这是老汤根据陈浅演算出来的规律,在沈雄家里找到的。

沈雄一看顿时脸色大变。

陈浅却接着说:"根据这个密码本,我已经破译了此前你发出的所有情报。你说,要是我编一份假情报发给日本人,诱敌深入,再来个瓮中捉鳖,他们还会相信你的清白吗?"

沈雄的额头已经是豆大的汗水,他盯着那本《大地》,说:"你怎么知道它是密码本?"

陈浅笑了,说:"我要说我是蒙的,你信吗?现在你应该关心的是,日本人和党国,谁会先找到你儿子的下落,斩草除根。"

沈雄慌了心神,却仍说:"不,你们找不到他的。"

但是他的心理防线却在陈浅把一份汇款明细单扔到他面前时全面崩溃。因为陈浅早就查出他的历任女友虽然有数十人之多,但是分手后几乎老死不相往来,只有一个叫鲍伊的女子除外。他的母亲每个月都会给鲍伊汇款,而鲍伊还有个儿子。陈浅威胁他,像他儿子这样的一个混血男孩,只要到重庆各处找一找,不出三日就能找到,而到时候他如果解释不清养儿子的这大笔钱财来自何处,戴老板的宗旨是宁可错杀,不可放过。

陈浅说到这里,落下一子,并取掉了盘面上被吃掉的三枚白子,"注定赢不了的棋,我劝你求和。"

"怎么求和?"

"说出你知道的一切,我保你儿子平安无事。"

"你怎么保?"

陈浅于是指着宝石吊坠,然后说:"只要你交代,你儿子的照片,除了我,不会再有别人看到,这份汇款单也是……"

不到十分钟，陈浅就拿到了沈雄的口供，不仅确定了"矮脚虎"另一位成员就是戴局长身边的法籍顾问，戴维，还知道了沈雄跟日特之间的接头方式。这让邱映霞对他的表现十分满意，打算让他去跟这条线，陈浅却以他要去个地方为由主动让给了老汤。

之后泄露他们行动秘密的草帽男张大山也被邱映霞略施小计就给抓住了，邱映霞却把他交给了陈浅处置，然而陈浅却放过了他，并让他去了谍参科。

吴若男对陈浅此举表示担忧，怕张大山日后会跟谢冬天联手用假情报骗他们。陈浅却自信地笑了笑，因为他知道谢冬天要是真的有那个本事，就不会把电讯处全端了也没找着共谍，而且他根本不会找张大山买他们的情报。吴若男也瞬间明白，陈浅这么做，是因为经过此事谢冬天肯定信不过张大山，把张大山踢给谢冬天就是为了让他们互相猜疑。

到这里，一切似乎已经尘埃落定。然而陈浅却不自觉地想起，在他把抓捕日特的任务让给老汤以后，他说要去的地方，实际上就是审讯室。

那天陈浅推审讯室开门的时候，已经是黄昏，审讯室里没有开灯，昏黄的夕阳就那样斜射进来，照着沈雄的后背，把他孤独的身影投射在墙上。

陈浅也没有选择点灯，他就那样走进去，然后坐了下来，他对沈雄说："好消息是，戴维在机场被抓到，没来得及上飞机。戴老板十分震怒，下令严惩。"

沈雄一直站在那堆昏黄的光线里没有动，他说："所以，我是不可能出去了。"

陈浅没有回答，又说："坏消息是，医院刚刚来电话，你娘伤重不治……节哀。"

沈雄在这个时候，眼角分明渗出了泪花，他说："是谢冬天害死了我娘，党国就是因为有太多像谢冬天这样的人，才让我死心的。"

陈浅看着沈雄悲怆的背影，他从口袋里掏出一张折成飞机的白纸，连同宝石吊坠中取出的那张男孩照片一起交给了沈雄，他说："从此不会有人知道，你有一个儿子。"

沈雄接过那张照片，动情地看着，他发现那个纸飞机的纸张渗出一些彩色，他将纸飞机拆开，看到里侧是一幅稚嫩的蜡笔画：一个男人与男孩一起坐在飞机上的画面。沈雄看着画哽咽地说："谢谢你。"

陈浅对于出现这种局面感到无能为力，他只好说："开弓没有回头箭，你应该明白，从一开始错的那天开始，就注定没有回头路可走了。"

然而沈雄接下来的话，却让他完全没有想到，沈雄说："我知道我错了，可忠于党国就能看到前途吗？党国看似根深叶茂，可它早就是棵烂了心的枯树，根基已朽。陈浅，今天我把话撂在这里，不管是跟日本人干，还是跟共产党干，党国都不可能赢。这也是我能送给你的最后忠告，为这样的党国抛头颅洒热血，不值得。我是个要死的人了，不用诓你。"

陈浅淡淡地说了一句："人各有志。"

随即沈雄的脸上却露出了自嘲的笑容，他开始用英文念起了莎士比亚《理查二世》中的一段内容：一个从此以后不再说话的人，他的意见总是比那些少年浮华之徒的甘言巧辞更能被人听取。正像垂暮的斜阳、曲终的余奏和最后一口啜下的美酒留给人们最温馨的回忆一样……

陈浅没有说话，他选择在沈雄的英文念诵声中离开了审讯室。但是当陈浅独自走在审讯室的走廊上的时候，他的耳边却响起刚刚沈雄在审讯室对他说的话："党国看似根深叶茂，可它早就是棵烂了心的枯树，根基已朽。陈浅，今天我把话撂在这里，不管是跟日本人干，还是跟共产党干，党国都不可能赢。"

这让他立马又想起，在上海的时候，北川景对他说："还有一个真相就是，你们大概真的不知道，你们被出卖了。代价是，重庆有人从我们的军队手中拿回了一整船私人奢侈品。你们在前面冲锋陷阵，你们的上司却在背后给我们递刀子。"

陈浅在回想这些细节的时候，已经不知不觉走到之前看到过的那家景德镇瓷器店门口。他稍微思考了一会儿以后，就走进了店铺，只见店内醒目处摆放着一些精美的瓷器，店铺的一角，有位工匠正在现场制作瓷器。胎泥在工匠手中轻轻旋转，已现一个碗的雏形。工匠在这时抬起头来，问："客官有什么需要吗？"

"我想亲手做一只碗，不知道师傅能不能教我？价钱由您开。"

"教是能教,但没有数年之功,很难做得好。"

陈浅却说:"只要是天下独一无二,只此一只的,就行。"

浅井光夫落网的时候,陈浅正在公寓的书桌前聚精会神地画着一幅素描,素描上的女子低垂着头,披散下来的头发遮住了她的脸,然而鬓角一枚十字发夹格外醒目。等到钱胖子火急火燎地把陈浅拽回处里的时候,透过审讯室的玻璃,陈浅看见浅井光夫戴着眼镜,正低头吃着一碗扬州炒饭,当他抬头,陈浅看清他的脸时,不由得愣住了。

因为浅井光夫的眉眼与自己十分相似,只是他的脸上有明显的疤痕,明显是整过容。

邱映霞此时将一根从浅井光夫身上搜到的细竹管递给陈浅,陈浅从细竹管里取出一卷纸,展开,只见里面是一封日语所写的信。从信中,陈浅知道这是日本首相之子犬养健写给梅机关井田裕太郎的信,在信中犬养健托付井田关照浅井,说他将负责完成正在进行中的某项重要计划,让井田负责对接。

钱胖子不解,那他揣着这封信,不去上海梅机关找井田,跑重庆来干吗?但这也是大家的疑问,然而就在这时,陈浅注意到浅井光夫突然做了一个扭动脖子放松的动作,凝视着这个动作的陈浅不自觉地靠近了玻璃,盯住浅井。浅井依旧一边吃扬州炒饭,一边将一些葱花挑出来,集中在盘子的角落。

陈浅说:"我觉得他像一个人……"

接下来就是审讯,邱映霞却故意把审讯机会让给了假装来观摩学习的谢冬天,并让陈浅回去盯着谢冬天,看他耍什么花样,然后继续观察确定这个日谍的身份。陈浅接受了命令。

谢冬天审讯的过程中,浅井光夫一直顾自低头吃饭,不说话。直到陈浅走到审讯室外的单面玻璃后时,浅井才吃完了饭,掏出一条上面有着一个深蓝色刺绣的白色手帕,颇为绅士地擦了擦嘴,并看着谢冬天说:"你在军统,不是个说话有分量的人。"

"你是看我年轻,所以信不过我?"谢冬天说。

"和年不年轻没关系。你有一双充满野心的眼睛，但是你的能力，配不上你的野心。"

"你在观察我？那你以为我会生气呢，还是会问，何以见得？"

"都不会，因为你刚愎自用。"

"现在是我在审你，别想带跑我的节奏。"

"要么，找个能拍板的人来，要么，走开。"

陈浅在外面看着浅井光夫一脸拽样，嘴角露出了微笑。谢冬天却在这时提出要跟浅井光夫玩一个游戏，那就是一分钟内从一幅抽象画中找齐十九张人脸，如果浅井赢了，他就走，请关永山亲自来审讯，如果浅井输了，就至少回答他一个问题。

然而浅井光夫看着那幅画，眼前忽然有些模糊，他努力集中精力，却觉得画面上的景物仿佛在晃动，他的眼皮开始变沉，耳中谢冬天的声音也有了回声："我可以告诉你，这个游戏，没人赢过。没有人能从里面找到十张以上的人脸……"

原来谢冬天对浅井光夫进行了催眠。

看着已经趴在桌子上的浅井，谢冬天问："你看到了什么？"

已经进入幻境的浅井光夫喃喃地回答："嘉陵宾馆。"

谢冬天又问："你去那里干吗？"

"找人！"

此时浅井一步步走向嘉陵宾馆的洗手间。昏暗的灯光下，洗手间内的吊灯在不停地晃动。他看到有个人在镜子前洗手，却看不清他的脸。谢冬天的声音在他耳边响起："你找谁？"

他继续喃喃："赖……"

谢冬天皱眉问道："赖什么？他姓赖吗？"

幻境中浅井一步步走到那人的身后，那个人忽然消失不见了，他清晰地看见了镜子里的自己，有着一张血肉模糊的脸，正是他此前受伤后整容前的模样。

浅井喃喃："我的脸……"

而谢冬天却问："你是不是认识陈浅？"

浅井继续喃喃："陈浅？"

但在幻境中镜子里，浅井脸上的伤痕完全消失了，他看到了陈浅的模样。此时他的脑海里有个声音在叫喊着："不要回答他，不要理他，你要从这里出去。"

谢冬天看到浅井的眉头紧皱，似乎在挣扎着抗拒着什么。他继续追问："我问你是不是认识陈浅？"

幻境中的浅井已经试图捂住自己的耳朵不听谢冬天的话。谢冬天的声音却一直在他耳边回荡："我问你是不是认识陈浅……"

浅井忽然一拳击向了镜子，哗啦一声，镜子碎了一地。浅井低头看自己的拳头，却并没有鲜血，也不疼痛。从墙面上破碎的镜片中，浅井看到樱子出现在了洗手间门口。

浅井喊了一声："樱子？"

谢冬天在外面听到这句，发出疑问："樱子？谁是樱子？"

但此时浅井已经奔跑在一条昏暗的走廊上，在他前方不远处，有个身穿白裙的女子已经跑到走廊尽头，推开了一扇门，一道强光照得浅井闭上了眼睛。等到浅井再睁开眼睛时，只见自己已经站在了走廊尽头的一个阳台上，阳台下是深不见底的万丈深渊。樱子的声音在他耳边响起："只有死，才能离开这里。"

浅井做了一个深呼吸，纵身一跃，跳下了万丈深渊。

陈浅一直在单面玻璃后盯着浅井光夫，在此刻他忽然迅速向审讯室冲去。王大葵立即拦住了他，"你不能进去。谢科长说过，催眠的时候不让打扰。"

"谢冬天控制不了他的。"

陈浅话音未落，王大葵已经看到浅井光夫忽然睁开眼睛，用手中的镣铐绞住了谢冬天的脖子，谢冬天奋力挣扎，却被浅井光夫一路拖行到了门边，用后背死死顶住了审讯室的门。谢冬天双眼翻白，脸涨成紫色，双脚奋力蹬踏的力度渐渐变弱。

王大葵慌了神，陈浅不假思索地拿起一张椅子："让开！"

随即哗啦一声，审讯室内外屋之间的玻璃被椅子击碎。陈浅马上跃入审讯室，对着浅井光夫喊道："秋田幸一！"

秋田幸一看到陈浅的一瞬间，大感意外。趁他一愣神的工夫，陈浅冲上前去抓住了他的手臂，一拳击向他的面门。秋田幸一为躲避这一拳，不得不举起双手格挡，陈浅赶紧左手一把将谢冬天拉起，并迅速推向跟进来的王大葵。终于脱身的谢冬天大口喘息，咳嗽不止。

然而打斗中，半空中的吊灯被撞到，灯光来回晃动在陈浅和秋田幸一两张几乎一模一样的脸上，显得有几分诡异。

邱映霞没想到秋田幸一会是陈浅在日本游学时的同学，更没有想到陈浅会凭着秋田幸一扭头放松的动作，还有不吃葱花的习惯就识别出他的身份。

但其实陈浅一开始也是不确定的，不过当他在审讯室的玻璃后看到那条白色手帕上的深蓝色刺绣时，他就确定了，因为秋田幸一也有一块这样随身携带的手帕，那是他的心上人送给他的，上面就绣着一个英文单词四月的缩写，Apr。确认了他是秋田幸一，陈浅也更加知道谢冬天无法用催眠控制住他，因为秋田和自己在学校都曾接受过反催眠的专门训练，陈浅深知秋田一旦确定自己被催眠，一定会想办法强迫自己醒过来。谢冬天走后，陈浅对秋田幸一的单独审讯中，秋田幸一也承认了这一点。

而秋田幸一也告诉陈浅，自己之所以整容成他的样子，源于一场阴差阳错。陈浅在当年离开日本之前托人给秋田幸一带过一封信，里面有一张他们的合影。后来秋田幸一就一直带着那张合影。一年之后他被释放，接着被派往太平洋战场。因为在战场上面部受伤，而照片又被烧毁了一半，为他治疗的医生就照着照片上陈浅的样子给他做了面部修复。

虽然知道了这一切，但邱映霞最感兴趣的还是在催眠的过程中，秋田幸一有没有透露什么线索？

陈浅立马想到秋田透露的那个"赖"字，邱映霞于是命令老汤去查嘉陵宾馆近期住客名单，因为"赖"并不是常见姓氏，很容易锁定。陈浅却让老汤等等，因为陈浅已经猜测到，这件事谢冬天肯定已经赶到了他们前面，而他已经想到另一个调查方向，但是这个方向需要邱映霞请示戴局长，

才能查得到。

但是在调查到一切之前，秋田幸一已经死在了军统第一处的审讯室里。而那时候陈浅正拎着一瓶茅台酒打算去审讯室中看望他，但是看着满地的鲜血，秋田幸一就那样直挺挺地躺在地上，手上仍然戴着镣铐。他的眼镜碎了，镜架散落在地上，手中握着一块镜片，脖子上有一处深深的伤口，显示他是用眼镜片割断大动脉自杀，死亡时间大概是在凌晨两点到四点之间。

陈浅感到不可置信，因为昨天晚上，两个人单独审讯的时候，秋田幸一还念叨着让自己请他喝一次中国的好酒。陈浅坚信酒还没喝，他不会死，更不可能在死之前，向谢冬天招供。于是陈浅低伏下身子，翻开秋田幸一的眼皮，只见他的瞳孔聚集于一点，眼球干涩，陈浅明白，秋田是被谢冬天催眠控制了心神。

陈浅立即起身向外走去，到了走廊里却迎面遇见了从关永山办公室出来的谢冬天，陈浅说："功劳已经是你的了，何必赶尽杀绝？"

谢冬天装傻，陈浅于是提醒他："谢冬天，你用催眠教唆他自杀，确实是好手段。"

谢冬天一脸不以为意，说："陈副科长太抬举我了，我这点三脚猫的功夫，时灵时不灵的，昨天你也看到了，你看……"说着谢冬天还特地露出自己脖子上的红色勒痕，又说："我要有这个教唆的本事，就不会这样了。"

"我知道你不会承认，但有的事，天知地知，你骗得了自己吗？"

吴若男也在一旁帮腔："谢冬天，你会有报应的。"

谢冬天却笑了，他说："我相信报应，我这么努力，一定会出人头地的，这就是对我最好的报应。"

陈浅不想与他再多做纠缠，转身就打算走。谢冬天却在他的背后说："我知道秋田幸一跟陈副科长是同学、好友，但他的日谍身份摆在这里，我劝陈副科长还是跟他划清界限，否则同情日谍这种事传出去，恐对陈副科长不利。"

陈浅顿时转过身来，一把抓住了谢冬天的衣领把他抵在了走廊墙上。钱胖子见状来拉住了陈浅，谢冬天却一点也不紧张，反而一脸无辜地说：

"一句忠告而已，陈副科长何必大动干戈，要是为个日谍打了同僚，可就不是关禁闭这么简单了。"

"谢冬天，我不会打你，因为你不配。像你这种眼里只有利益的人，根本就不懂得什么叫朋友。你这辈子，也不可能有朋友。"

陈浅说罢放开谢冬天，一脸悲愤地扬长而去，钱胖子立即跟了上去，只有吴若男还停留在原地，她说："谢冬天，我可怜你。"

谢冬天整了整衣领，说："你可怜我，倒不如说，可怜你自己。我们两个，其实是一样的。"

已经转身走开的吴若男闻言竟是一愣，恼怒地回望谢冬天："谁跟你一样？"

谢冬天看着吴若男气愤转身离开的背影，他笑着整了整衣领，然后向另一个方向走去。每走一步，谢冬天仿佛走回了昨天晚上的审讯室里。

那时谢冬天刚刚想明白秋田幸一是靠着意志力摆脱他的控制才醒过来，而他记得秋田在醒来前提到了一个名字"樱子"，这让谢冬天顿时醍醐灌顶。所以谢冬天在走进审讯室和秋田说了几句话后，突然冷不丁地就从秋田的口袋里将那块露出一角的手帕抽走。

如谢冬天所料，秋田脸色立即大变，起身想要夺回手帕。谢冬天却掏出枪指住了秋田的脑袋，喝令他坐下！秋田不敢反抗，只能冷冷地瞪着他，然后缓缓坐下。

他端详着手帕上的绣字，说："April，四月，希腊神话中的女神 April，专门掌管春天的繁殖和生命。给你这块手帕的，我猜，是你心里的女神。"

"还给我！"

谢冬天却把手帕放到身后，另一手悄悄将药粉倒在了手帕上，然后谢冬天故意提起樱子，激怒了秋田幸一，在秋田幸一一跃而起扑向谢冬天的时候，谢冬天忽然后退一步，将手帕往秋田幸一脸部一甩，手帕上的药粉尽数飞向秋田，进入了他的呼吸道，秋田也在这时眼疾手快地夺回手帕。

"好，我不夺人所爱。坐下说话。"

秋田幸一坐下后，谢冬天又接着说："其实我倒有几分羡慕你，可以冲冠一怒为红颜。一个人临死前，要是连一点牵挂也没有……"谢冬天停顿

了一下，他的脸上浮起了一丝哀伤，然后又接着说："那可真是一种悲哀。如果我是你，我会从现在开始回想我这一生，回想我生命中最珍贵的人，回想和她在一起最美好的时光。"

秋田幸一听着下意识地陷入了沉思，他的眼皮开始变沉。

谢冬天走到秋田身边，"想想你和她第一次相见，是在哪里？你们定情的日子是哪一天，你和她最后一次告别的时候，又跟她说了些什么……"

秋田幸一喃喃地喊了一声："樱子。"眼睛就渐渐合上，身体不由自主地向后倒去。谢冬天扶住他的身体，让他缓缓躺倒在地上。随即谢冬天蹲在秋田面前，说："樱子现在在我手上，想救她，就给我乖乖配合。"

秋田机械地回答："是。你不要伤害她。"

于是秋田就按照谢冬天的讯问回答他的一切问题，他也透露出了他在嘉陵宾馆想要见的人名叫赖志诚。在记录下一切秋田的供词并拿起秋田手指在供词上画了押后，谢冬天将秋田幸一的眼镜摘了下来，在地上敲碎了眼镜玻璃，并对被催眠状态的秋田说道："好了，我可以放了樱子，但为了证明你对国家的忠诚，你应该以死明志。"

昏迷中的秋田幸一就拿起谢冬天递给他的玻璃碎片，决绝地刺向自己的颈间大动脉，然后他的手一松，鲜血喷涌而出。

谢冬天满意地站了起来，摸了摸脖子上的勒痕："如果不是你想弄死我，本来，你也不是非死不可。"说完谢冬天跨过秋田幸一的身体，扬长而去。

回到办公室，钱胖子给陈浅倒了一杯水，说："刚才我真担心你跟谢冬天打起来。"

陈浅喝了一口水："又想激怒我好让我关禁闭？我不会这么容易上当的。"

话虽这么说，但他们也知道这头功肯定让谢冬天给抢了。但陈浅又转念一想，如果谢冬天真的问出了秋田的秘密任务，接下去他会怎么做？钱胖子却说就算知道日本人想让秋田干什么，秋田也还什么都没干呢。姓谢的能怎么样？

听到钱胖子这句话,陈浅却仿佛想到了什么,起身就向外走去。
"哎,陈浅,你去哪儿?"钱胖子连忙大喊。
"已经输了先机,不能再给谢冬天任何可乘之机。"

第八章

关永山看着眼前的两个浅井光夫，不由得说了一声："哟，两位这是想到一块儿了。"

原来一大早谢冬天和陈浅装扮成浅井光夫的样子先后进入了关永山的办公室，两人都打算以浅井光夫的身份前往上海，潜伏进梅机关，伺机破坏日军的绝密计划，谢冬天为此，甚至一早就悄悄学了几年日语，就是为了有一天能派上用场。

看着唾手可得的机会，谢冬天忍不住说："陈浅，你是在开玩笑吗？浅井是我审出来的，要潜伏也是我去，你来凑什么热闹？"

"因为我是更合适的人选。"陈浅也丝毫不示弱。

谢冬天冷笑一声，说："你会的，我也会。你没有的情报，我有。你比我合适在哪儿？"

"你怎么知道，你有的情报，我就没有？"

"哦？那你知道些什么？"

接下来陈浅就把他知道的情报一五一十地娓娓道来。

首先陈浅知道秋田幸一化名浅井光夫，提前入住嘉陵宾馆，是为了在那里等待一个人的出现，那个人，名叫赖志诚。这点谢冬天去查了嘉陵宾馆的住客名单，也知道住客里并没有姓赖的人。

其次陈浅跟秋田做过同学，知道秋田有位舅舅，是物理学家，专攻武器方向，秋田本人在物理学方面也有较深的研究。而陈浅让邱映霞请示戴局长调查的内容，就是蒋夫人邀请来重庆做客人员的名单，也刚好查知了这是一批来自全国各地的顶尖科学家。而在这批与会科学家的名单里，确实有位姓赖的，也就是这个赖志诚。赖志诚是国内顶尖地质学家，对于铀矿石的勘探和开采可以算是权威人物。众所周知，铀是制造原子弹所需的关键材料。

再者陈浅还知道，秋田母亲的姓氏是仁科，他以前只是知道，秋田那位日本顶尖的物理学家舅舅，从小对他诸多培养，所以秋田本人的物理学知识也十分丰富，但是刚刚陈浅已经查明，秋田的这位舅舅，名叫仁科芳雄，就是陈浅之前行刺失手的那位。

然后陈浅把这些看似杂乱无章的线索串起来以后，已经大概知道，秋田此行来中国的任务就是寻找铀矿石，为日军研究制造核武器。因为这个任务本来是仁科芳雄的，但是仁科遇刺后身受重伤，不得不回日本接受医治，短时间内不能再来中国。日军不想搁置该计划，就派了秋田来做仁科芳雄的继任者，而他来中国的第一个任务，就是找到赖志诚教授并带往梅机关，胁迫他寻找铀矿的下落。

关永山听完，不由自主地鼓起掌来，他说："好，好一番抽丝剥茧，拂尘见金。"

陈浅于是说："关处见笑了。陈浅只是觉得，要打入敌营，除了容貌相似，精通日语，熟悉内情之外，还要擅长随机应变。我比谢科长更适合这个任务。"

谢冬天听见立即愤怒地用日语说了一句："凭什么？你不可能一直蒙对的！有本事，你把秋田怎么从重庆前往上海，又要怎么跟井田接头都蒙对了，我就不跟你抢。"

陈浅听着笑了，他说："谢科长的日语，果然字正腔圆，看得出来，花了不少工夫去学。陈浅佩服。不过关处您想想，今天咱们重庆要来了一个日本人，长得跟委员长一模一样，说一口地道的北平话，却不会讲娘希匹，能扮得了委员长吗？秋田是长崎人，井田只要找个长崎人，一聊就知道谢冬天没有长崎口音，还有长崎的风土人情，哪家的清酒好喝，哪家的寿司地道，谢科长说得上来吗？"

谢冬天被陈浅怼得无言可对，陈浅又接着说："但这些我全知道。以我在日本游历多年的经历，遇见谁都够我跟人聊一壶的。谢科长去过日本吗？"

"可你曾经被捕，井田是见过你的。"

对于这一点，不得不说陈浅还是有几分运气的。井田抓到陈浅的时候，因为他脸部受伤，差不多面目全非，井田根本没有见过陈浅的真正的长相，更何况，井田亲眼见过陈浅的尸体，陈浅相信等井田再见到他的时候，不可能想到，他就是陈浅。

陈浅于是立马说："到底谁更适合接受这个任务，还请关处定夺。"

谢冬天也焦急地说："关处，浅井光夫的嘴是我撬开的，这条情报我必须跟到底。我谢冬天想做好的事，从来没有输过。"

眼见着二人又要争吵起来，关永山连忙制止，说："好了好了，二位都是我一处的顶尖人才。量才适用这种事情，你们要相信我。"

二人便不再说话。

关永山看着陈浅，说："假扮秋田幸一，也就是浅井光夫去上海的任务，由陈浅负责执行，行动代号——'回娘家'。"

陈浅立即立正，一脸正色说："是。"

谢冬天顿时不服气，关永山又说："谢冬天另有重任，我再做安排。"

谢冬天只得回："是！关处。"

在陈浅家的客厅里，钱胖子把一袋花生和一个盘子放到桌上，对着陈浅和吴若男说："宫保鸡丁得配花生米，这任务就交给你俩了。我先去帮外婆炸鸡丁。"

陈浅和吴若男就一起剥着花生，突然吴若男说："我就是有点担心，对我爸先斩后奏这件事，会不会连累邱科长被怪罪。"

吴若男之所以这么说，是因为在知道陈浅要和钱胖子要去上海执行任务后，吴若男也立即向邱映霞请示，要跟他们一起去上海执行任务。邱映霞看出吴若男是喜欢上了陈浅，马上就以吴若男的父亲不会答应她去涉险为理由拒绝了她，但是最终在看到她的决心以后，还是同意了。

陈浅于是说："我们的老大是戴老板，不是你爹。再说，邱科长要是怕得罪人，那就不是她了。"

吴若男立即放松下来，说："说得也是。这也是我最佩服她的地方。"

陈浅笑了笑，二人继续剥着花生米，其间二人又探讨了一些其他的问题，比如吴若男担心去上海会拖陈浅的后腿，陈浅却丝毫不以为意，因为他早就知道吴若男当初在青浦特训班一个人能干翻全班另外八个女生。而且电讯成绩第一，射击成绩第二。如果这份成绩单不用，光拿来看，很可惜。再比如陈浅说'貂蝉'已死，江湖再无'吕布'，以后他们的代号就是"燕尾蝶"……说着说着，他们很快就把花生就剥好了，而不一会儿外婆的饭也做好了。

吃饭的时候，外婆突然从房间里拿出了一个锦盒，取出里面一条红绳挂着的金吊坠，说是护身符，辟邪，说着就想给吴若男戴上，吴若男下意识地推拒，说："那要给也是给陈浅才对。"

外婆却说："他不要紧的，从小皮糙肉厚的，摔打惯了。你不一样，姑娘家的，跟男人一样在外边摸爬滚打，多遭罪。一定得好好保护自己。"

屡次推拒无果后，吴若男于是就任由外婆给自己戴上了金吊坠，外婆说："都平平安安的，外婆等你们回来。"

吴若男握住了外婆的手，说："放心吧，外婆，我们一起出去的，一定一起回来。"说着她的眼睛看向了陈浅那边，而此时陈浅把钱胖子拉到了一旁，两个人不知道小声在说些什么。

实际上陈浅说的是，让钱胖子明天去较场口景德镇瓷器店取一件瓷碗，帮他带到上海。钱胖子问他怎么不自己去拿，陈浅说："这东西属于陈浅，但肯定不属于浅井光夫。"

钱胖子就答应了他。

和陈浅他们这边其乐融融的氛围不同，谢冬天此时正喝得烂醉如泥在某个舞厅里撒酒疯，被正在包厢里买卖紫砂壶的关永山发现，关永山让王大葵卸了他的枪，把他拖了进来，这时谢冬天的酒才在猝不及防中醒过来，随后关永山告诉了谢冬天之所以不让他执行"回娘家"任务，是因为另有足以让他在军统八大处扬眉吐气、建功立业的重任交给他。

谢冬天顿时眼睛一亮说："属下愚钝，还请关处明示。"

随即关永山向谢冬天招了招手，谢冬天立刻凑到关永山面前，关永山就向谢冬天交代了任务内容，说完关永山还不忘对谢冬天说："这个任务由

戴局长亲自向我下达，除了你知我知，对处里所有人保密，包括邱映霞。"

谢冬天顿时备受鼓舞，一扫之前的颓废，神采飞扬地说："多谢关处信任，属下定赴汤蹈火，不辱使命！"

关永山点了点头，说："你还年轻，立功的机会很多，以后这种丢人现眼的事情，不许再发生了。"

马上就要出发去上海，但是在去上海前，陈浅他们需要先去一趟长安寺附近的山货铺。因为根据谢冬天的审讯记录，浅井光夫交代，在他找到赖志诚之后，会去山货铺找江老板，江老板会安排浅井前往上海。所以此刻陈浅穿着一身西装，戴着浅井光夫的手表，提着一个行李箱出现在了香记山货铺附近的街道，突然他假装整了整自己的领带，瞥了一眼香记山货对面的四海茶楼二楼一扇虚掩的窗户。他知道窗户后面，是手持狙击枪的钱胖子，还有拿着望远镜的吴若男。

随后陈浅就走进了山货铺，马上他就看见一堆山货堆放在昏暗的铺子里，店内并无顾客，只有铺子的柜台后面，传来一阵敲打声。陈浅于是走了过去，只见一个男子正在柜台后面打制钥匙。陈浅看了一会儿，问道："是江老板吗？请问有没有荔浦芋头卖？"

男子正在敲打钥匙的小锤停了一秒，又继续敲了起来，他头也没抬："没有。"

陈浅等着男子说下一句，但对方始终没有说，仍是埋头打着钥匙。陈浅心内打鼓，此时从里屋出来一个伙计，见到陈浅，说："这位先生想买点什么？"

陈浅就把刚才的话再问了一遍，伙计看了男子一眼，回答道："店里没有现货，但客官想要的话，可以预定。"

陈浅顿时心中一松，说："那我要一百斤，可以预付三成货款。"

柜台里的男子听到这里，终于停下了手中的动作，抬起头来看着陈浅："第一次做生意，我有我的规矩。"

陈浅注意到男子说话的时候的目光从自己胸口那块手帕上掠过，然后男子又说："先收七成货款。"

陈浅顿时紧张起来，心想怎么是七成？难道是审讯有误，还是此人察觉了异常，故意试探他？然而陈浅还是看着男子，缓缓地将自己的箱子放到了柜台上，说："六成。"

男子看着陈浅，陈浅的心提到了嗓子眼。三秒的对视之后，男子说道："进来谈吧。"

陈浅内心依旧忐忑，但表面却云淡风轻，他提着箱子就随男子进入了里屋。而在对面观察的吴若男看着陈浅从她的望远镜中消失，不由得有些担忧。

男子引着陈浅在一张方桌旁坐下，倒了一壶水，用日语说道："你来晚了。"

陈浅也小心翼翼地用日语回答："是的。"

之后这名叫山口胜平的男子就试探性地问了陈浅几个问题，陈浅生怕出错，一直惜字如金，突然山口胜平说："我收到的指令是，要送你和另一个人一起离开，另一个人呢？"

陈浅看着山口胜平，故作平静地端起茶杯喝了一口茶。陈浅的水杯刚举到自己的唇边，山口胜平已经举枪对准了他的脑袋："你是正打算编个故事来骗我吗？"

陈浅的心顿时怦怦跳个不停，山口胜平却盯着陈浅衣服口袋中的那条手帕，说："这条手帕的主人，可跟你长得一点也不像。"

然而此时屋外吴若男因为担心陈浅，突然进入了山货铺，伙计立马迎上，问："这位姑娘，想要点什么？"

吴若男看了一眼店中的货物，说："这辣椒干怎么卖？"

"您要多少？"

"来一斤吧。"

"一斤十块钱。"

"行，称吧。"

吴若男说着假装看货，走近了帘子附近，竖耳倾听着帘内的动静，伙计已然抄起墙角的一根棍子，向吴若男走去。

屋内，山口胜平和陈浅显然都听到了外面的动静。山口胜平突然说：

"外面那个女人，应该就是你的同伙吧。"

他说着，陈浅就听到外面传来一声闷响，陈浅不由得闭上了眼睛。马上山口胜平用枪指着陈浅，让他往外走，陈浅就掀起门帘，却见到在地上之人是店铺伙计，而吴若男手持一把匕首，对陈浅使了个眼色。由于山口胜平被陈浅挡着，并还没看清外屋的情形。陈浅看着吴若男，对她微不可见地摇了摇头，示意她不可轻举妄动。

等到山口胜平看见吴若男，立刻用枪顶住了陈浅的脑袋，对着吴若男大声说："不许动，不然我杀了他。"

陈浅抢先对吴若男说："吴教授，我不是让你在对面茶楼等我吗？"

吴若男立刻反应过来，说："很多人在找我，如果你丢下我一走了之，我还有命吗？"

陈浅于是马上又对着山口胜平说："你刚才不是问我，原本应该有两个人一起走，另一个人在哪儿吗？"

山口胜平将信将疑，问："难道就是这个女人？"

陈浅说："对。一个连辣椒品种也不能说明白的女人，一个连伙计胡乱报价也完全不察觉的人，显然不是真的来买东西的。如果她真是个特务，至少应该装一下，不会露出这么明显的破绽。"

吴若男立马一副不耐烦的样子，说："你们说完了没有，我只想知道我什么时候可以离开重庆？"

山口胜平不为所动，陈浅突然想到他在里屋说这条手帕的主人，跟他长得一点都不像，他立马意识到什么，于是他说："虽然我的样子变了，但樱子的这条手帕可以证明我的身份。"

山口胜平听完愣了一下。

陈浅马上又接着说："如果不是在太平洋战场上受伤，我的脸也不会变成现在这副模样。蒋氏军统的人一直在追捕我们，我好不容易甩开他们来到这里，不是来接受自己人盘问的。你再浪费时间，我们就会全部暴露！一个也走不了。"

山口胜平还在犹豫着，山货铺门外却忽然传来敲门声。是钱胖子在外面看见山货铺突然关门，他于是扒下了一个巡捕的制服，穿在自己的身上，正在拍打山货店的门板，边拍边说："喂，有没有人？我是警察，开门检查！"

山口胜平于是对陈浅说："快，把证明你身份的钥匙拿出来，我就带你走。"

吴若男和陈浅心中都是一惊，突然山口胜平又说了一遍："Key！"

陈浅于是迅速打开箱子，犹豫了两秒后，取出了那支半旧的钢笔递给山口胜平，山口胜平接过钢笔，放下了枪，对陈浅和吴若男："快跟我走。"

他们跟着山口胜平一路到了嘉陵江岸的一个码头，然后根据山口胜平的指示上了一艘去宜昌的货轮，在上船之前，山口胜平把那支钢笔还给了陈浅，并告诉他到了宜昌，拿着钥匙去万记商行找万老板，他会安排他们走陆路去上海。

而吴若男还是忍不住担忧万一山口胜平回去发电报通知上海，送了他们俩去上海，到了上海他们根本就无法交代。

陈浅说："那就看胖子机不机灵。"

原来刚才在山货店内，陈浅在与山口胜平说话的同时，背靠着墙面，偷偷用一根鱼骨在墙面上用《大地》作为密码，给胖子留了口信，沈雄的案子刚结，陈浅相信胖子应该能破解这密码。

吴若男知道这些以后，提着的心终于放了下来，可是她还是有几个问题想不明白。首先就是陈浅是怎么知道山口胜平要的钥匙，其实是一支钢笔，因为这个钥匙，供词里根本没有，陈浅要是蒙错了，那不就全完了？

陈浅却说："我只是忽然想起，秋田跟我说过，他有一支笔，是樱子送给他的，这支笔的名字叫 KEY。因为他曾经用它写过诗，打开了樱子的心扉。"

再有就是在上船之前，陈浅主动在山口面前问他是不是樱子的朋友，山口回答陈浅他跟樱子是从小一起长大的朋友，他见过他的照片。吴若男的问题就是陈浅怎么就能凭一块手帕知道山口认识樱子，并且知道山口没见过秋田幸一本人呢？

陈浅随即解释："如果秋田与他彼此相识，那么从我见到他第一刻开始，他就应该有遇见旧相识的神情。面对我完全不认识他的神态，他并没

有质问我怎么连他也认不出来了。但是他却注意了我放在口袋里的这块手帕，这就说明，他只认识樱子，也认识樱子送我的这条手帕，他或许见过秋田的照片，但秋田应该不认识他。"

吴若男随即豁然开朗，她说："原来如此。现在我明白邱科长那天说的话了。"

"她说什么了？"

"她说，一个真正的特工，每天的生活，都将如履薄冰。"

陈浅望着波涛滚滚的江面，说："薄冰会碎，但就算掉到水里，我们还可以游泳，还可以乘风破浪。"

吴若男备感振奋，说："嗯！乘风破浪！"

第九章

半个月后，叮叮一声轻响，有顾客推门进入凯司令咖啡馆，大门撞到了门内挂着的一串铜质风铃。无人注意到角落的一张桌上，钱胖子正在看报，他的目光却时常不经意地扫过门前的街道。

突然，钱胖子看见了陈浅，他从黄包车上下来，随后也走进了咖啡馆。钱胖子在这时把手中的报纸留在桌上起身离开，陈浅就走向钱胖子旁边的空桌，乘人不备，拿过钱胖子留在桌上的报纸，此时有服务生过来问陈浅想点什么，陈浅回答蓝山咖啡。服务生离去后，陈浅展开报纸，在里面看到了一张字条，上面留有一个地址：团圆里78号。

等到陈浅从凯司令咖啡馆离开，他叫上了吴若男，两人一起来到团圆里78号，敲开门，钱胖子就在里面。在短暂的寒暄过后，钱胖子就向他们讲起了那天他们走后发生的事情。

那天陈浅他们离开山货铺以后，钱胖子就砸开山货铺的门板带着老汤他们冲了进去，里面除了那个晕倒的伙计，果然已经人去楼空，随后钱胖子就在墙壁上发现了陈浅给他留下的信息。本来根据信息，邱映霞会在陈浅他们走后，在重庆的《群众》报上刊发一条赖志诚教授意外溺水身亡的新闻，让日本人有据可查。可是邱映霞意识到暂时还不能动这个江老板，不然上海方面一定会起疑，于是就取消了这个计划。但是自从江老板把陈浅他们送上船以后，邱映霞就派他们的外勤一直在跟着他，也找到了他新的落脚点，在他们完成任务之前，她会一直派人严密监视他，而江老板也在送走他们后，已经给上海方面发了电报，根据老汤破译的电文，得知电文内容是：二人已出发。

吴若男对这点感到比较担忧，钱胖子却不以为意，他觉得既然江老板

没有明说这两个人到底是谁,那至于这个跟陈浅走的到底是男是女,又怎么半道上丢了一个,陈浅就可以随便跟井田去编。

在了解完这些信息以后,钱胖子告诉吴若男以后他们俩住在一起,以兄妹相称,吴若男住楼上,他住楼下。安顿好一切后,钱胖子突然对陈浅说:"有一件事有点奇怪。"

"什么事?"

"你走了之后,到我出发前,都没见着谢冬天,听说他奉关处之命执行秘密任务去了。具体任务和去向不明。"

陈浅略一沉吟,说:"暂时不用管他。怎么跟'白头翁'接头,上级有指示了吗?"

"有。就在今晚。六国饭店。"

陈浅提着行李站在六国饭店的前台,前台经理将一把钥匙和写有706房号的房卡交给陈浅,说:"张先生,您的房间在706,有任何需要,都可以打电话给我们,我们将竭诚为您服务。"

陈浅接过钥匙和房卡,说了声谢谢,就转身向电梯走去,路过大堂咖啡吧的时候,与正在里面一边看报一边喝咖啡的钱胖子交换了一下目光。行动之前,钱胖子嘱咐过他,让他今晚七点在六国饭店餐厅接头的时候,在自己的餐桌上放一包白金龙香烟,抽出一支放在烟盒边上,作为接头暗号。"白头翁"看见就会前来与他拼桌吃饭,如果过了七点半"白头翁"还没出现,就说明情况有异,组织会通知他们下次的接头时间及地点。

陈浅看了看表,此时是傍晚六点四十分。

陈浅上楼将行李放下后,就直接来到餐厅,独自在一张方形餐桌前坐下,服务员帮他点完菜后,陈浅就打开一包白金龙香烟,取出一支点燃抽了一口,并抽出一支烟随意往桌上一丢,烟便滚向烟盒边。吞云吐雾中,陈浅打量着餐厅中就餐的众人,迅速发现有数张桌子上客人神色可疑,似乎在暗中观察着别人。当陈浅的目光与他们相遇时,他们立刻转开了目光。

陈浅又看了一眼手表,此时已是晚上七点十分。

突然,一个身穿灰色西装、头戴礼帽的男子出现在餐厅门口,他的目光一眼看见了陈浅桌上的那包白金龙香烟，他径直向陈浅的桌子走去。陈浅眼角的余光也看到灰色西装男子向自己走来，然而就在陈浅以为他要在自己旁边坐下的时候，男子径直走过了他的桌边，然后继续向前走去，在最前方角落的另一张桌子独自就座。陈浅吐了个烟圈，看了一眼背对自己而坐的灰西装男子，一名服务生走到灰西装男子身旁，开始询问并点菜。

很快，服务员就端着托盘，开始给陈浅上前两道菜。陈浅注意到盘子上粘有小纸条，上面各有一个数字，分别是 13 和 02。

"这是什么？"陈浅忍不住问服务员。

"哦，这是我们厨师的编号，如果您对口味有任何意见，都可以告诉我们。如果您喜欢哪位厨师的手艺，下次也可以指定他为您做菜。"

陈浅点了点头，随即女服务员就离去了。陈浅再次看了看表，此时时针已经指向晚上七点三十五分。陈浅下意识地望向灰色西装男子的桌子，却发现他的桌子已经空了，陈浅扫视整个餐厅，看到在不远处的吧台，此人正在和吧台服务员小吴说着什么，随即吧台服务员小吴的目光就往陈浅这边望过来。陈浅的心里不禁又响起钱胖子对他的叮嘱：如果过了七点半他还没出现，就说明情况有异，组织会通知你们下次的接头时间及地点。于是陈浅在吃了两口菜之后，收起桌上的白金龙香烟，放进上衣口袋，就在他伸手入袋的一瞬间，忽然察觉了异常，他触摸到了里面多了一枚钥匙。

陈浅不由得一愣，他乘人不备低头看了一眼那枚钥匙。这枚钥匙与之前服务员交给他的房间钥匙外形一模一样。显然，这是一枚酒店房间的钥匙。

陈浅于是迅速在脑子里回想一下，刚才有没有发生什么被他忽略掉的细节，陈浅突然想到在灰色西装男子径直走过他的桌边的时候，男子把藏在掌心的一枚钥匙悄无声息地放入了他的口袋。想到这里陈浅立刻望去吧台，灰色西装男子已经不见了。马上陈浅又环顾了一下四周，之前盯着他的那几个可疑男子仍然没有放弃对他的注意。

陈浅于是不动声色地继续吃饭。不一会儿另一个服务员为陈浅端上了第三道菜，陈浅注意到这道菜上，并没有粘贴数字，这个服务员也并不是刚才为他上菜的那一个。陈浅就悄然将前两道菜上的数字取下，塞进了自

己的口袋。

陈浅不知道之所以会出现现在的一切,是因为远在重庆的江老板自送走陈浅后,就一直十分警惕,邱映霞派去负责盯梢的外勤不小心暴露了身份,双方冲突中,江老板被他们的人失手打死了。而江老板身亡的事已经惊动了梅机关,因为按规矩,山口小组一天之内必须回复电报,但是已经过去两天,梅机关重复发出要求确认的电报都没有回音,他们知道山口很可能已经出事了。即便知道江老板被杀,井田一定会对陈浅的身份产生怀疑,邱映霞还是没有取消陈浅和"白头翁"接头的计划,而是决定将计就计,所以才会发生陈浅看到的那一幕。但那些监视陈浅的人,则是因为北川景早就得知浅井这两天到上海,于是按照井田的吩咐已经在六国饭店安排了蹲守的人。

等到陈浅用餐完毕,就直接起身离开了餐厅,但是他在走过钱胖子身边的时候,小声地说了一句:"把尾巴处理了。"

钱胖子瞥了一眼,看见一名黑衣男子甲尾随陈浅从餐厅走了出来。于是钱胖子端起手中的半杯咖啡,在黑衣男子甲走过自己身边时忽然起身,假装失手将咖啡倒在了男子身上,钱胖子连忙起身道歉并阻拦了黑衣男子前进的脚步,而陈浅也顺利地坐上电梯离开。当电梯行进到第七层时,门开了,陈浅看到了门外推着布草车装扮成服务员的吴若男,然后二人快速来到1302号门口。

陈浅明白"白头翁"已经发现了餐厅里有可疑人员,所以并没有现身相见,而是让那个服务员用厨师号码的方式告诉他房间号,并且偷偷把钥匙放进了他的口袋。

他们进去后,立即对房间内进行了全方位检查,没有发现任何问题,他们猜测这个房间是"白头翁"刚准备不久的。陈浅于是在沙发上坐下,发现茶几上有两个精致的食盒,打开盖子,只见左边一盒是橙子苹果,右边一盒则是面包。陈浅拿起右边盒子的面包就啃了一口,吴若男本想劝阻,陈浅已经咬了下去,并说:"老大昌的酥皮面包,上海一绝,你也尝尝。"

"你就不怕有毒吗?谁知道东西是不是'白头翁'准备的,你也不先弄清楚情况。"

陈浅这时却从果盒底下拿出一个小盒子，说："最毒的东西在这儿呢，他用不着再在吃的里头下毒。"

吴若男接过并打开盒盖，看到了里面有三颗纽扣，吴若男马上就断定那是氰化钠，陈浅告诉她，把纽扣缝在衣领上，关键时刻，十秒毙命，没有痛苦。

吴若男收起纽扣，他们继续在房间内寻找"白头翁"留下的线索，吴若男连最后一块地板都敲了，还是一无所获。陈浅此时却望着卫生间的房门，下意识地走了进去。吴若男立马跟进去，告诉他这里一眼就能看到底，她刚才已经看过了。

陈浅却瞥见马桶旁的垃圾桶里有个黄色的物体，吴若男立刻蹲下细看，发现是半个柠檬，然后从垃圾桶里取了出来，只见柠檬的切口边缘已经有些干巴，但切口整齐，并没有被吃过的痕迹。

吴若男疑惑这里为什么会有半个柠檬？陈浅望向镜子，忽然明白"白头翁"用柠檬汁在镜子上留下了信息。陈浅立即将水龙头打开，塞上池底塞子，让水池开始蓄水。吴若男把卫生间门关上后，热水在池中水位渐高，热气蒸腾，团团雾气瞬间包裹了镜面，渐渐镜面上出现了清晰的字迹：472kHz。而在这行字的左侧，画了一个向左的箭头。

"472kHz？这是代表电台频率吗？"吴若男问。

"应该是。"

"那这个箭头又是什么意思？"

陈浅立即望向箭头指向的墙面，那是卫生间与客房之间的隔墙。墙边还摆放着一盆高大的天竺葵。陈浅立刻走过去移开了那盆天竺葵，开始敲击那堵墙的上半部分，吴若男弯着腰开始敲击墙面的下半部分。

几声空洞的响声之后，吴若男面露喜色："找到了。"

楼下的钱胖子放那个黑衣男子离开，连续喝了几杯咖啡后，看了看表，此时已是晚上八点二十分。他放下报纸，向大厅一角的卫生间走去。然而在此刻，一辆汽车急速驶至六国饭店门口停下。车门打开，周左从车上下来，紧接着何大宝也跟着下车。

周左昂首挺胸，对跟在后面刚下车的一队汪伪特务说："封锁现场，连一只蚂蚁也不能放走。"

何大宝也紧接着狐假虎威喊道："都听见了吗？快！快点！"

随即汪伪特务们有人奔向大厅，有人守住门口，有人开始向饭店两侧及后门包抄，一切都发生在弹指之间。周左看着眼前的一切，忽然想到在他和何大宝出发之前，他突然接到了一个万江海打来的电话，万江海在电话中告诉他，有人从六国饭店打来告密电话，疑似有军统分子在六国饭店内行动。而他请示了万江海，万江海让他马上封锁现场。本来这点小事是根本不值得封锁现场的，但是在万江海给他下令之前，刚接完井田裕太郎给他打的电话，他觉得，万江海手上还有大消息。

马上，周左就走到前台，亮出了自己的证件，前台经理看见马上上来打招呼，周左却立即吩咐前台经理帮他去办三件事。

第一件事就是立即把在一个钟头前给他办公室打电话，说这儿有乱党的人员带到他面前。

第二件事是把今天入住酒店的名单给他。

第三件事是乱党没找到之前，饭店内所有客人留在原地，不得随意走动。尤其是餐厅、酒吧等会客场所。

前台经理都一一按照周左的要求去办了，同时递上住客名单。周左看着住客名单，问："今天刚入住的客人，有没有看起来比较可疑的？"

前台经理向周左确认了目标的特点后，用笔画出了住客登记表上的三个名字，分别是 306 房间的邱少言，801 房间的蒋光北，以及 706 房间的张志光。

周左又问："这三人有什么特殊之处？"

"入住 306 的邱先生要求餐厅把晚餐专门送到他的房间。蒋先生入住的时候要求安排尽可能楼层高和靠边的房间，而且没有他的通知，不必前去打扫房间，不想被打扰。不过，当时另有几个高层房间都处于走廊中间的位置，最后蒋先生自己选了 801。"

"那这位 706 的张先生呢？"

"没有任何要求。"

"那他的可疑之处在哪儿？"

"说不上来。我就是觉得他像你说的那种，有本事不张扬深藏不露的人。"

周左点了点头，说："那我们就去会一会这三位客人。"

随后周左为了避免打草惊蛇，决定带着前台经理一起去楼上调查。而钱胖子在周左查看住客名单的时候就已经出来，看着汪伪特工已经把门口把守住，阻止客人离开并开始盘查，钱胖子不由得心中一紧，他又看了看表，此时已经是晚上八点二十五分。面对迎面走来的汪伪特工，钱胖子避无可避，只得与其斡旋，但是看到周左和何大宝进了电梯，钱胖子立即乘人不备，拐进了一旁楼梯间，开始往楼上奔跑。

一场与时间的赛跑就此展开。

陈浅他们已经在1302房间卫生间的空洞里找到了发报机，然而在他们刚找到的那一刻，房间内的电话突然响起，陈浅没有说话，走过去提起话筒，放到耳边，话筒中传来一个低沉的声音："周左来了。你最多还有五分钟时间赶回房间，如果他没能在你的房间找到你，就会对你的身份起疑，并在全饭店进行搜查，到时候，谁也走不了。"

陈浅看表，此时已经是八点二十七分。所以在钱胖子正从下往上狂奔的时候，陈浅意识到自己必须马上回706，他于是把1302的房门钥匙交给吴若男，让她按原计划发报，然后伺机而动。陈浅说完就迅速起身离开，但走到门口的时候，吴若男却突然叫住了他，陈浅站住。

吴若男就说了一声："你千万小心。"

陈浅却说："放心吧，出师未捷这种事情，我是不会让它发生的。"

说完，陈浅就从13楼通道向楼下飞奔。

钱胖子为了陈浅争取到时间，跑到二楼的时候，迅速按下了电梯按钮，然后又继续直奔向三楼，再次按下电梯按钮，之后他每上一层都是如此，终于钱胖子跑到了七楼，陈浅也跑到了七楼，两人在楼梯口相遇，陈浅告诉钱胖子，他会马上回房，让他去1302找吴若男。

说完钱胖子继续向楼梯上奔去，陈浅则奔向了七楼走廊。

电梯在七楼没有停，终于在行至八楼时，如期停下。前台经理告诉周左八楼到了，周左却没有动，说："等等。"

前台经理和何大宝顿时都看着周左，然而周左已然明白是有人想拖延他们上楼的时间，又不想他们去七楼，所以周左说："我改主意了，先去七楼。"

何大宝再度关上电梯门，按动了向下键去七楼。

而陈浅跑进七楼走廊时，迎面看见一个黑衣男子乙向他走来，黑衣男子乙在与陈浅擦身而过时，与他撞了一下，陈浅警觉地回头看了黑衣男子乙一眼，发现对方已经在刚才一撞的瞬间，在他口袋中塞入了一个纸条。陈浅看了一眼那张纸条，面色凝重，他立刻快步走向706房间，此时电梯也已行至七楼，何大宝迅速拉开电梯门来到了走廊上。

陈浅此时刚到704房间门口，他不得不停下脚步，躲入704房间凹入处。而周左他们下了电梯直接朝着706房间走去，到了门口，前台经理打算直接用钥匙开门，周左却让他先按门铃。

门铃在"叮咚叮咚"两声门内无人回应后，何大宝于是看向周左，周左立马对前台经理说："开门。"

前台经理就开始找706房的钥匙，陈浅冷不丁出现在他们身后，说："需要我帮忙吗？"

周左何大宝都吓得跳到了一旁，前台经理手中的钥匙吓得掉落在地。这时何大宝反应过来，举枪对准了陈浅。

"如果你不把枪放下，我敢打赌，你会连肠子都悔青的。"陈浅看着何大宝说。

何大宝举着枪，放下也不是，举着也不是，于是说："我……我……你别吓我。我就没见过青色的肠子。"

还是周左见过世面，他试探性地叫了一声："张先生？"

"周队长。"陈浅回他。

"您认识我？"

陈浅弯腰捡起钥匙，交还给前台经理，看着经理接过，陈浅才说："你知不知道你兴师动众地来这里，可能已经吓跑了一条大鱼。"

周左按下了何大宝手中的枪,说:"你到底是什么人?"

"我要见梅机关的井田科长,麻烦你帮我通知他,就说,浅井光夫在这里等他。"

周左听完不由得神色一凛,而陈浅已经拿出自己的钥匙打开了房门,独自入内,把三人关在门外。

而在门外,何大宝的腿都软了,他说:"日……日本人?我刚拿枪指着日本人?乖乖,肠子看来真的要变青了。"

而前台经理也说:"我就说吧,这位先生深藏不露,一定是个人物。"

陈浅进入房间后,略微松了口气,松了松领带,但随即,他就在地毯上发现了什么。陈浅蹲下身来细看,发现那是一点儿细不可察的泥巴,马上陈浅就想到刚才在走廊上撞到的那个黑子男子,奔跑的时候陈浅注意到黑衣男子的皮鞋左脚内侧有磨损的痕迹,且鞋底边缘有些泥巴。

陈浅打开那张纸条又看了一眼,只见纸条上写着一行字:见礼物后去餐厅相会。

陈浅开始在房间检查,他翻箱倒柜,摸过桌底床底窗帘后面,柜子抽屉,没有放过任何细枝末节的地方,但是什么也没找到,他打开自己的箱子,里面也一切无异。然后陈浅站了起来,环顾环顾四周,思索一会儿,他向卫生间走去,注意到卫生间顶部有一块盖板。

陈浅找来房内的一张椅子,站上去,轻轻推开了卫生间顶部的那块盖板,忽然露出了吃惊的表情。

就在此时,门铃声响起。陈浅迟疑着,门铃一声又一声地响着,陈浅终于决定打开房门,是周左去而复返,周左叫了一声:"浅井先生……"

周左接下来的话还没说完,陈浅就直接说:"周队长,你想抓的乱党,我可以帮你找到。"

井田裕太郎和北川景坐车到达六国饭店门口的时候,刚好透过六国饭店的玻璃望见周左一脸急切地匆匆走出电梯,而前台经理迎向周左,说:"周队长,给您打电话的人找到了,是我们餐厅的服务员……"此时何大宝和几名手下特务押着两名上了手铐的男子也从楼梯下来,说:"队长!人抓

来了，306 和 801 的！"

然而周左却一眼就瞥见已经在饭店门口的井田和北川景，他说了一声："都等着。"然后就匆匆奔向了门口，向走进来的井田，还有北川景打招呼。北川景直接问："周队长抓到乱党了吗？"

"暂时还没有，但我见到了浅井先生。"

北川景看了井田一眼，然后听见井田说："你说的是浅井光夫？"

"对对，井田长官。浅井光夫先生说，他刚从重庆回到上海，也住在这家酒店。他应该是碰到了一点麻烦。"

井田的眼中露出耐人寻味的光芒，说："带我去见他。"

周左却说："浅井先生已经在餐厅等您了。"

井田说了一声好，接着就由一名服务员引着去了餐厅，然后周左就吩咐何大宝把那两个人一起带到餐厅。周左马上又看了一眼等候在一旁的前台经理，前台经理立刻上前，并向旁边一招手，那个给周左打电话的餐厅服务员小吴就匆匆上前。小吴向周左交代是有客人要求他给周左打这个电话，并且他有信心能在再见到那位客人的时候认出他来，周左觉得很满意，于是说："好，跟我来。"

随后周左就领着小吴追上了前面的井田和北川景他们，看着追上来的周左，井田突然停下了脚步，"周左队长。"

"在。"

"把你见到浅井之后的事情，一五一十地告诉我。"

周左有些受宠若惊，然后立即说："是，是，井田科长。"

第十章

陈浅正坐在吧台前，独自品尝着一杯白兰地。与之不同的是，在餐厅的某个角落里，客人们被全部集中在了一起，被周左手下的数名特务看守着，而此前被钱胖子用咖啡弄脏了衣服的黑衣男子甲亦在其中。

客人正在抒发自己不满的时候，井田、北川景、周左及餐厅服务员小吴此时走进了餐厅，守候在门口的两名特务也在他们进入后立即将餐厅大门关上了。

井田一眼就看到在吧台边好整以暇地喝着酒的陈浅。陈浅也看到了井田，他没有立刻站起来相迎，而是又倒了一杯酒。然后陈浅就端着酒杯走向井田，用日语说："井田先生，很高兴见到您。在下浅井光夫，请多指教。"

井田看了陈浅一会儿也马上说："初次见面，你怎么确定我就是井田，你就不怕认错人吗？"

陈浅显得十分神闲气定，他说："我叔叔仁科将军向我描述过您，他说您是那种看起来温文尔雅、慵懒闲散，实际上蕴含着无穷力量的人。"

"是吗？"

"是的。眼前诸位，能符合此描述的人，就只有您了。"

井田不由得笑了起来，说："我喜欢聪明的年轻人，连恭维都如此清新脱俗。"

陈浅随后又和井田说了几句互相恭维的话，井田就把话题转到了抓捕乱党上，他说："刚才我听周队长说，你知道谁是乱党？"

陈浅将酒杯递到井田手中，然后说："是的。"

餐厅服务员小吴就在此时看着陈浅说："是他，当时就是这位先生派他

的手下来跟我说，让我给周队长打电话的。"

陈浅听在耳中，不禁回想起"白头翁"在离开前，正跟吧台服务员小吴不知道说些什么，而小吴就把目光投向了他，原来"白头翁"早就安排好了一切。

陈浅也就将计就计在听小吴说完以后，忽然望向人群中的那名黑衣男子甲："把那个人抓起来！"

黑衣男子甲一惊，立刻举起双手叫喊："我不是乱党！"并望向了北川景，北川景不动声色，只微不可见地摇了一下头。周左、何大宝及其手下顿时如临大敌，掏枪对准了黑衣男子甲。何大宝一紧张，手中的枪走火，一枪打中黑衣男子甲身边的廊柱，吓得一名外国女客人惊声尖叫。

马上枪声就传到了 1302 房间，刚刚向重庆发完报的钱胖子和吴若男听到枪声，不由得对视一眼。钱胖子立即到窗口向下张望，他猜测应该是餐厅传来的。而此时的餐厅内，黑衣男子甲一紧张，立刻从桌子底下抽出事先藏在那里的一把枪，并迅速拉过那名外国女客人做人质，并大声叫嚷着："让开！全都给我让开！"

宾客们惊慌地散开。陈浅不动声色地看着，而井田显然见惯了这种场面，亦不为所动地看着这一幕，手中酒杯里的酒都纹丝不动。

黑衣男子甲用枪顶着外国女客人的脑袋，继续叫嚣着："不想她死，就都给我让开！"

就在众人的注意力都在黑衣男子甲身上的时候，陈浅却忽然向自己身后不远处的一名吧台服务员发难，他说："还有你。"

这名吧台服务员立刻从吧台下抽出一把刀向陈浅攻击。陈浅反应机警，伸手格挡避开了致命一击，但颈部还是被锋利的刀刃划出一道血痕。就在井田等人注意到陈浅这边时，黑衣男子甲也有了一瞬的分神。而周左就在黑衣男子甲分神的这一秒钟内击中了黑衣男子甲的脑袋。

再次听到枪声，吴若男很是担心陈浅，钱胖子却告诉吴若男要相信他。而此时陈浅已经在格斗中几招顺利夺下了吧台服务员的匕首，随后服务员后退两步想要偷袭，却再次被周左开枪击中，随后就一跤跌倒，后脑重重地被桌角撞到。

周左虽然喊了一声："抓活的！"但是这两名男子都已经断气了。陈浅看到井田和北川景在此时对视一眼，脸上皆是有苦难言的感觉。

陈浅却一副水波不兴的样子掏出手帕擦拭颈部伤痕，手上也因此沾染了一些鲜血。陈浅顺势用手帕擦拭手上的血迹，连指甲缝里的血迹也不放过。陈浅没有注意到周左此时正紧盯着他擦拭血迹的动作。

井田这时已经走到了陈浅面前，把酒杯放下，说："浅井先生，你没事吧？"

陈浅看了一眼那只酒杯，里面的酒水一点也没有减少，他说："我想我差点上了他们的当。"

井田故作不解，陈浅于是说："如果我没有猜错，这两个应该是军统的人。"说着陈浅就将黑衣男子甲交给他的纸条递给了井田，并且再次说道："这人给我送了一份'礼物'，约我来餐厅相见。"

说完陈浅就从吧台后面提出一个箱子，然后当众打开，露出了里面的一部美式电台。

这是陈浅从706房间卫生间的盖板上找到。从发现这台电台开始，他就确定，黑衣男子的真实身份绝不是军统。"白头翁"已经在1302房留下了电台，根本无须再送一部。一定是重庆方面出了岔子，极有可能是山口胜平发现了军统的盯梢，冲突中被捕甚至被杀。如果梅机关再也无法与山口胜平取得联系，他的身份便会遭到井田的怀疑。这部蹊跷的电台更像是一种试探，只能是来自梅机关。破解这个困局的唯一办法，就是把自己当成真正的浅井光夫，把他们当成真正的军统，毫不留情地揭露。而"白头翁"故意让服务员以自己的名义通知周左前来抓捕乱党，就是他自证清白的最好注解。

看见电台，周左立即一副感到不可置信的样子，陈浅却又说："这两位先生大概是知道了井田先生要来，所以特意给我送来礼物，就是想栽赃嫁祸，让井田先生误会我通敌。"

"军统的人怎么会知道你在这里呢？"井田问。

陈浅又看了看死去的两名"军统特工"，说："我想可能是我离开重庆之后，山口就出事了。否则在宜昌，我也不会被人追杀。除了山口，没有

人知道我会途经宜昌，也没有人知道我到上海后会在这里落脚再与你们联络。"

"浅井先生，看来我们需要坐下来把事情的来龙去脉理个清楚了。"

陈浅说："好。"

陈浅他们离去以后，北川景吩咐周左处理现场，两名死去的"军统特工"的尸体就被抬到一旁，盖上了白布，而被误抓801和306的两位客人也放了。

何大宝在此时忍不住说："刚才那个浅井先生，在井田科长面前说话都是腰杆笔直的，好像真的蛮厉害的。"

周左若有所思，然后说："为什么我总觉得，这个浅井先生我好像在哪里见过？"

"不可能，人家不是刚刚从日本来上海嘛，你从哪里见得到他？"

"浅井先生住下之后，为什么没有第一时间与我们联络呢？"井田在包厢坐下后，率先对陈浅发问。

陈浅则解释是因为舟车劳顿，饥肠辘辘，洗漱就餐之后再见重要的人，才是礼仪之道。井田一听觉得仿佛有些道理。陈浅却审视着井田，主动发起进攻，他说："您不信任我。"

"为什么浅井先生会这样觉得？"

"就在那位军统给我送了电台之后，您就出现了，这说明您应该事先得到了什么消息。军统要想栽赃陷害，一定会通知您及时出现，抓我的现行。况且，您从见到我开始就显出了戒备和怀疑。"

井田装傻说："有吗？"

陈浅告诉井田，从走进餐厅开始，井田就一直在观察他，欢迎的眼神不会是那样，还有他敬井田的酒，井田也一口都没有喝。井田于是立即亲自为陈浅倒上了酒，说："那么，就让我以这杯酒，为我刚才的失礼向浅井先生致歉。"

陈浅接过酒杯假装并不介意，两人干杯同饮后，井田又问："浅井先生半月前离开重庆的时候，一切正常吗？"

陈浅明白井田的意思，于是很快又告诉井田，他说服了赖志诚教授跟他来上海，山口胜平安排他们坐船离开重庆，转道宜昌后从陆路来上海。但是在宜昌的时候，因为遭遇军统追杀，他与赖志诚教授失散了。

井田听后，说："这实在是太可惜了。"

陈浅也马上揽罪，说："这是我的失职。不过，就算没有这个中国人，我相信有井田科长相助，我们一定也能找到铀矿石。"

随后井田以陈浅晚上受惊为由，决定在岩久屋设宴，但是他却突然提到，浅井是从长崎来的，要把中村他们几个长崎人叫上，一起为陈浅接风洗尘。陈浅知道这是井田想要考验自己，所以也假装客气地接受了。

这一场在六国饭店的接头任务，最终是以周左让何大宝撤销封锁，而陈浅在周左的指引下坐上井田已经为他安排好的汽车离开而结束。但是在行驶的汽车上，望着飞驰往后倒退的夜色，陈浅知道，虽然他领悟了"白头翁"的提示，侥幸让井田相信了自己的身份，但真正的考验还在后面。如履薄冰的生涯，从此开始了。

陈浅第二天醒来的时候，听到屋外传来一阵听起来有些焦急的鸟鸣声。他立即睁开眼睛，机警地从床上坐了起来。看着桌子上已经燃尽的熏香，陈浅意识到这是在井田的住宅，丁香花园。

昨晚从六国饭店离开以后，井田就让车子直接驶到了岩久屋，那里已经有三个日本军人就座，陈浅知道这就是井田派来考验他的人，所以在他们问起有关长崎的一些相关信息时，陈浅都很自然地一一回答着他们，在他们相谈甚欢的时候，身着和服的老板娘端着刚烤好的鸡蛋糕过来，井田也拿起一块，问："这就是著名的长崎蛋糕吗？"

陈浅知道井田这是有意试探，于是回答说："我第一次吃到 Castella，是在大浦天主堂，最擅长制作的是葡萄牙的传教士。如今，它是长崎的特产，全世界的人都叫它长崎蛋糕。"

井田就斯文地尝了一口，然后说："香甜，绵软，还有一种特殊的香味。"

"是百利甜酒的香味，这也是我最喜欢的部分。"

陈浅回答的时候，其中一个军官低低地哼唱起一首悲伤的日本歌，马上其他几个人也陆续加入。井田听了一会儿，又试探说："我没有听过这首歌，听起来似乎是一首乡间的民谣。"

"从我懂事起，就听到长崎的人传唱这首没有名字的民谣。歌词是妻子在港口等候出海的丈夫，可是天空一直在下雨，出海的船只久不归来，妻子只能一遍遍地祈祷。"

说着陈浅也如同那几个日本军人一样轻声地哼起来，带着微微的伤感。井田微笑着，目光却并未离开陈浅左右，陈浅明显感觉到了这种异样的眼神，但是他脸上却无半点波澜，他继续和几个军官喝酒，来者不拒，最后渐渐露出了醉态。之后井田就把陈浅带回了丁香花园，让女管家山口秋子给他准备一间房间，山口秋子轻轻地将一条被子盖在陈浅身上，并为他点燃了一支熏香，关上房门退出。

仿佛沉睡的陈浅却在这时微微地睁开眼睛，晚上他根本就没喝醉，他立即起身在房间各角落查找了一遍，没有发现窃听器，他这才放心地重新到床边坐下，开始解开自己的衣扣，他知道，他已经暂时过关了。

回想到这里，陈浅听到外面有动静。弄出这些动静的是井田的妹妹由佳子，由佳子想把一个掉落的鸟巢放回树上，但是因为个子矮小够不着，最后好不容易将鸟巢放回了原处，却脚下一滑，整个人从树上跌落下来。旁观了这一切的陈浅立即跑过去，接住了由佳子。

由佳子惊魂未定，陈浅已经把她放落在地，并且开玩笑地说："从鸟巢里掉下来的，除了小鸟，原来还有天使啊。"

由佳子听见他说，立马笑了，之后却马上用中文问陈浅是谁，陈浅做了自我介绍，马上由佳子为了感谢陈浅，就把自己的日式早餐送给了陈浅，由佳子觉得这些早餐毫无创意，她还是比较喜欢吃春卷、生煎、裹脚布、烧饼、小笼包这样的中式早餐，并说下次请陈浅吃。

陈浅刚答应，山口秋子就找了过来，由佳子却立马就溜了，边跑边冲陈浅绽放出一个明媚的笑容。山口秋子到的时候，只见到了陈浅，并瞥见由佳子的身影在门口一晃，已经闪身出了院门。

山口秋子向陈浅打了招呼,陈浅刚开口问她是谁,话还没说完回廊上鸟笼中一只蓝色的鹦鹉突然说起话来,它用日语叫着:"秋子小姐,秋子小姐。"

陈浅和山口秋子同时望向蓝色鹦鹉,山口秋子于是就说:"我们的小蓝最喜欢向客人介绍我了。我是这里的管家,山口秋子。"

陈浅打量着山口秋子,只见她四十岁左右的模样,脸上虽带着微笑却有威严感,然后陈浅说:"昨天睡的被子,有艾草的香味,跟秋子小姐身上的味道一样,想必这么舒适的客房,是秋子小姐为我准备的吧。"

"分内事。浅井先生在这里有任何需要,都可以找我,我将尽力为您安排。"山口秋子礼貌地回答。

陈浅在这时想了想,说:"那我倒真有一点儿事,想请秋子小姐帮忙。"

古渝轩餐馆的后厨,厨师长拿着一张清单走了进来,说:"晚上有贵客,点了招牌八大碗,老李,厨房里料都齐不?"

厨师老李告诉厨师长海蜇头没了,这时钱胖子正在将一大锅汤从炉灶上端下来。原来自从昨天晚上从望远镜中看到陈浅是被周左请上了汽车,钱胖子就知道陈浅已经没事了,然后他和吴若男就在封锁彻底解除后,悄无声息地从六国饭店离开了。但为了掩藏身份也为了方便接头,钱胖子就到井田经常光顾的古渝轩应聘厨师,刚才他的一道糖醋里脊,已经通过了厨师长的考核,并获得了试用三天的资格。

厨师长于是立即让厨师老李差人去买,这个任务马上就落到了钱胖子的身上。钱胖子来到六大埭菜场,很快就买好了五斤海蜇头,还有几个红柿子,一条活鱼。他走到菜场附近的一棵树下,蹲下来点了一根烟抽。一辆黄包车驶来,车上坐的,是一身舞女打扮,花枝招展的吴若男。

钱胖子看见她,不由得啧啧起来,然后说:"这行头,吴若男,你要往米高梅一坐,那头牌舞女的位置早晚是你的。"

吴若男从钱胖子口袋里拿出烟盒,给自己抽出一支,说:"以后去米高梅找我,跟金大班说,找小猫咪就行。"

钱胖子明白吴若男也已经混入了米高梅,马上他就听见吴若男又说:

"也不知道井田什么时候会带陈浅来吃饭。"

钱胖子说："今晚就来。"

吴若男不敢置信："这么快？"

钱胖子在出发来菜市场买菜前，听到今晚有贵宾上门，点齐了八大碗，他本来想打听一下来的是谁，厨师老李却不让问，说是会掉脑袋。钱胖子猜测一言不合能让掉脑袋的，肯定不是什么地头蛇，而是日本人。钱胖子的猜测其实是对的，这顿饭的确是井田预订的，因为早上陈浅拜托山口秋子去帮他做两件事，第一件事是，希望从明天起他能为由佳子准备一些她喜欢的中式早餐。第二件事便是他向山口秋子询问最地道的上海菜在哪里可以吃到。出于谨慎考虑，山口秋子请示了井田，井田于是让山口秋子预订了古渝轩。

钱胖子和吴若男还在讨论着的时候，政治保卫局内，周左和何大宝也在讨论这件事，何大宝一听到浅井的名字，一颗刚送到嘴边的花生米掉了下来，说："队长，你说他会不会记牢我了？会不会过两天找个理由让我吃枪子？"

"阎王爷收人有时辰的，时辰到了，你跑不掉，时辰没到，你怕有屁用？"

何大宝这才稍感安心，说："这个倒是的，他们日本人再大也没有阎王大。"

然而周左却突然陷入了沉思，自从昨晚见到浅井光夫掏出手帕擦拭颈部伤痕，然后又顺势用手帕擦拭掉自己手上的血迹的同时把指甲缝里的血迹也一起擦干净这个小细节后，他就不时陷入沉思，因为他曾在戏院看到"吕布"假扮的渡边医生有着与他一模一样的习惯。突然，他问："你觉得这个浅井光夫像不像一个人？"

"像谁？"何大宝不解。

"'吕布'。"

何大宝一听完，立马就笑了起来，他说："神经病，'吕布'不是老早死掉了？我亲眼看他翘辫子的。日本人也看过的，当天晚上就拖出去埋掉了，这还有假？"

话虽是这么说，但是周左就是有这个感觉。因为首先浅井光夫是从重庆来的，其次他们抓到"吕布"的时候他脸肿得跟个猪头似的，谁也没见过他真面目。

何大宝又说："对呀。但'吕布'是中国人，这个浅井先生日语说得多地道。这个假扮不了的。"

周左又记起来"吕布"之前在戏院假扮的就是日本医生渡边，何大宝却在这时张大了嘴，半晌他才说："可'吕布'真的死掉了。难道埋地下他还能活过来，爬出来？"

"……那就真是见鬼了。"

周左和何大宝的讨论接近尾声的时候，钱胖子和吴若男的对话也进入了尾声，在吴若男听到钱胖子说完这次不是井田也没关系，他可以慢慢等陈浅把井田忽悠过来时，吴若男却马上就说："你可要小心点，能说上话就说，说不上话千万别给陈浅添麻烦。"

"吴若男你怎么跟变了个人似的。"钱胖子听完不禁说。

"我哪变了？"

"从前缺心眼似的，现在跟个老妈子似的。"

吴若男媚眼如丝地吐了个烟圈，说："有这么风情万种的老妈子吗？"

说完吴若男丢掉烟头，从钱胖子的篮子里拿起一个红柿子，"先走了，晚上等你的消息。"

晚上，华灯初上，车水马龙，一辆汽车驶来时，站在餐馆门口闲话的周左和何大宝都迅速站直了身子。很快，陈浅和北川景就从车上走了下来。

周左见状马上说："北川长官，浅井先生，井田科长和万局他们都已经到了，就等二位了。"

北川景听完就往里走，陈浅却没有立刻跟上，而是在周左和何大宝的面前站定。何大宝下意识地往周左身后躲了躲。周左于是立即向陈浅说着一些套话缓和气氛，然而陈浅还是歪了下头，看着何大宝，说："我还不知道这位兄弟叫什么名字呢。"

"他就是我手下小兄弟，不懂事，昨天举枪那是本能反应，是胆小，无

意冒犯，无意冒犯。"

陈浅却笑眯眯地问："小兄弟叫什么？"

"何……何大宝。"何大宝说着嘴唇有点发白。

"哦，我记住你了。"

说完陈浅就也走了进去。何大宝却腿一软，差点没站住，周左赶紧扶住了他，让他别这么夭，何大宝却眼神呆呆地说："你说得对，队长。他真的像'吕布'。"

因为"吕布"在牢里的时候，也问过何大宝的名字。

周左随即扭头望向陈浅的背影，而陈浅也在这时回头看了一眼，与周左审视的目光相遇。周左立刻收敛神色，微笑着冲陈浅点了点头。

陈浅对周左的神色顿感警觉，但他还是若有所思地继续向前走去。陈浅在包厢门口碰到了从里面出来的由佳子，陈浅刚跟由佳子打完招呼，由佳子就迫不及待地把陈浅拉去了一个地方。

第十一章

　　由佳子带陈浅来的地方是古渝轩餐馆后院的一棵大树上。从此处一眼望过去，就是餐馆后面的苏州河，河上的灯火正在一盏接一盏地亮起，这些灯火随着船只的游动在河上浮动着，如同一颗颗暗夜中璀璨的珍珠，串起，又分散，一片流光溢彩中，整幅画面既充满烟火气息，又有些梦幻。

　　陈浅不由得赞叹，这简直是一个童话的世界。由佳子看到陈浅的反应觉得非常开心，她说："我就知道，你会喜欢的。"

　　陈浅向她表示感谢，由佳子却说："不用谢，我们是朋友嘛。"

　　陈浅没想到认识短短的时间，这个日本女孩就把他当成了朋友，马上他又听到由佳子说："能和我一样，喜欢这里的人，就是我的朋友了。"

　　"你还带别人来过这里吗？"陈浅忍不住问。

　　"带过我哥哥。"

　　"哦，是井田科长。他觉得怎么样？"

　　"哼，他说不错。"

　　陈浅见由佳子一脸愤愤，说："那他也喜欢这里咯。"

　　"不。他说不错的意思是，在这里架上三挺机枪的话，他就能控制这整条河。哼，他根本不懂这里的好。"

　　陈浅不禁失笑，突然他在望向由佳子的时候，看到了她头上的一个蝴蝶结发夹。但是此时不远处传来北川景的呼喊声，他们又回到了包厢。

　　陈浅和由佳子坐在了一起，而同桌的还有井田、北川景、山口秋子、万江海、中村和周左。席间井田发表了自己对中国饮食的见解，然而由佳子却丝毫没有留情面地拆了井田的台，这让井田很是尴尬，好在陈浅及时解围，这才让现场的气氛又再度活跃起来。钱胖子就是在他们高谈阔论的时候，将一盘香煎鲜鱼锅贴递到餐厅某个上菜伙计的手里，并且掏出好几张钞票，才买通伙计将这盘他所做的香煎鲜鱼锅贴送到陈浅他们的桌子上去，而陈浅也在菜端上桌的那一瞬间，认出这是钱胖子的拿手菜，知道这是钱胖子对他发出的接头信号。

然而这道菜却立马引起了井田和北川景的警觉，哪怕上菜的伙计提出这是他们古渝轩刚刚推出的新菜，免费请贵宾品尝，也没有打消井田和北川景的疑虑，在北川景打发伙计出去后，包厢里气氛再一次跌入凝重中。

陈浅在这时及时开口："井田先生不喜欢新菜吗？"

井田听后却不答反问："浅井先生喜欢新菜？"

陈浅则一脸淡定地告诉井田这是经典菜系，意味着安全，不出错，它的口味已经经过几百上千条舌头的考验。新菜意味着冒险，要么突出重围，要么被淘汰。

井田听完却只盯着陈浅，他说："所以，你还没回答我，你喜欢新菜吗？"

陈浅心慌了一下，说："当然。我辈若是墨守成规，也不会不远千里来到中国，来这里开疆扩土。"万江海在这时及时给陈浅捧场，陈浅就又接着说："我既然来了，便没有打算败走而归。我们是为战斗而生的民族。"

就在这时，井田举起杯，说："那就让我们为战斗而干杯。"

陈浅也举杯，但是陈浅的行为却引起了由佳子的反感，翻了个白眼觉得他很是虚伪，陈浅于是凑到由佳子耳边低声说："那都是说给他们听的。"由佳子不由得失笑。然而喝完那杯酒以后，井田却仍然不愿意放过任何一个试探陈浅的机会，所以在陈浅品尝过那道锅贴说出这肯定不是一道上海菜，而像是西南菜系时，井田又开口说："浅井先生的观察能力丝丝入扣，刚来中国几天，就已经能判断中国菜的菜系方位了。"

陈浅心中一惊，表面依旧冷静应对："井田先生见笑了，记别的我未必行，记吃的我还真行。要不是只到过重庆和上海，等我把中国大江南北的美食吃遍，我应该就是个中国美食家了。"

万江海、中村等人听完不禁笑了起来，然而井田却突然吩咐山口秋子，以不要耽误由佳子的作业为由带她先走，即便由佳子拒绝，井田的语气也没有软下来，由佳子只得屈服。然而由佳子和山口秋子刚一离开，井田就说："这道菜既然这么特别，我猜，很有可能是新厨师做的。"然后他神色一肃，吩咐周左："立刻把这个厨师给我带过来！"

很快，刚才上菜的伙计和钱胖子就被何大宝一起抓进了包厢，跪在地上，周左和何大宝立刻对他们进行了搜身。上菜伙计抖得像筛子，还没等到井田问，就已经交代了一切，而钱胖子也害怕得满头大汗，但也极力为自己辩解着。

井田说："你处心积虑送菜进来，是想给这里的某个人送一个信号，是不是？"

陈浅心中一凛，钱胖子继续为自己申辩，说自己就是刚来古渝轩，想着能在贵宾跟前露一手，好让老板把自己留下，混口饭吃。何大宝已经将枪顶在了钱胖子的脑袋上，周左则说："说，你是不是军统派来的奸细？"

钱胖子裤子顿时湿了一片，吓得胡言乱语："军统是哪家饭馆，在哪条街啊？我真不知道。哪家饭馆能跟古渝轩比啊？"

何大宝说："还装傻。"

钱胖子仍在为自己辩解，陈浅在一旁看着，突然冷笑了一下。井田见此，对钱胖子说："你以为装傻就能活命？昨天你们在六国饭店眉来眼去，今天又在这里设法接头，你真以为可以瞒天过海，骗过所有人？"

这话一出，让在场所有人都诧异地望向陈浅。

钱胖子虽然故作害怕地低着头，闻言也是一惊，直觉自己已经暴露，他已经做好了最后一搏的准备，于是他盯向了自己的皮鞋，他早上出门之前，已经在皮鞋底内暗藏了刀片。这时钱胖子突然从桌下看到陈浅的手对自己做了一个勿动的提示。

"井田科长说的你们，是指我和他吗？"陈浅在这时出声。

万江海听着顿时打圆场说，这里面是不是有什么误会，却马上就听见井田说："浅井光夫，你是认出那两个人并不是军统特务，这才故意打电话给行动处，借周左之手杀了他们的，是吗？"

周左立马面露惊恐之色，而何大宝一脸迷茫。

"井田先生是在告诉我，你生怕我的身份不干净，所以昨天我刚一落

脚，你就派人来试探我？"

北川景在这时插话告诉陈浅要不是周左这个蠢货，本来他们的人也不用死。周左一听更为惶恐，搞不清状况的何大宝还在追问这其中的缘由，周左猛瞪何大宝一眼，示意他闭嘴。

井田一直看着陈浅，他说："你确实很聪明，但你以为你过了第一关就万事大吉了吗？你太心急了，就会露出马脚。"

陈浅此时愤慨地站起身来，北川景迅速举枪对准了陈浅，然而陈浅也目不转睛地盯着井田，"井田科长，请把话说清楚。给人定罪，总得有证据吧？"

井田于是告诉陈浅，昨天这个胖子也在六国饭店，如果陈浅想要知道，他可以叫人来指认，陈浅则认为井田是随便找了一个人来想泼他一盆脏水，然而井田却并不解释，反而冷笑着看着陈浅，说："浅井君，这是恼羞成怒了吗？"

陈浅于是一言不发，开始脱自己的外衣，随即在众人的目光中他一把扯开自己的衬衣，露出裸露的胸膛，可见数处伤痕，然后他愤怒地说："我浅井光夫自昭和十五年入伍以来，参加过大小战役数十次，受伤无数，不说战功显赫，也算忠诚尽职。这次如果不是舅舅仁科将军险些遇害，我也不会临危受命来到中国。我舅舅仁科将军被军统特务暗杀险些丧命的大仇尚未得报，井田先生竟然认为，我会被军统收买，成为叛徒？你是在羞辱我吗！？"

井田看着陈浅身上的伤痕，并不为所动，继续说："浅井君机智过人，难道就没想过，把电台放入你房间的人，真的是军统吗？"

"我当然想过，如果不是军统栽赃陷害，就是自己人的试探。但不管是哪一种，只需行得正，站得直，我的清白自见分晓。所以我第一时间通知了行动队。但我没想到，井田科长宁可眼睁睁看着自己人被当成军统打死，也不敢跟我说出真相。"

"抱歉。在确信浅井君的清白前，我必须万分谨慎。"

"于是你今天就讹我一道，试图让我心虚投降？"

陈浅质问井田，井田却把自己的枪递向陈浅，说："浅井君，证明你清白的最好的办法,就是杀了这个人。"

陈浅看了一眼钱胖子,又看向了井田,他说:"杀了此人,就能证明我的清白?凭什么?"

井田就向陈浅解释了他出现在这里的第一天,这个胖子也出现了,主动送新菜,就是用看似合理的方式来传达信息。这种方式,很像一个特工。陈浅冷笑,说:"你错了,如果他是特工,就不会以主动送菜这样可疑的方式来传递信息了。"

然后他就走到钱胖子身边,用事实证明井田的猜测是错的。只见他一把就将钱胖子推倒在地,先让众人看见钱胖子湿透的裤裆,然后他又一把扯下钱胖子的衣扣,检查里面有无氰化物。最终的结果是,钱胖子的纽扣里无氰化物,还被吓得尿裤子,这一切一点都不符合当特工的特质。

北川景却在这时提醒陈浅不要轻信中国人,也许钱胖子只是伪装得好。然而陈浅却纽扣一丢,懒得再与北川景继续分辨,他说:"只有无能之人,才以无差别怀疑面对众人。我不会在我确信无疑的事情上浪费时间。天皇和我们浅井家族的长辈教过我,我们应该征服敌人,而不是用武力欺压平民。所以,我只杀敌人,不杀平民。"

面对陈浅这么说,北川景却有点怒了,他说:"浅井君是在质疑我无能吗?你这样说是不是过分了?"

"我倒要问一问,究竟是我的质疑过分,还是你拿枪指着我这件事过分?"

北川景不由得一愣,井田却在这时站起身,让北川景把枪放下,然后又对陈浅说:"浅井君,你的判断来自你的自信。同样,我也有我的自信。信我,杀了他,我们的误会便一笔勾销,我也会为我此前的失礼向你郑重道歉。"

而陈浅只是冷冷地看着井田,然后说:"如果我没有猜错,你的枪里根本没有子弹。"随即陈浅就拿起井田那支枪,打开弹匣,里面果然一颗子弹也没有,陈浅又接着说:"以井田科长的谨慎,你怎么可能把一支有子弹的枪,交给您并不信任的我呢?"

说完陈浅就把空枪抛在桌面上,而由佳子也在此时推门而入,见到屋

内剑拔弩张的态势，由佳子愣住了，马上由佳子就看到了何大宝用枪指住的钱胖子，井田立即对何大宝使了个眼色，周左也赶紧把何大宝持枪的手按下。随即井田向由佳子解释因为她喜欢这个锅贴，他是想审查一番，如果钱胖子身世清白，那么日后可以让他经常给由佳子做菜。

由佳子并不相信，但是她是回来拿掉落的蝴蝶结发夹的，很快陈浅就看到由佳子在座位底下找到了那枚蝴蝶结发夹。这让陈浅想起晚饭前他在看到由佳子头上这枚发夹时，由佳子忍不住告诉他这是她最喜欢的王老师送给她的，她答应要给王老师做更多更好看的发夹。所以陈浅在由佳子离席的时候已经悄然取下了那枚发夹，丢在了座位底下。

陈浅于是借着由佳子回来的这个契机，整理好衣衫，然后告诉井田，明天他会亲自去梅机关找影佐机关长，请其联络东京，即刻送他回国。说完陈浅就大步离去，把一切抛在了身后，但陈浅仍旧能够预想到身后发生的一切。

由佳子追了上来；井田吩咐北川景跟着他，并且还问了钱胖子的名字，钱胖子回答他叫钱阿大；然后井田就问他还有什么拿手菜，明天做一些，送到丁香花园来，钱胖子磕头如捣蒜；井田又看了周左等人一眼，怒斥万江海好好管教管教他手下的蠢货……

陈浅知道他们又侥幸地过了一关，于是彻底地走了出去。

由佳子追上陈浅的时候，陈浅已经准备离开，由佳子说："我哥哥一定对你做了很过分的事情吧？"

陈浅说："大人只会做自己认为对的事。"

"包括随便杀人吗？"

陈浅一时语塞，由佳子又问："浅井先生也是这样可恶的大人吗？"

陈浅回答他不是，正是因此他也不想再和她哥哥有任何工作上的合作，他要回日本。说罢陈浅继续往前走去，由佳子于是立即追上去问，陈浅还回不回丁香花园，陈浅回复不回，这让由佳子难免有点伤感，因为她刚刚交到陈浅这个朋友，陈浅似乎感知到由佳子的伤感，他停下了脚步，回头却看到山口秋子不紧不慢地跟着他们，但始终与他们保持着十余米远的距离,那辆汽车也在她身旁缓缓随行,当他们停步时,山口秋子和汽车便也停下,而再远一点跟着他们的,是北川景。

陈浅的语气突然变得很温柔,他说:"能被由佳子当成朋友,我觉得很荣幸。"

由佳子好像看到了希望,她说:"你可以不要走吗?"

陈浅一时没有回答,由佳子就说:"或者,至少也等参加完我的校庆游园会之后再走。"

钱胖子狼狈地回到团圆里并关上房门,吴若男听到动静迎上来刚问:"你怎么才回来?"就注意到钱胖子的裤裆湿了一片,钱胖子却说没时间解释了,陈浅让我们马上给"白头翁"发报。

实际上在晚上走到钱胖子身边,一把将他推倒在地的时候,陈浅已经将一张纸条塞进了钱胖子的口袋里,纸条上的内容告诉钱胖子务必立刻处理乱葬岗的尸体。

"你是说,日本人有可能怀疑他是陈浅。"

"我没机会跟他说话,但他的意思,一定是未雨绸缪。"

井田也已经回到丁香花园换上了居家和服,北川景站在他面前向他汇报陈浅跟由佳子告别后,独自去了华恋饭店入住。但由于隔得太远,他没有听清由佳子和陈浅的对话,而由佳子也不愿意告诉他。

井田听完沉吟不语,而北川景则问:"科长,现在您还觉得他可疑吗?"

"他确实对我将了一军。假如因为我的不信任,他一气之下回国,那我一定会被上峰责怪的。"

"话说回来,假如浅井君真的是清白的,被我们昨天这番试探,今日又这番恐吓,也难免大动肝火。"

井田桌上的电话却在这时响了起来,北川景一直看着井田,他看见井田听着电话,神色渐渐凝重,半晌,他说:"好,我知道了。"

井田放下电话后,说:"也许我的直觉并没有错,但我们怀疑的方向错了。"

一轮红日自黄浦江上升起，汽笛声中，江面泛着淡淡薄雾。这是一个秋日的早晨。敲门声突然在门外响起，陈浅穿着睡袍走向门口，打开房门，只见北川景站在门外，对着自己赔笑鞠躬，陈浅面无表情地关上了房门。等到陈浅已经换好了常服，门铃声再次响起，他没好气地走到门后，从门孔中向外望去，只见门外之人，是山口秋子。

　　陈浅想了想，打开房门。山口秋子微笑着对陈浅鞠躬行礼："浅井先生，昨晚睡得可好。"

　　"如果是井田君派你来的，就请回吧。"

　　"您误会了，浅井君，是由佳子拜托我来的。"

　　陈浅一愣。山口秋子对身后的用人使了个脸色，用人端着食盒上前，山口秋子打开食盒，露出里面生煎包、麻球、春卷、白粥小菜等早点。山口秋子说："按浅井君的建议，今天早上我为由佳子准备了中式早点，她吃得很开心。再三叮嘱我要给浅井君也送一份，以表她的谢意。"

　　陈浅知道山口秋子其实是井田借着由佳子的幌子派过来的，于是让她进了屋。进屋后，山口秋子就和陈浅谈论起了由佳子，陈浅也附和着她一直聊着，等到陈浅吃过早餐放下筷子时，山口秋子上前收拾碗筷。陈浅决意自己来，山口秋子不慎将粥碗打翻，一些粥沾在了陈浅的手上。山口秋子赶紧将毛巾递给陈浅，陈浅接过毛巾正欲擦手，注意到山口秋子和门口用人的目光都盯着自己的手，陈浅用毛巾略擦了一下手，径直向卫生间走去，说："洗一洗就好。"

　　等到山口秋子回到丁香花园将这一切汇报给井田时，井田有点惊讶："没有异常？"

　　"是的，他没有擦手，而是直接选择了洗手。"

　　井田于是望向北川景："你怎么看？"

　　原来在昨晚井田等离开古渝轩的包厢后，万江海就对周左和何大宝进行了劈头盖脸地训斥，为了平息万江海的怒火，周左将他发现的浅井光夫和在戏院遇到"吕布"假扮的渡边医生的相似之处告诉了万江海，而井田在昨天晚上接到的那通电话则是万江海打来的。

　　北川景于是说："同样的动作习惯出现在不同的人身上，或许只是偶然。例如有的人紧张时就会摸鼻子、推眼镜、整理头发等。"

井田缓缓点头，但北川景又说："但也有另外一种可能，他洞悉了我们在试探他，所以临时改掉了他的习惯。"

井田凝神思索。山口秋子却告诉井田陈浅已经答应了由佳子，参加她学校的校庆游园会之后再回日本。井田于是问是在什么时候，山口秋子回答是在后天，井田记起来那天正好是由佳子的生日，于是井田突然打算也参加由佳子学校的游园会，并决定由山口秋子去准备礼物。

此时桌上的电话再次响了起来，井田接起，依旧是万江海打过来的，井田听完就放下电话转了个身，站到窗前，望着窗外，那棵树上的鸟窝中，雏鸟张嘴嗷嗷待哺，一只母鸟在鸟窝上方盘旋，他问："当日陈浅死的时候，青木医生已经确认过他死亡？"

"是的。"北川景回答。

"既然如此，我们就不必再纠结和怀疑了。就这样吧，把那个古渝轩的厨子请来做饭。再让由佳子出面，请浅井来丁香花园吃饭。"

山口秋子说："那我现在给由佳子的学校打个电话，放学时，我接了她再去找浅井先生。"

井田点了点头。因为刚才万江海在电话里告诉他，已经派周左和何大宝去乱葬岗核查过，找到了陈浅的尸骸，但是已经被野狗叼出来啃噬得残缺不全，但是能确定那脚上穿的是陈浅的皮鞋。然而井田想不到的是，昨晚吴若男和钱胖子在收到陈浅的纸条后，就立即赶往六国饭店的1302房间，给"白头翁"发报让他立刻去乱葬岗解决陈浅的尸体。周左和何大宝看见的那具残缺不全的尸体，实际上是"白头翁"命令当初在六国饭店把纸条放在餐盘里然后故意接近陈浅的那个服务员沈寅放在那里的。

由佳子从学校出来的时候，一眼就看到了门口的陈浅，然而陈浅却在这时看到一名水果摊后的小贩似乎刻意低着头，用帽檐遮住自己的脸。小贩脚上穿着一双黑色牛津皮鞋。陈浅想了想，向水果摊走去，由佳子在这时叫了一声："浅井君！"

陈浅扭头一看，看见由佳子和她的同学彩英一起从校门走了出来，由

佳子正一脸兴奋地向他挥手。陈浅笑了笑，转而迎向由佳子。由佳子兴奋地问陈浅是不是来接她放学的，陈浅承认，由佳子就咯咯笑了起来，并向他介绍了她的同学彩英，后天她打算和彩英一起表演魔术。

陈浅说既然这样那他一定要去捧场，说的时候他却再次回头往水果摊那里看了一眼，发现原本站在水果摊后面的男人已经不见了，于是他不动声色地问由佳子想不想吃水果，由佳子也看到了那个水果摊，告诉陈浅自己想吃柿子。

等到他们走到水果摊的时候，老板却不在，陈浅于是自己动手挑了起来并告诉由佳子，老板不在也没关系，只要挑好柿子留下钱就行。由佳子于是立即想到，以前她在东京的时候，街口有个婆婆摆的摊子，也是放了一个钱盒子，让大家付钱自取，从来没有少过钱。彩英感到不解，问："难道中国也有这样信任人的老板吗？"

"当然。中国当然也有很多可爱的人。"陈浅回答。

"是的呢，我最喜欢的王老师，就是中国人。"由佳子也答。

他们没有注意到，此刻在稍远处，山口秋子看着眼前的一切，突然对司机说走吧，司机问不接由佳子小姐了吗？山口秋子告诉他不用，回丁香花园。

陈浅陪着由佳子走在满是银杏树的街头，走着走着，陈浅突然问："刚才你说，你最喜欢的王老师，和你昨天在古渝轩树上说的王老师，是同一个人吧？"

由佳子嗯了一声，然后打开书包，从里面取出了两个已经做好的发夹，由佳子告诉陈浅这都是她做给王老师的，但是王老师今天出去采买后天游园会的奖品了，要不然陈浅就能在校门口遇见她了。

陈浅的目光却被里面一个珍珠十字发夹吸引住了，由佳子突然问："浅井先生有意中人吗？我可以帮你做，让你送给你的意中人。"

"等我找到了，一定告诉你。"

由佳子突然伸出手来跟陈浅击掌，并说："一言为定。"

说完这个，由佳子却突然提到井田，她说其实她哥哥也并不像他表面看起来那么严苛不讲理的。陈浅明白由佳子是想当井田的说客，他故意转身就走，由佳子却马上就追上来，告诉他她哥哥为了向他道歉，特意请了昨天古渝轩那个厨子来家里设宴。到这里陈浅觉得差不多了，于是他停了下来告诉由佳子有好吃的他可以考虑一下。

陈浅没有注意到远处一个弄堂口，那双黑色牛津皮鞋一闪，又消失不见了。

第十二章

在搂着吴若男的腰在米高梅的舞池里翩然起舞之前,陈浅也实在没想到他能在丁香花园看到井田把身体弯到九十度向他道歉,并请求他留在上海继续与自己合作。陈浅于是就伸手将井田扶起,大度地告诉井田,他能理解井田的行为,因为他在来中国之前,他的舅舅仁科将军曾经跟他讲过荒木惟前辈的故事。荒木惟一身本领,机智忠诚,冷静敏锐,是他特别欣赏的军人,在上海也颇多建树,但结果因为轻信了一个名叫陈山的中国人,用人不慎,最终壮烈殉国。所以人心险恶,不得不防的道理,他是懂得的。话到最后,陈浅也终于伸出手与井田相握,预示着他们合作达成。

吴若男看着陈浅被舞厅灯光打得明明暗暗的下巴,她说:"我就知道你肯定能明白钱胖子送上来那道菜的意思。"

实际上在陈浅和井田握手言和后,井田就把陈浅带到了餐厅,他看到井田果然把钱胖子请到了丁香花园做菜,他们落座后钱胖子就一一地向他们介绍着桌子上的菜品。突然,钱胖子指着一盘甜品糕点,他说:"这是一道酸甜适口的清凉糕点,用糯米和粳米磨粉后以一定的比例配合,加入薄荷叶、话梅粒制成。相比一般的甜味糕点,它多了一点清凉和酸,清甜生津,我给它起的名字叫,初恋的夏天。"

由佳子听完顽皮地问陈浅:"浅井君,你的初恋在哪个夏天?"

"这个秘密我想等只有我们俩的时候再告诉你。"

回想到这里,陈浅搂着吴若男的腰又转了一个圈,然后说:"话梅做的米糕,不就是米高梅的意思吗?"

"本来钱胖子想把情报夹在酱瓜里面,但我觉得风险太大了。"吴若男也跟着旋转了一圈。

"幸亏没听钱胖子的，否则能把我给害死。"陈浅说着，不禁又想起在介绍完所有菜品以后，钱胖子又从身后的柜子上抱出一坛酱菜想要给大家解腻，陈浅立马注意到井田打量了一眼那些酱瓜，于是他立即以自己不喜欢下饭菜为由，将酱瓜转送给井田才打消了井田的疑虑。

"当然了，听了我的建议之后，那道菜也是钱胖子自己临时想出来的，他也算有两下子。"吴若男听陈浅说完马上就说。

"邱科长派给我的人，果然个个都是人才。"

"我就当你是夸我了。"

几个来回之间，陈浅和吴若男在舞池中已经又转了好几圈，终于陈浅说："说正经的，情报是什么？"

吴若男立即告诉陈浅重庆方面得到消息，日本人第一批开采的铀矿石已经运抵上海，须尽快探明藏匿地点。陈浅刚说一声好，就瞥到中村出现在舞池旁的一张桌子上，正笑吟吟地望着自己。两人目光接触时，中村还对陈浅举起了酒杯，陈浅也对中村点头微笑。

陈浅知道井田到底还是不放心，吴若男没回头，但也知道有人跟来了，马上她就听到陈浅对她说："一会儿我带你去认识一下，以后我可就是你最大的恩客了。这事儿务必让所有人知道才好。"

舞曲终了，陈浅揽着吴若男走向中村，寒暄拉扯间，中村终于瞥了一眼挂在陈浅身上的吴若男，说："这姑娘眼生啊。"

"中村先生好，我是刚来的，叫我小猫咪就好。"吴若男立即主动向中村介绍自己。

"小猫咪这个名字，我喜欢。"

中村说着坏笑起来，陈浅立即凑到中村耳边用日语低声说了句："新来的，还没开苞，今晚说好包夜。"

中村忍不住对陈浅竖起了大拇指，说："浅井君果然会玩。"

很快就到了三天后清心女子学校的校庆，因为梅机关的长官井田裕太郎也要亲临，因此整个学校戒备十分森严，到处都是穿着黑色便衣的日本特务，有的守住校门口，有的进入校园，有的走向校园围墙外。而周左和

何大宝带着一队行动队跟随北川景进入校园，他们决定对学校的礼堂进行重点排查，避免有军统分子混入校庆。

而在校园的草地上，王老师正带着一些学生布置现场，准备游戏所用的道具桌椅等。一个由气球组成的拱形门上，需要挂上游园会三个花朵组成的字。王老师拉过扶梯，准备爬上去布置，由佳子却在这个时候自告奋勇想要帮王老师上去挂，王老师考虑到由佳子的身份不想让她上去，最后因为由佳子的坚持，王老师不得不答应她的请求，但是在由佳子顺利挂上并用铁丝固定住了第一个"游"字的时候，王老师发现旁边有个女生拿着的一堆碗碟有些倾斜，有倾覆的危险，于是决定先去帮忙。也就在这个空隙里，一个不知从何处飞来的足球忽然击中了由佳子的梯子。正站在梯子顶上伸手挂着"园"字的由佳子顿时失去平衡，连人带梯子倒了下来。

正走向由佳子的王老师大惊，即使还隔着三五米的距离，王老师一个箭步上前，抱住由佳子并一掌推开了原本会压在由佳子身上的梯子。王老师接住由佳子后以转身卸力，她看到不远处数名特务望着自己，她心念一闪，假装失去平衡，抱着由佳子一起摔倒在了草地上。因为卸力完美，由佳子丝毫没有感觉到疼痛。

但不远处的北川看见这一幕大为紧张，立即飞奔而来，他先是关心由佳子的情况，紧接着开始训斥王老师作为老师的失职，由佳子为此感到十分生气，扬言要跟哥哥告状，王老师却并不气恼，反而问北川景有没有孩子，北川景听到以后愣了一下，然后回答说没有。听到北川景这么回答，王老师又问北川景从小到大有没有摔过跤，这彻底把北川景问语塞了。然后王老师就说："一个人长大，谁还没摔过几跤？由佳子又不是玻璃做的。一个人如果连跌倒的机会也没有，等于被捆绑了手脚。你们有没有想过，由佳子为什么喜欢爬树？就是因为你们总是不许她做这不许她做那，她才会格外向往自由。"

"王老师说得好！"王老师刚说完，井田的声音在他们不远处响起。

等到井田走到了他们身边，井田首先就北川景对王老师的无礼行为道歉，然后下令让北川景离去，再之后井田又告诉王老师，教育孩子的事，她是专家，以后他还要向王老师多多请教。

这场对话没有持续很久，很快就以井田摸了摸由佳子的头告诉她他要去跟他们的加藤校长打个招呼，一会儿去礼堂看她的表演，然后走开而结束。

随后由佳子也决定跟王老师一起前往礼堂准备演出，去的时候，由佳子告诉王老师，她们很快就会见到她的新朋友浅井先生，并且由佳子在心里觉得王老师肯定会与浅井先生很投缘。

礼堂内，周左和何大宝已经检查了一圈，没有发现什么问题。唯一的问题就是他们刚才进来的时候，注意到舞台上方吊着一个巨大的箱子，周左想要开箱检查，魔术师朴志宪拒绝接受检查。他说，昨天运来学校的时候已经接受过检查了，如果再检查一遍，会破坏里面的机关，一会儿就没有办法正常演出了。周左仍不愿意放弃，最后却被魔术师说的另一句所劝服，那就是魔术师告诉他，这个节目的嘉宾就是井田由佳子小姐，影响她演出的话，会让井田不高兴。周左一听立即就决定放弃检查了。

由佳子和王老师刚走进礼堂，就碰到了从后台跑出来的魔术师，魔术师一脸焦急地问："是由佳子同学吗？"

"是我。您就是彩英的爸爸吧。"

紧接着魔术师朴志宪就告诉由佳子魔术出现了一点问题，就是彩英忽然拉肚子了，不适合上台表演，现在需要临时找一个人来替她做演出嘉宾。突然朴志宪的目光看向了王老师，他说："这位老师，您可以帮我这个忙吗？"

王老师本想拒绝，但看着由佳子殷切的目光，王老师只好答应了。在她们走入后台的时候，陈浅刚好出现在了礼堂门口，但是不知为何，今天从黄包车上下来，看着街上一如平常的往来人流和商贩店铺，他却隐隐地觉得有些不安。

马上陈浅就在礼堂门口看到跟加藤校长正在聊天的井田，两人打过招呼后，陈浅随井田自左侧过道走向前排贵宾席，他的眼神仿佛不经意地扫过观众席，看到嬉闹的母女和姐妹，看到少数几个正襟危坐保持威严的学生父亲，但有个戴帽子的男子在礼堂右侧过道边的座位上，他身边没有孩

子。当陈浅望向他时，他有些刻意地低下头，让帽檐遮住了自己的脸。

但是此人的脚上，穿的正是那双黑色牛津皮鞋。

陈浅不动声色地随井田在贵宾席就座，落座后陈浅和井田说了几句话，再次扭头望向右边的时候，刚才坐在那里的男子已经不见了。

不多时，校庆表演开始，在魔术师率先上台暖完场之后，绚丽的彩带突然从天而降，紧接着灯光变暗，由佳子由一注灯光照着出现在了舞台上，只见她女扮男装，身穿王子的服装，以一个前空翻的动作潇洒出场。

井田看见由佳子出场，满怀笑意地看着。而陈浅的目光却被舞台灯光再次变暗后，出现在半空灯光中的王老师所吸引，因为他几乎是在第一时间就认出了王老师就是春羊。而春羊穿着白纱裙，坐在一根横梁上，缓缓地向下降落，她并未发现陈浅。

舞台的暗处，由佳子也正仰头望着空中的春羊，没有人注意到魔术师却暗中望向后台方向，本来拉肚子的彩英出现在那里，她已经换好了男孩的衣服，正准备翻墙从礼堂内出去。

春羊终于落了地，王子由佳子立即拉起了公主春羊的手，配合表演载歌载舞，表现两人的情意绵绵。一声惊雷过后，魔术师脸上戴上了恶魔面具。他将春羊与由佳子分开，并将春羊推入一块幕布后，再拉开幕布时，春羊已被绳索五花大绑在一根柱子上。

观众席中立刻爆发出惊呼和掌声。

在让观众看过之后，魔术师重新拉上幕布遮挡春羊。紧接着，由佳子也被魔术师关进了一个大柜子中锁住。

井田等人都有些紧张地凝神观看着。加藤校长解释这是朴志宪的拿手绝活，大变活人。由佳子不会有事的。井田这才点了点头，略感放心。

一阵变幻的音乐过后，魔术师打开柜子，里面的由佳子不见了，换成了春羊。在观众的惊呼和掌声中，魔术师再次锁上柜子，对着空中一挥魔术棒，陈浅忽然感觉到了异样，然而此时魔术师走到柜子面前打开柜门，只见柜内已经空无一人。

现场再次掌声雷动。

接着，魔术师自己走入了柜中，将柜门合上。舞台灯光熄灭。音乐很快响起，接着灯光聚焦于空中，由佳子从天而降，身上还背着一对翅膀，身前绑着一个礼盒。

在井田都认为这是魔术效果，跟着众人鼓掌时，陈浅却从由佳子含有泪光的无助眼神中察觉到了异样，他站了起来，迅速跃上了舞台，然后一个箭步扑向魔术师藏身的柜子，柜内却空无一人。

井田此时也站了起来，他也察觉到了不对劲。陈浅已经迅速奔向已经落到了舞台地面的由佳子，她眼中的泪水溢了出来："救救我，浅井君。"

陈浅也立马意识到绑在由佳子胸前的礼盒实际上是一个定时炸弹，陈浅打开礼盒的时候，炸弹的倒计时仅剩一分二十三秒。

井田也在这时冲了上来，看着由佳子流下泪水，告诉他"哥哥，我不想死"，井田对奔到他身边的北川景吼道："快拆弹！"然而北川景却告诉他擅长拆弹的福山君应该在校门口，井田命令北川景立即把他找过来，陈浅却镇定地告诉井田："来不及了。"

因为定时炸弹上的计时已仅剩一分钟，59秒，58秒……看着时间一秒一秒地流逝，陈浅快速反应，他让北川景疏散人员，并立刻护送井田离开，剩下的交给他。

在由佳子的请求下，井田最后才终于决定撤了出去，所有的人都在往外跑。而陈浅在嘀嗒的走时声中，蹲下来细看由佳子胸前的定时炸弹，计时已经跳到了48秒。突然他发现炸弹一共有一红一蓝两根线，但红蓝两线底下，另有一条金属细线。陈浅不由得皱眉，但他还是安慰着由佳子："由佳子，别怕，有我在。"

由佳子哭着："我知道。可是我不想浅井君陪我一起死。"

"我们都不会死的。"

由佳子突然听到头顶有声音，她抬起头的同时发出了一声惊呼："王老师！快救救王老师！"

陈浅也抬头，只见半空中挂着一个水晶玻璃柜子，柜内贮满了水，春羊就被关在水晶柜子内，正在水中奋力挣扎，试图击碎玻璃。透过玻璃柜中的水纹，春羊也看到了台上的陈浅，她也认出了他。

陈浅一时陷入了两难，一边是由佳子，她胸前定时炸弹的计时器已经跳到了36秒，一边是头顶上的春羊，她的头发漂浮在水中，趴在玻璃上望着自己，然而她已经处在了溺水的边缘。

最终陈浅还是做出了他的抉择，迅速查看了由佳子胸前定时炸弹的电池仓，检查正负极，他迅速从显示为正极的电线开始往前排查，很快确定了红线。

陈浅一边检查一边语速极快地说道："由佳子，我想告诉你，你今天的表演很棒。你的角色是一个能拯救公主的王子，当然也能拯救你自己。现在就是这个魔术的最后一环，就让我来完成，让这一切狂风暴雨都结束。你相信我吗？"

由佳子看着陈浅，脸颊上挂着泪水，点了点头。陈浅又抬眼看了一眼水晶玻璃柜中的春羊，只见她已经放弃了击打玻璃，而是凝神屏气，用鼓励的眼神望着他。

陈浅从靴筒里抽出一把匕首，将匕首的刀锋对准了红线。就在陈浅准备下刀的时候，忽然发现蓝线相连的排线深处，竟然也与炸弹弹体相连。陈浅立即收住了力，陈浅的额头因此渗出了汗水，因为红线的塑料绝缘皮还是被陈浅割出了一道口子。

计时器的屏幕上的数字还在跳，现在已经是：9，8，7……

陈浅的目光在红蓝两根线之间徘徊，他在犹豫着，但他最终将刀割向了那根毫不起眼的金属线，下刀的时候，计时器只剩下3秒。

礼堂外的井田也盯着自己的手表，秒针已经指向57秒，58秒，59秒，最终秒针指向了0，众人屏息望着礼堂方向，现场一时安静无比。忽然，礼堂内传来一声玻璃碎裂的声音。

井田再也忍不住，冲了进去，周左及两名日本特务立刻跟上。井田冲进去的时候，刚好看到陈浅正从木梯向舞台顶部攀爬，那个玻璃水缸的底部已经破裂，里面的水正在向下倾泻着，终于有了呼吸空间的春羊正将头探出水面，大口喘息着。

原来井田他们听到的那一声玻璃碎裂的声音，是陈浅在割断那根金属线后，定时器停在了倒数两秒钟位置的时候，陈浅立即站起身子，望着那个半空中的水晶柜子，他果断地飞掷手中匕首，钉穿了玻璃柜底，发出的声音。

井田注意到在舞台上无力坐着正在发呆的由佳子，井田立即向舞台奔过去，喊了一声："由佳子！"由佳子仍旧呆呆地，一动不动。井田奔到舞台上，由佳子这才反应过来，说："我没事，哥哥。我刚刚只是好害怕。"井田立即紧紧抱住了由佳子，安慰她："没事就好，没事就好。是哥哥不好，是哥哥没有保护好你。"

然而玻璃缸底部的玻璃因为受水压，裂缝越来越大，终于底部的玻璃承受不了压力，哗啦一声碎了。眼看春羊即将从十米高空跌落，然而就在她坠落的瞬间，陈浅忽然从舞台上方一侧荡着绳子飞向她，并从半空中拉住了她的手。

最后陈浅稳稳抓住她，又荡回了他出发时的那段木梯，最终陈浅对春羊说了一声："没事了。"

春羊却说："我知道。"

"你这么镇定很难让男人有英雄救美的成就感。"

"等抓到凶手，什么成就感都会有的。"

然而此时周左却在下面叫他们，陈浅在回答以后，就带着春羊一起回到了舞台地面，由佳子赶紧上来确认春羊有没有事，在确认她完好无损以后，由佳子却突然头一歪晕厥过去了。春羊看了一眼，推测由佳子很可能是由于惊吓过度造成的晕厥，于是她立即建议井田把由佳子送去医院。井田马上就吩咐周左带人随加藤校长送由佳子去了医院，为了确保由佳子的安全，周左还接受井田的命令通知了万江海加派人手到医院保护由佳子。而井田则把带来的人手全部留下来搜捕魔术师，因为他认为魔术师除非有掘地三尺的本事，否则，他一定还在这里。

陈浅正在舞台上翻看一个箱子里的道具用品，看到里面有梳子毛巾饰品等物，又看了一眼舞台一角的更衣帘后的人影，他从里面取了出来放到帘子外的椅子上，然后就走到那个魔术用的大柜子面前观察起柜子的内部来。没过一会儿，春羊已经换好自己的衣服从帘子后面走出来，披在肩头

的头发正在往下滴着水。陈浅头也不回，就说："把头发擦干，别着凉。"

春羊一眼瞥见旁边的椅子上放着一条干净的毛巾和梳子，会意地一笑，上前拿过毛巾开始擦拭头发上的水，并走到陈浅身边。

"你男人回来了，高兴吧？"陈浅突然又说。

春羊一愣，随即笑道："就那个一把年纪腰还不行的糟老头子，不回来我才高兴呢。"

"是吗？那你看我年轻英俊腰也不错，你要不要考虑一下？"

"你不打算先考虑一下怎么收拾这烂摊子吗？"

陈浅的手指一直在柜子里面的角落四处摸动着，然后说："要是我没猜错，这下面一定有条通道，可以让他逃之夭夭。"

春羊也蹲下身来，在柜内底部观察着，她看到一个毫不起眼的按钮，伸手一拨，果然柜底地板移动，露出了一个通道口，春羊说："你猜对了！"然后就跳了进去，陈浅也立马跟着跳了进去。

进入通道以后，陈浅说："什么大变活人，不过是找托糊弄人，他一定还有一个助手。"

春羊说："他告诉我没有。所有的流程需要我和由佳子自行完成。"

陈浅于是让春羊把她们表演的全过程告诉了他。在那个表演过程中，春羊一开始被一根绳索五花大绑在一根柱子上，实际上那只是虚绑，系结处就在春羊背在身后的手中，等到她被观众看过，魔术师拉上幕布遮挡住她之后，她迅速转身掀开地面的一块木板，进入了舞台下方的通道。在通道里，她与从柜子下方出来的由佳子相遇，她迅速与由佳子擦身而过，进入之前困住由佳子的柜子，柜门随后被魔术师从外打开，里面的由佳子就顺理成章地不见了，换成了春羊。

而到了此时，按之前排演时的决定，在春羊进入柜子的时候，由佳子要去舞台顶部的二号位，她要背上事先放在那里的道具翅膀。

春羊说到这里，陈浅突然说："那如果没有第二个人，由佳子身上的炸弹怎么解释？"

春羊也仿佛醍醐灌顶，她说："是的。所以他一定有帮手。就是那个为由佳子绑上炸弹和从玻璃缸外将我反锁的人。"

于是，春羊又接着把剩下的过程告诉陈浅，在这一段的过程里，春羊需要从柜子的地下通道离开，跑到舞台顶部的三号位。但是在打开玻璃缸的盖子，打算进入玻璃缸之前，她瞥见一个身影出现在不远处，当时她很疑惑，却来不及细想，就进入了玻璃缸内，那时玻璃缸内还只有半缸水。而舞台上魔术师自己也在那时走入了柜中，将柜门合上，舞台灯光就随之熄灭。黑暗中，春羊忽然听到头顶一声轻响，有人从玻璃柜上方将盖子反锁，她抬头一看，只看见一个黑影一闪便消失不见了，马上玻璃柜内的水位开始上升，渐渐没至她的脖颈位置。

说到底，春羊其实也并没有看清那个人的样子，至于由佳子有没有看到，春羊则认为要等她醒来之后才能问清楚。

而此时春羊和陈浅已经从柜子下方走到了通道的尽头，那里有一个木梯，可以通往舞台顶部。而他们所站的位置，刚好可以看到不远处的一扇小门，门口有一把道具伞，似乎是有人离开时不慎碰倒在地。

陈浅和春羊迅速奔至那个门口，北川景等人在撤出礼堂以后，就一直奉井田命令在学校内搜捕凶手，在他们刚刚检查过整个后台后，此刻也来到了陈浅和春羊身边。

门上写着道具室的中文和日文。

北川景与陈浅对视一眼后，正欲破门而入，被陈浅拉住。陈浅望了一眼这个房门顶部并未封闭的空间。北川景会意，立刻对福山使了个眼色。福山攀上房门顶部，翻入房内，果然看到门后有一个炸弹。福山告诉北川景拆除炸弹大概需要三分钟。北川景当即决定不用拆了，全部翻墙过去。

陈浅却突然问春羊："这个屋子后面，通往哪里？"

"据我所知，应该没有出口。就算他想从窗口出去，此时外面应该也都是你们的人。他不可能悄无声息地凭空消失。"

陈浅于是环视了一圈后台，忽然他望向舞台顶部，然后他说："他不是从这里离开的，这不过是颗迷雾弹。"

陈浅和春羊马上就再次来到了舞台顶端那根绳索旁，也就是刚才陈浅荡绳出去救下春羊的地方。陈浅望向半空中，只见绳索系结处于礼堂屋顶处的一根横梁，陈浅沿绳而上，果然看到横梁上有一双鞋印。这跟陈浅猜

测的一样，魔术师从柜子进入地下通道后，他就迅速前往道具室布置了门后的炸弹，然后翻墙离开道具室，并在门前故意放倒雨伞，随后攀上木梯，从事先系结好的绳索攀上房顶，最后站在横梁上，掀开房顶上的一个小窗后离去。

井田进来的时候，陈浅已经把大致的情况告诉了他，陈浅最后说："但显然他还有一个帮手，暂时我还没有发现那个人逃脱的痕迹。"

北川景这时说："事发之后我们对学校是完全封锁的，就算魔术师逃出了礼堂，应该也走不出这个校园。"

"那么，他可能就混在人群当中。"井田说着，冷冽的目光从现场众人身上扫过，众人竟有些人人自危，一些家长不自觉地拥紧了自己的孩子。井田转身望向教学楼方向，他忽然想起了什么，然后他说："不对，有人离开过。"

第十三章

　　谢冬天也在上海，并且此刻他正在同仁医院对面的一幢大楼的顶楼，从他手中的狙击枪瞄准镜里能清楚地看到周左正背着由佳子，在加藤校长的陪同下小跑着进了医院急诊室，但是在他们下车后，停在急诊室外的那辆汽车的后备厢盖此时微微一动，被人从内侧掀起一道缝。

　　从那条缝隙里，谢冬天能确定躲在后备厢里的正是从学校礼堂逃脱的魔术师，因为在清心女子学校，当周左和加藤校长抱着昏迷的由佳子上了汽车后，他已经在对面楼房中用望远镜看见了魔术师从暗处现身，悄然藏身于加藤校长汽车的后备厢中。按照原计划，事成之后魔术师和他女儿都应该继续躲在里面，等天黑再出来，由他们负责接应。面对这枚不听话的棋子，谢冬天于是在周左驾车护送加藤校长及由佳子驶出了清心女子中学大门后，不一会儿，他就让王二宝驾着一辆汽车从附近的小路驶出，尾随加藤校长的汽车而来。

　　魔术师在确认车辆停在角落处，附近无人后，将后备厢盖完全打开，然后从里面走了出来，不紧不慢地离去。在魔术师即将走到医院门口时，井田的汽车疾驶而至。魔术师看到了井田，但他仍然保持着不疾不徐的步伐，因为此刻的魔术师已经换上了日常的装束，发型装束都与台上表演时判若两人。

　　眼看就魔术师就这样与井田的汽车擦身而过，然而就在这时，谢冬天毫不犹豫地扣下了手中的扳机，然后他就看到走到医院门口的魔术师突然低头看着自己胸口的鲜血涌出，有些不甘心地望向自己这边。

　　听到枪声，医院门口的人们开始四散奔逃，井田的汽车也应声停下。谢冬天仍然屏息凝神地端着狙击枪，并把枪口对准了井田的汽车，然而只

有两名日本特务下车查看魔术师的伤势，井田并未下车。

谢冬天耐心等待着。

但他不知道井田在车内矮着身子从后视镜望向后方医院门口的情形，同时也从后视镜中注意到了对面的高楼。谢冬天只能看到一辆绿色篷布军车驶至医院门口停下，一队便衣特工自车上下来，另一辆小车同时抵达，万江海下了车，带众特工奔进医院。然后万江海带人奔到井田车边，从窗口与车内的人说了几句，随即望向了自己所在的方向。

随即谢冬天神色一凛，立刻收枪撤离，因为他看到万江海一声令下，一众特务随即奔出医院大门，向他所在的方向奔来了

谢冬天撤离前看到的最后一幕就是万江海与数名便衣特务护着井田下车前去查看魔术师伤势，有一名特务在摸过魔术师的颈动脉后摇了摇头，然后他就持枪飞奔下楼。

王二宝驾车等候在楼后的小路上，就在数名便衣特务奔至楼内时，听到楼下动静的谢冬天迅速进入一间二楼房间，从窗户跃出。

王二宝看到谢冬天从二楼跳下，迅速倒车到谢冬天身边，然后二人就这样消失在上海的街头。

北川景排查了全校师生后，发现少了两个人。一个是由佳子的同学朴彩英。另一个是负责学校器材器械管理的陈国平。

对于这两个人，前者朴彩英，演出之前，确实有人看到一个孩子在礼堂后面出现，但因为是孩子，北川景的人并没有对她过多注意，目前他们已经在学校西面围墙处，发现了有人逃离的踪迹。

而后者陈国平，北川景在学校体育室发现了一个箱子，这是陈国平昨天买回来的，箱子上注明的物品名称是篮球，但是北川景从中发现有一个篮球被割开一个口子，他怀疑陈国平昨天就是利用篮球藏匿了炸弹。春羊也提供了一条线索，那就是今天早上她确定在学校里见过陈国平。演出前，在礼堂后台，他也远远见过她。

听着这些，陈浅站在窗前，看着不远处的礼堂大楼，陷入了沉思，他想到自己在和井田随加藤校长在礼堂第一排就座后，原本坐在走廊旁某个

座位上的一个穿黑色牛津皮鞋的男子已经悄然向后台走去。

综合这些线索，陈浅认定魔术师的这个帮手就是陈国平。然而春羊不解，为什么事发之后，他却好像凭空消失了呢？而北川景也认为，一个大活人凭空消失，这是不可能的。

陈浅说："既然是不可能的事，那只能说明，我们一定遗漏了什么。"

于是陈浅给了北川景一个建议，那就是他们兵分两路，北川景继续留在学校寻找陈国平的下落，而他去找彩英。然后他请求春羊，把彩英的全部资料调出来给她。

在去办公室的走廊上，春羊和陈浅并肩走着，春羊说："我不认为现在还能在彩英家里找到她。"

陈浅也这么认为，但是刚才陈浅已经给井田打过电话，井田在电话里告知，魔术师已经被杀了。而彩英现在未必知道她父亲死了，如果等不到父亲，她就有可能回来。

而魔术师的死也正是所有事件中春羊感到最疑惑的，一开始她认为是军统的人暗杀掉了魔术师，但是陈浅告诉他，如果真是军统下的手，井田虽然没有受伤，魔术师也算功成身退，军统没道理对自己人赶尽杀绝。

陈浅突然站定，说："我觉得只有一种解释。魔术师是被迫的。"

春羊也随他步伐停下，说："我明白了，他是想摆脱某个人的控制，所以才会找我临时代替彩英，目的就是为了让彩英先走。"

陈浅看了春羊一会儿，仿佛豁然开朗："走！"

陈浅的话音刚落，北川景却出现在了办公室门口，他告诉陈浅和春羊，周左刚刚打来电话，政治保卫局的人找到了彩英的母亲，在朴彩英的姑姑家。

陈浅看到一名中年女子的尸体横陈在地，长发四散，双眼微睁，目光涣散，手握一支发簪插入颈部，鲜血满地。而在她的身边还有一张倒地的椅子，很显然她死前就是从这把椅子上跌落的。

而且根据周左调查到的信息，这名女子就是朴彩英的生母张正恩，三十六岁，朝鲜裔。死的时候身边没人，只有邻居今天路过看到门是虚掩的，

推门进来就看到张正恩倒在地上没气了，但身子还热乎着，死亡的时间应该就是最近两个钟头。但因为现场没有打斗痕迹，周左推测她是自杀，因为学校礼堂出事是早上十点多。魔术师朴志宪在同仁医院门口被杀，是十一点多。等她知道这个消息，不想活了也很有可能。

陈浅没说话，他只是翻动女子的眼皮，随即面露凝重之色，但很快他就站起身来，问："邻居们有人见过朴彩英吗？"

周左回答没有，陈浅就走出了民房，春羊一直等候在门口，见陈浅出来春羊说："我想先去医院看看由佳子，她和彩英是最好的朋友，或许她会知道彩英躲在哪儿。我们得赶在井田之前找到她。"

陈浅点了点头，说："我在附近再转转。"

陈浅在弄堂口目送春羊坐上黄包车离去，然后他回头望了一眼，只见周左正在命人将尸体从民房中抬出来，他假装随意地走在路边，目光却在街头的人流中快速扫视着，随后他进入了另一个弄堂，忽然快步跑了起来。

陈浅敲响团圆里78号的门的时候，吴若男正在抄写《般若心经》，听到敲门声，吴若男立即放下手中的毛笔，侧耳倾听，三长一短的敲门声过后，她迅速打开了房门。看到是陈浅，她满眼惊喜，然后迅速将陈浅拉进屋内，站在屋门口，她向外面左右打量了一下，确定无人，这才关上房门。

"你怎么来了？"吴若男看着陈浅走进来自顾自地在桌前坐下，并给自己倒了一杯水，她忍不住问道。

"出事了，我需要你尽快通过电台向邱科长汇报此事。"

听完陈浅的叙述，吴若男也感到不可置信，因为这次的行动，完全不像重庆的行事风格。陈浅于是问："如果不是重庆的命令，那么，捣乱的究竟是军统哪个小组？"

"你怎么就知道一定是我们的人呢？"

陈浅一开始的确认为不是他们的人干的，后来他仔细回想了那枚绑在由佳子身上的炸弹，那枚炸弹的确设计得很有迷惑性，但陈浅还是看得出来，它用的是他们军统惯用的布线方式，每届的特训班给新生教的都是这个。但是吴若男又认为他们行动一旦动手，都是肯定要留下记号扬他们的国威的，更不会杀自己人。

因此，陈浅有一个直觉，那即是有人在欲盖弥彰，看似是在针对井田，实际上是专门冲着他来的。因为这个人的每一步，都恰好走在了他的前面。

吴若男听陈浅如此分析，说："你是不是觉得，他是咱们的老相识？"

陈浅没有回答，站起身来，说："我得走了。今天你务必把情报发出去。"

"你现在去哪儿？"

"我得赶到他的前面。"

"你是不是知道他是谁了？"

吴若男再次追问，但是门已经被陈浅关上了。

与此同时，同仁医院的病房里，由佳子已经悠悠醒转。守在床前的井田激动地站起来，说："由佳子，你醒了，这可太好了。"

由佳子还没来得及开心，她的瞳孔中就泛出一丝失望，因为井田紧接着就问她还记不记得，那个给她绑上炸弹的人长什么样？还有她的同学彩英，她在表演之前有没有跟她说过什么话？哪怕井田告诉她他问这些只是为了尽快抓到伤害她的那个幕后主谋，由佳子眼里的失望也并没有减少，直到春羊到来，由佳子坐起哭着扑入了春羊的怀中。

春羊抱紧了由佳子，安抚地轻拍她的后背，说："没事了，由佳子，我们都没事了。"

井田这才不得不退了出去，宫本良在走廊上告诉他，目前魔术师朴志宪夫妇已经死亡，他们的女儿朴彩英下落不明。根据此前的履历，这家人与抗日分子并无来往。另外一名凶手，也就是学校的器材管理员陈国平，暂时还没有找到。就在三天前，他把老婆孩子都送走了。

井田的脸色顿时变得铁青，他说："我说过要一级防备。竟然连学校的教职工都不严查，你们是把我的话当玩笑吗？"

这时井田突然听见由佳子的病房里传来春羊轻轻的哼唱，紧接着他就听见由佳子问："王老师，快要死的时候，你在想什么？"

春羊还没来得及回答，由佳子已经顾自说了下去，她说："那时候我想的是，如果我死了，我哥哥将会多么孤单啊。他就再也没有亲人了。我明

明不喜欢他，每次他一教训我我就讨厌他，可我看到他离开礼堂时那种揪心的眼神的时候，我觉得，他就是我最亲的人。没有了爸爸妈妈，我和他就是这个世界上最亲的人。"

"我想他也是这么认为的。"

由佳子又说："可当我醒来，他一张口就问我那些事情的时候，我又觉得，他根本不是真正关心我。我还是一点都不喜欢他。"

"他当然是真正关心你的人。只是他表达的方式，可能不是你喜欢的。哥哥们通常觉得，把欺负妹妹的人揍一顿，就是最直接的爱。我想你在渴望他理解的同时，也要试着去理解他，这也是你跟你内心的和解。"

春羊没想到她说这番话的时候，井田一直站在门口默默地听着。等到她看望过由佳子，打算离开时，井田却突然提出要送春羊到医院门口，两人边说边走，突然井田说："王老师，我有一个请求，不知道您是否可以接受？"

井田的这个请求就是聘请春羊做由佳子的家庭教师。

春羊听完就停了下来，她看着井田，并不是她感到不可置信，而这正是她接近由佳子的最终目的。原来早在执行完营救陈浅的活动后，海叔觉得之前陈浅带来的情报还是十分准确的，井田确实在负责日本人寻找铀矿石的计划。而我党代号"弥勒佛"的同志将直接负责破坏他们的计划，而她的任务就是设法接近由佳子和井田，伺机策应"弥勒佛"同志。所以春羊才进入清心女子学校成为由佳子的中文老师，而且今天的校庆也不是井田第一次见春羊，某一次井田去接由佳子放学，就看到由佳子和春羊在一起，于是就派人去查了春羊的底细，这一切已经被春羊预料到，她早就让海叔处理好了一切。

但为了表现得自然，春羊还是故作犹豫了一下，井田看着她犹豫，也立马说如果她是担心学校那边的话，他会向加藤校长申请，为她安排休假并保留岗位，等由佳子回国后，她可以继续返回学校执教。最终在井田的几番劝说下，春羊才最终答应了井田的要求。

然而她刚答应，陈浅也来到了医院，看着井田有事要和陈浅讨论，春羊就识趣地告辞了。

两人目送着春羊离开，在确定春羊已经离去后，陈浅问："井田科长是有什么吩咐吗？"

"是需要浅井君的帮助。关于彩英的下落，我想由佳子或许可以提供线索。如果由浅井君去询问的话，由佳子应该更乐意配合。"

"我可以试试。另外有一件事，我也需要井田科长的支持。"

陈浅需要井田支持的另外一件事，就是需要北川景把把守在清心女子学校的特务全部撤离。看着暮色一分分笼罩下来，这个时间里，陈浅一直在想一件事，那就是今天下午病房里只剩下他和由佳子的时候，由佳子在他的耳边低语了一句话，由佳子告诉了他朴彩英可能的藏身之处，并且请他一定要赶在她哥哥之前找到彩英。那时陈浅看着由佳子的眼睛是那样纯净透亮，他说："你哥哥想找到彩英，是因为她爸爸差点害了你。"

但由佳子马上回答："但彩英是我最好的朋友啊。她一定不知道她爸爸要害我，她一定是无辜的。"

想到这里陈浅抬头望了一眼周围，整个学校已经全部被夜色覆盖住了，但是黑暗中陈浅看见一个人影走进了学校的大门，他知道这个人是春羊，于是他跟了上去，等春羊走到礼堂门口停下来的时候，他突然出声说了一句："你是不是找到彩英了？"

实际上，在陈浅之前由佳子已经让春羊去找彩英了，但由佳子害怕万一有人跟着春羊，春羊会应付不了，所以由佳子希望他能去帮帮春羊。

春羊因为陈浅突然出现吓了一大跳，但她很快镇定下来，然后她告诉陈浅："你放心，彩英现在在一个安全的地方。孩子什么都不知道，她父亲让她去姑姑家找妈妈，但她到的时候，母亲已经死了。"

马上陈浅就从春羊口中知道今天上午彩英在听从父亲的话从学校里逃出去后，她就匆匆来到了姑姑家门口的弄堂，远远地，她看到有个男人从姑姑家走了出来，将房门虚掩。彩英下意识地躲到了弄堂中的一堆杂物后面，男人没有发现她，等男人走远后，彩英推门进入姑姑家，马上就发现了母亲的尸体，她害怕得泪流满面，却不敢哭出声来，而马上外面就外传来人声，彩英情急之下，从窗户离开了。

听完这些，陈浅已经恍然大悟，他说："果然，她不是自杀。"

"难道你早就知道了？"

"所以我才等在这里。"

"你在等谁？"

陈浅突然一笑，说："等你啊。"

春羊从黑暗中凝视着陈浅，说："我不信。"

陈浅这时却拉着她的手进入了礼堂内的配电房。而他们所在的角度能够看到户外昏暗的路灯光照进来，照在配电房的一面墙上。远看，这面墙并无异常。

然而，在这面墙的后面，有一个不到一米宽的狭长空间，那个脚穿黑色牛津皮鞋的男人正坐在黑暗当中抽着烟，他的脚下已经有了数个烟头，他不是别人，正是突然从清心女子中学销声匿迹的器材管理员陈国平。

在两天前，陈国平就已经想好了这个藏身之所，他把配电房和隔壁房间之间的墙分别向后移动了三十厘米，砌出了两道墙，在两个房间之间隔出了一个六十厘米宽的狭长空间。但在砌角落一平方米见方的砖墙时，他特意未用水泥封死。等到上午他把春羊锁在半空中的玻璃柜中后，他移开了这块一平方米见方的砖墙，钻了进来，然后用事先预留在里面的水泥砂浆轻轻地糊住砖体边缘，将这堵墙完美复原。等到北川景等人检查到配电房的时候，隔墙坐在里面的陈国平嘴角露出一丝得意的冷笑，他甚至划亮了一根火柴，施施然地为自己点上了一根烟。

现在他看了看表，已是夜里十一点，陈国平开始用铲刀铲松日间糊上的水泥，用力一踹，角落那块一平方米见方的砖墙便轰然倒下，他从里面钻了出来，然而他钻出去的瞬间，屋内忽然灯光大亮。

陈国平吃了一惊，迅速掏出手枪，紧张望向门口，却看不到人进来。于是他持枪一步步走到配电房门口，看到陈浅正坐在外面的一张椅子上，手中还拿着日间魔术师表演时所用的道具魔术棒。

陈国平举枪对准了陈浅，陈浅仿佛一点都不紧张，对比着手中那份陈国平的档案资料上的照片，他说："陈国平？"

陈国平咽了一口唾沫，他不敢相信陈浅居然能识破他的藏身之地。陈浅知道他在想什么，于是又说："上天无路，下地无门，一个大活人不见了，唯一的可能就是，他躲在这里内部某个隐秘的地方。要不是我特地回来查看了你的档案，知道你干过建筑工，又参与了之前礼堂的整体修整改造工作，我也真没想到，你会把自己藏得这么好。"

陈国平于是知道陈浅是故意把人都撤走，然后就等着他自己出来。穷途末路，陈国平想用钱收买陈浅放他走，然而陈浅却一抬手一翻腕，已经将陈国平手中的枪夺下，说："你觉得我缺钱吗？"

陈国平呆了一下，立刻跪了下来："求求你饶我一命，我什么都告诉你。"

但是在说话间，陈国平冷不防将地上的一张木板掀起掷向陈浅，接着转身就跑，马上他又停住，并且举起了双手。因为春羊已经出现在他面前，用枪指住了他。

接下来的时间里，陈国平一直哆嗦着嘴唇叙说着白天发生的事情。于是陈浅和春羊知道在几天前，跑码头的刘阿三给陈国平介绍了一个男人，那个男人给了陈国平一大笔钱，让他把炸弹带进学校，交给今天的魔术师，并配合魔术师完成魔术表演，所以当由佳子跑上二号位以后，他就用匕首威胁着由佳子然后给她绑上了炸弹，但是等他正准备去配电房那堵墙后面躲起来，他发现春羊好像看见他了，于是为了自己的踪迹不被泄露，他又返回把春羊所在的水箱锁了起来，想置春羊于死地。

但是当春羊质问他的时候，陈国平却矢口否认，他说："我没有，我不想杀人的，我就只想自保。再说王老师你现在不是没事吗？"

春羊听着无奈地叹了一口气，然后说："有的事做之前，你就应该知道，万一失手，没人能帮得了你……也许会生不如死。"

陈国平一听，目光绝望，忽然伸手欲夺春羊手中的枪，争夺中没想到春羊手中的枪走火，击中了陈国平的胸部，春羊有些意外地后退了两步。看着陈国平倒地，陈浅立马上前探了探他的脉搏和鼻息，叹了一口气。

之后陈浅就蹲下身来，开始在陈国平的身上搜查起来，最终他在陈国平的衣服口袋里找到一包香烟以及一包火柴。他的目光在那包火柴上停了一下，然后他回头对惊魂未定的春羊说："帮我一个忙。"

陈浅沿着四海旅社晦暗的走廊，走到306房间门口时，房门是开着的。陈浅一眼就能看到谢冬天坐在房内靠窗的一张椅子上，手中端着一杯白兰地，轻轻晃动着。而谢冬天透过面前的酒杯，也看到陈浅扭曲的身影。

而陈浅早就在见过彩英的母亲的死状之后，就确定了凶手是谢冬天。因为当他翻开张正恩的眼皮，只见她的瞳孔聚焦于一点，眼珠干涩，这跟当初秋田幸一的死状是一模一样的，当初秋田幸一是用破碎的玻璃刺中自己的颈间动脉，而张正恩是用簪子。

谢冬天在听完之后，依旧摇动着红酒杯说："漂亮的推理。可惜，这都不足以成为证据。"

"你给陈国平四海旅社的火柴，不就是为了引我来。"陈浅想起他从陈国平身上搜出那盒火柴时就看到上面赫然印着"四海旅社"几个字。

谢冬天在这时笑了："你果然很给面子。"

"为什么要这样做？是因为输不起，所以伺机报复？"

"你想多了。应该说我刚到上海，原本只是想给井田一点小小的颜色，后来得知你也会去现场，那么索性也逗你玩玩。"

陈浅看着谢冬天的眼睛，他又问："魔术师已经帮你办了事，你又为何要杀他们夫妇灭口？"

"我不喜欢不听话的棋子。他私自放走了他女儿，换了别人上场，自作聪明。况且就算我不杀他，让他落到井田手上，只会死得更惨。"谢冬天一脸轻松地回答着。

陈浅觉得谢冬天已经卑鄙至极，然而谢冬天却不怒反笑，觉得要不是他，井田也不会打消对陈浅的怀疑，并且他也十分有自信，就算陈浅跟重庆汇报，也没有任何证据指证自己。就在二人为此争论时，远处突然传来了汽车的引擎声，陈浅说："政治保卫局的人应该两分钟内就会赶到。"

谢冬天看似不为所动，他不紧不慢地把自己杯中的酒一饮而尽，"那就送我一程。"马上他就"啪"地将酒杯摔碎在地，又掀翻了桌椅，越窗跑向了一条黑暗的弄堂，而远处，汽车的车灯渐近。

陈浅于是举枪对着空中开了一枪，而在马路上的汽车听到枪声后，立马停了下来，周左带着人从上面下来。

春羊在家整理房间的时候，忽然听到敲门声，春羊从门缝中向外看了一眼，看到了陈浅正在吃生煎。春羊刚开门让陈浅进来，陈浅就把手中的生煎袋子递给了她。

陈浅到这里来，是奉了井田的命接她去丁香花园。春羊看了他一眼，就推开了生煎袋子，说："昨晚在四海旅社，你找到你要找的人了吗？"

"差点抓到他，可还是让他跑了。我刚在梅机关跟井田汇报完一遍，是不是还得跟你汇报一遍？"

"那你肯定没告诉井田，这个人你认识。"

陈浅突然有些钦佩地看着春羊，说："你怎么知道我认识他？"

"昨晚你让我打电话通知政治保卫局的人来收尸，务必等他们到来之后再告诉他们你去了四海旅社，不就是为了留出时间，先见到那个人吗？"

陈浅听完忍不住笑起来，他说："姑娘，你这么聪明，真的很符合我外婆给我定的媳妇标准。你看你要不要再考虑一下，把你的名字和生辰八字告诉我，我好让她给我算算？"

春羊不想跟陈浅再胡搅蛮缠，于是说："我们是一路人吗？"

"是不是一路人我不知道，但肯定已经是一条绳上的蚂蚱了。"

"互相不知底细的蚂蚱，只能一块儿死。"

"好吧，那就先透一透底。你把彩英藏在哪儿了？"

听到这句春羊立马警惕起来，但很快她就跟随陈浅来到丁香花园，走进由佳子的房间。起初由佳子不知道是春羊来了，她头也不回，就说："我说过不要打扰我。我只想一个人待一会儿。"

当听到春羊的声音，由佳子立马惊喜地奔向她。春羊也一把抱住了由佳子，在她耳边低语："彩英她没事。"

"你找到她了？"由佳子也非常小声。

春羊突然想起陈浅刚刚在家的时候告诉她，她怎么照顾彩英他可以不问，但在由佳子面前，他们不能有两种说法。于是她点头，说："嗯。浅井先生说，他会想办法把彩英送到安全的地方的。他是个很有办法的人，你是知道的。"

由佳子也立马认同，说："昨天要不是他，我可能已经死了。"

165

"昨天既然没死,那接下去的每一天,就都是赚的。我们就好好活吧。"

由佳子立马嗯了一声,说:"能时常见到王老师和浅井先生,我想我以后会过得更开心的。"

春羊只能看着由佳子那张纯净的脸欲言又止地笑了笑。

第十四章

　　陈浅到政治保卫局任监察长的那天，他走过了一条很长的走廊，该要怎么去形容那条走廊的长度呢，陈浅只记得那天从那条走廊上走过的时候，他反复地把那几天发生的事回忆了好几遍，都还没有走到尽头。

　　他回忆的第一件事就是井田为了感谢他，把自家祖传的青龙匕首赠送给了他，陈浅看着那把雕刻着精美菊花和青龙的匕首，他拿了起来，抽出，刀锋一闪，映出一道凌厉的光，他说："就冲井田君视我为知己的这份诚意，我收下了。"然后他将匕首在掌中转出了一个刀花又收入鞘中。

　　第二件事就是因为他不仅拆了炸弹救了由佳子的命，又找到了陈国平，并且顺藤摸瓜，差点端了军统的据点，井田决定安排他到政治保卫局暂任监察长之职，他一听就立刻说他是奉犬养长官的命令，来接替他舅舅仁科芳雄的任务才来的中国，应该加快推进寻找铀矿之事。井田却告诉他仁科芳雄之前在中国的任务主要是负责铀武器实验室的建立和筹备工作，至于铀矿的寻找，一直由井田自己负责。然而目前铀矿的搜寻工作因为中共地方游击队的阻挠，遇到了一些麻烦，铀武器的研发工作也被迫停顿，只能等到铀矿搜寻工作有了进展，再请他启动实验室工作。他觉得这件事有两个可能，一是确如井田所说，仁科芳雄原本就是负责铀武器实验室的事，浅井既是接替他而来，自然也是负责这部分，找铀矿的事只归井田管，另外一个可能是井田对他还不能完全放心，还想再观察他一段时间，所以为了避免引起井田的怀疑，他答应了井田的安排。

　　第三件事就是他再次去米高梅见了吴若男一面，吴若男告诉他重庆对这次的事件并无计划，也不知道详情，他于是知道这的确属于谢冬天的私自行动，敌人的明枪都来不及躲，还得防着自己人放冷枪，于是他让吴若

男向重庆汇报，并且让邱映霞把这件事汇报给关永山。

那天陈浅在那条走廊上慢慢走着的时候，第一个遇见的人是顾曼丽。顾曼丽恰好从办公室走出来。一身白大褂的她与陈浅一照面，只是淡淡地对他点了点头，然后他们在寒暄了几句以后，陈浅突然凑到顾曼丽面前，看着她的眼睛，低念了一句："与君初相识，犹如故人归。"

陈浅不知道，那时候周左和何大宝正躲在一旁偷听他们说话，看到两人突然靠得很近，又气又急，等回到办公室的时候，周左脸都气得发白了，他就是搞不明白为什么顾小姐平时对谁都冷冰冰的，碰到浅井倒奇怪了，明明他一脸轻浮相，她竟然还对他笑。周左越想越气。然而他很快又对陈浅改观了，因为陈浅打来了电话，要求查看他的工作纪要，又因为何大宝的口无遮拦，汇报工作的时候让陈浅知道了他喜欢顾小姐，陈浅一听却主动提出可以在今晚万江海给自己举办的欢迎晚宴上给他支点招教他如何去追到顾小姐，这让周左不禁喜不自胜。

欢迎晚宴在华懋饭店举行，宴会开始，陈浅与政治保卫局还有梅机关一众的高官一直坐在沙发区那边谈笑风生，不时他的目光扫过现场，那些偷偷打量他的女士无不激动不已，然而他目光突然看向了顾曼丽那一桌，与顾曼丽同桌的张婉如激动地冲陈浅笑了笑，陈浅也报以微笑致意，但顾曼丽的目光始终游离在现场，根本无视他的存在。

那时候陈浅又注意到一直在人群外围嗑瓜子的周左和何大宝，他跟井田说完自己过两天再去看由佳子之后，就走到了周左的桌边，拍了拍周左的肩膀，说："想追顾小姐，怎么不请她跳舞？"

周左却告诉他顾曼丽根本不会跳舞，没人请得动她。陈浅却说："那我要能请动她呢？"

于是陈浅就和周左打了一个赌，要是他赢了，周左需要帮他办一件私事。何大宝马上意识到周左还没有出赌注，但是看着陈浅走到吧台前要一瓶白兰地和两个高脚杯，走向顾曼丽，何大宝又觉得他这个样子看似稳赢。

陈浅提着那瓶白兰地已经走到了顾曼丽的桌前，他说："顾小姐，不介意我坐这儿吧？"

顾曼丽抬眼看陈浅，微笑着："如果我介意呢？"

陈浅也没有说话，他把白兰地放在桌上，接着卷起了衣袖，露出了手臂上的一处伤口，那里有三角形针脚的痕迹。他知道顾曼丽已经确认了他的身份，于是他在不露痕迹地倒完酒后，又放下了衣袖，说："那我也会厚颜无耻地坐下的。"

紧接着在周左和何大宝眼中看到的画面就是陈浅跟顾曼丽喝完了一杯酒，似乎相谈正欢。突然陈浅说着什么，顾曼丽摇头婉拒，陈浅并不死心，继续说着，并起身对顾曼丽做了个邀请的动作。很快何大宝磕了一半的瓜子没进嘴，掉了，因为他看到顾曼丽终于站起身来，把自己的手交到了陈浅手中，但是二人并未走向舞池，而是走向了大厅门口。

走廊里传来厅内《一步之遥》的舞曲声，顾曼丽再次说："我说了，我真的不会跳舞。"

"但我相信顾小姐一定会演戏。现在至少有两拨人在看着我们，该怎么演，顾小姐应该比我清楚。"

"要是我不想演呢？"

"有黑猫盯着，你一定会演得天衣无缝。"

的确顾曼丽目光所及之处，只见大厅门口，周左和何大宝正在远远地盯着他们，而另一边，厕所门口抽烟的北川，也在有意无意地望向他们。所以顾曼丽很快妥协了，陈浅就伸手搂住顾曼丽的纤腰，开始教顾曼丽跳舞。

"什么是黑猫？"顾曼丽突然问道。

"知道的赛珍珠的《大地》吗？"

"赛珍珠凭它拿了诺贝尔文学奖和普利策奖，可惜英文原版小说在国内一书难求，一直没有机会拜读。"

这时顾曼丽不慎踩到了陈浅的脚，她连忙说对不起，陈浅却说："没关系，跟着我，一二三……"等到节奏恢复正常以后，陈浅接着说："之前我抓了一个曾在欧洲留学的特务，他们用的密码本就是《大地》。在这本密码本里，跟踪者对应的单词就是 black cat，黑猫。"

顾曼丽于是明白过来，陈浅却突然又说："假如有人问起，为何一向清高的顾小姐破戒肯跟我学跳舞……"

"我就说，我一直很想看这本《大地》，而你有办法为我找到这本书。"顾曼丽立马说。

陈浅欣赏地点头，顾曼丽又一次踩到了陈浅脚上。周左远远地看着顾曼丽再次有些窘迫地向陈浅致歉，而陈浅极有耐心地一遍遍教她重来。渐渐地，顾曼丽的舞姿变得协调，两人进退间居然颇有默契，不时微笑对视，他觉得自己心有点痛。

在陈浅这边，他听到顾曼丽低声对他说道："我能认得出你，你也难保不在他们面前露出马脚。"

陈浅听完笑了，他说："欠钱还钱，欠情还情，是我的原则。所以，我是一定要回来说声谢谢的。"

而在这样的时刻，远处的北川看到顾曼丽一不小心又踩到陈浅的脚，高跟鞋崴了一下，顾曼丽顿时跌进陈浅怀中，陈浅立刻绅士地扶住了顾曼丽。但是他没看见，陈浅趁此机会，将一个纸卷塞进了顾曼丽挂在左手腕上的小包中，顾曼丽也不动声色地看在眼中，然后她听见陈浅说："顾小姐，小心了。"

那天的舞会直到万江海、陈浅他们从华懋饭店里走出来才算结束。周左本想送顾曼丽回家，却被顾曼丽以万江海顺路可以送她回家为由拒绝了。陈浅看着周左目送万江海及顾曼丽走向路旁的汽车，伸手搭上了周左的肩膀，说："顾小姐不领情，我倒想麻烦周队长送我一程。"

马上，周左就驾车行驶在深夜的街头，陈浅懒洋洋地坐在副驾驶座上，他听到周左有些不可思议地说："就送她一本那什么《大地》，她就肯跟你跳舞？"

"当然不止这些，我还跟她说，我跟周队长打了赌，我想证明顾小姐不是天生高傲，不近人情的，她从不排斥任何美好的东西，包括跳舞。"

"这些话到了你嘴里，怎么听怎么舒服，可我觉得我这辈子也学不会。"

一路上陈浅还跟周左传授了更多怎么能够让他博取顾曼丽好感的方法，周左听着，说："浅井先生指教得是。今天这个赌，周某愿赌服输，浅井先生想让周某做什么，尽管吩咐。"

陈浅看了一眼外面的夜色，他仿佛听到了城市上空传来了嘀嘀嗒嗒的电报声。这让他忍不住想起今天上午他从周左送过来的工作纪要上看到：

9月11日，陪同梅机关情报科井田科长视察工作，途经十六铺码头、周家桥仓库。

9月14日，跟随梅机关情报科北川组长前往十六铺码头检查货物。

等到他翻到最后的时候，他赫然看到计划于9月16日枪决中共地下党员6人。

于是他在晚上把这个信息写在纸卷上传递给了顾曼丽，并且还根据这些信息画了一张简易的枪决中共分子押送路线图。

他相信顾曼丽此刻已经到家，并且已经看到这些信息，所以他收回了目光，略一沉吟，对周左说："那就等过两天再告诉你。"

第二天顾曼丽站在窗前，从半掩的窗口，她看到楼下周左迎向了刚刚抵达的北川等人，何大宝及一队特务押着六名遍体鳞伤的中共地下组织人员上了一辆军车。

顾曼丽扭头看了一眼墙上的钟，此时指向八点五十五分。这时她看到陈浅从走廊上走过，脚步未停，向自己投来一瞥，顾曼丽微笑对陈浅点了点头。

不出两个小时，头上伤处贴着纱布的周左惶恐地等在梅机关井田的门外，他听到万江海在里面同样惶恐地汇报："此次押送处决的中共地下组织人员共计六人，于环龙路遭遇伏击，除一人伤重未能逃跑，其余五人尽数被劫走。"

周左看不到屋内井田看了万江海一眼，又看了一眼北川，但是他能听见北川说："是属下失职。不过，井田科长，今天劫囚的中共特工显然有备而来。从他们伏击的地点撤离，除非倒回去，否则就只能往十六浦码头方向走，而他们的第二拨人，就等在那条路上，把我们堵个正着。所以我怀疑，他们事先就已经知道了我们的押送路线。"

屋内井田于是在这时环视了一下众人，然后说："你的意思，有内鬼。"

万江海顿时一惊，陈浅不动声色地看着，于是他又听见北川说："科长，前几天我们接到电话，那个人提到的飞……"然而北川话还没说完，

井田突然望向北川，一抬手示意他住口，北川立刻打住了话头。陈浅依旧不动声色，直到陈浅走出井田办公室的门，他才用眼角的余光往后瞥了一眼，他瞥见井田的办公室门被北川从内关上，这引起了陈浅强烈的不安。因为他一时起意还顾曼丽一个人情，看似轻易地首战告捷，但北川没有说完的那个名字，却引起了他更深的担忧。飞……会是那个声名赫赫的中共特工"飞天"吗？那个电话又是怎么回事？难道是有人出卖了"飞天"？顾曼丽会是"飞天"吗？陈浅心中充满了疑问。

陈浅思虑着的时候，万江海突然说："周左，回去之后，把所有知道这事的人员名单给我。"

原来刚才在井田的办公室内，井田让万江海先回去彻查此事，看保卫局里都有谁知道这次的押送路线。陈浅于是提出有什么他可以帮忙，万江海却说他初到局里，人都还没认全，这事儿暂时还是交给他们做，等他们初步有了眉目，再请他分析判定谁的嫌疑最大。陈浅也没有过多拉扯，就答应了。

然而在彻底走出梅机关之时，陈浅还是再往井田的办公室望了一眼，而在那里面，井田对北川说："北川君，刚才真是太不谨慎了。"

北川景也立马承认了自己的错误，然后井田又说："那个人在电话中说，那家玉器店，是负责为'飞天'传情报的交通站，你盯几天了，可有异动？"

北川景回答暂无异动，井田就让他继续盯守。

顾曼丽再次在茶馆见到了海叔，因为这次营救任务的圆满成功，海叔觉得不论陈浅为何而来，他们都应该尽量把他争取过来。而且海叔还觉得，有很大概率可以成功，所以他把这个任务交给了顾曼丽。

顾曼丽接受了任务，海叔就又说："如果陈浅接受策反，那么你让他后天下午六点，来吉祥书场见我。"

顾曼丽说了一声好，于是就又说起之前被捕的罗稼仁同志，她觉得近日或有转送其他监所的机会。海叔让她按照老规矩把获取的情报送到凯司令咖啡馆的卫生间门口的水池底下。而且为了安全起见，他们要尽量减少见面，此后没有重要的事不能来见他。

顾曼丽于是又说了一声好，并说："后天，后天交接情报。"

海叔说："我会派人去凯司令取。"

对于彻查知道押送路线的人，万江海看着周左递上来的名单，不自觉发了愁，因为在政治保卫局内，除了他和周左，其他人都是局里的元老，个个跟日本人沾亲带故，根本无从查起，而周左也很认同，因为名单上的常孝安在日本留的学，娶的老婆也是日本人。张朝晖的妹夫就是梅机关的东野。江志国还是北川介绍来他们局里的。周左觉得要是这些人都靠不住，那局里就没靠得住的人了。

万江海于是让周左再想想，是不是真没别人了。周左就真的努力地想了一下，他突然想到浅井昨天把他喊去，让他汇报了一下近期工作，并且到下班才把他的工作日志还给他，所以他认为浅井肯定也看过今天押送的路线安排。

万江海听完沉吟着，周左又说："可是……浅井先生也不可能帮中共办事啊。退一万步说，没有哪个间谍上班第一天就敢干这种事，肯定是要放长线钓大鱼的。再说，他可是日本人。"

万江海于是点了点头，说："井田科长能派他来我们这儿任监察长，那就是完全确认了他的身份的。"

之后万江海就让周左去把名单上这些人昨天开会过后都去过哪儿，见过什么人，还是要挨个儿查问一遍。何大宝知道以后，忍不住抱怨，这种得罪人的活又落到了他们头上。周左却告诉他谁也得罪不起，所以他捣糨糊就好。

何大宝于是说："那浅井长官就不用问了？"

"提都不要再提。"

何大宝哦了一声，他就听到周左又说："昨天浅井长官都跟咱局里的谁说过话，你有印象吗？"

"我就晓得他成天围着顾小姐转，其他人说没说过话，我就不晓得了。"

但是此时顾曼丽却在给陈浅看病。因为刚才陈浅提着一盒 Wedgwood 咖啡走在走廊上，前后望了望，见身后有特务走动，他将一个小瓶子放到鼻子边闻了闻，立刻就打了一个喷嚏。顾曼丽已经听见了他打喷嚏，于是陈浅一走进来，她就说："怎么？浅井先生是感染风寒了？"

"是不是风寒，就要顾小姐看看才知道了。"

等到周左走到医务室门口的时候，他们已经聊到顾曼丽学的是中医还是西医，顾曼丽告诉陈浅她留学时学的西医，他父亲和爷爷是中医，所以两样都会一点，两样都不精通。说完顾曼丽就把手指搭上了陈浅的腕间，过了一会儿她说："刚刚从浅井君的脉相来看，浅井君体质阴虚，和我的情况相似。我这里有个方子，是我爷爷和父亲传下来的，最适合阴虚质之人秋冬调养进补。"

顾曼丽说着从抽屉里取出一张已经写好的中药方，显然是早有准备。而陈浅已然听到了门口周左的脚步声，他会心一笑，接过了顾曼丽的方子，说："那就多谢顾小姐了。"

周左听到这里，立马走了进来，说："什么秋冬调养进补的好方子？顾小姐，你也得给我开一个。"

陈浅却调侃，说又来一个找借口看你的。顾曼丽一听心领神会，把话题绕到了周左的伤口上，而周左一听也说是同仁医院的小护士毛手毛脚的，包扎也包不好，十次总有八次要感染。只有顾小姐帮他处理伤口，他才最放心。顾曼丽听完笑了笑，一指旁边的布帘子，说："那我先替你处理伤口吧。"

周左却在这时说："等一下。"然后他就把手伸向了陈浅，"浅井长官，顾小姐给您看的这个方子能不能给我看一眼？"

陈浅和顾曼丽都是心中一紧，他们对视一眼，陈浅随即还是把药方交给了周左。周左拿过药方扫了一眼，然后却把顾曼丽拉到了一旁，对她说："顾小姐一时疏忽，忘了皇军长官都是不信中医的，这个中药方怕是冒犯了，请浅井先生千万不要怪罪。顾小姐往常都是给长官们开西药的，对吧，顾小姐不是有意冒犯的。"

顾曼丽看着陈浅，陈浅却在这时笑了，说："周队长误会了。是我特地请顾小姐给我开的中药方。"

周左一愣，陈浅却向他解释："日本确实从明治时期就全面禁止汉方药，但你也知道，越是禁止之事，越是有人顶风作案。民间笃信中医之人，还是大有人在。假如周队长不打算去日本告发我的话，我可以告诉你，我就是偷偷信中医的那拨人。"

之后陈浅就向周左伸手，说："那可以把方子给我了吗？"

周左忙不迭地递上药方，说："那这个给您。顾小姐，回头也给我开张一模一样的。我也想进补养生，嘿嘿。"

陈浅一听，说："周队长这话就外行了。"

周左于是一副洗耳恭听的样子，陈浅就告诉他中医还讲究辨证治疗，同一种病，各人症状不同，各人体质不同，也不能以一张方子包治百人。顾曼丽于是也在一旁补充说浅井先生是体质阴虚，湿气较重，所以这个方子合适。而从周左的体征来看，更像是阳虚质。说到最后，顾曼丽决定也为周左搭个脉，再专门开一张适合他的。

周左一听立马眉开眼笑，说："专门给我开，那太好了。"

顾曼丽于是又不动声色地嘱咐："对了，浅井先生，你我体质相似，日常尽量不要喝咖啡，以免加重湿热。秋冬烤火也可应对上海的湿冷天气。"

陈浅刚说完我记住了，周左就注意到了桌上刚刚陈浅想送给顾曼丽的Wedgwood 咖啡，他不知道顾曼丽刚刚已经以体质湿热，一向不喝咖啡拒绝掉了陈浅的好意，他马上说道："哟，这什么咖啡？一看就是高级货。"

陈浅立马说："送你了，周队长。"

"这不好吧。"

"借花献佛而已，井田科长送我的。"

"那我恭敬不如从命，收下了。"

随后陈浅就拍了拍周左的肩膀，说："收吧。我先走一步，不打扰顾小姐给周队长搭脉了。"

陈浅离开医务室后，快步走进办公室并反锁门，然后他迅速坐到桌前，展开了那张顾曼丽给他的药方。陈浅看着药方上的药名，尝试从中找出规

律，但横看竖看，并未发现玄机，但是他很快就回想到顾曼丽在他离开医务室前嘱咐他的那句话：像我们这样的体质日常尽量不要喝咖啡，以免加重湿热。秋冬烤火也可应对上海的湿冷天气。

"咖啡……烤火？"陈浅立即恍然，他掏出打火机点燃，将药方放在火上炙烤，果然药方空白处显出一行字，明日十八时，四马路，清风茶楼。

这让陈浅忍不住想起，在周左还未到来之前，顾曼丽还跟他聊起了昨晚的舞蹈，顾曼丽那时候说了一句："如果浅井先生真的这么喜欢跳舞，我倒是可以介绍一位前辈给你认识，让他给你指个方向。"

陈浅已然明白，顾曼丽所说的前辈，是她的中共上级，那群和他一样誓死抵抗侵略者的战士，那群曾经不顾一切救他性命的人。在许奎林还在世的时候，他们不止一次私下聊起过中共这个组织，内心深处，陈浅觉得自己早已和他们一见如故，如同见到春羊、见到顾曼丽时候的感觉，如今，他就要真正面对他们，去相识去亲近，陈浅的内心既激动又忐忑。

但他马上就用打火机烧掉了那张药方。看着药方在烟灰缸中变成了灰烬，陈浅站起身来，走到窗前，推开窗户，窗外是生机盎然的一片树荫。

第十五章

秋霜斋玉器店的伙计王鹏这天出门去给霞飞路的李太太送货的时候,就有一种不好的预感,而他这种预感在他把东西送给李太太转身准备离去时就应验了。因为他转身的时候,冷不丁发现不远处角落有人盯着自己,当他望向那人时,那人却故作随意地转开了目光,然而等到他走到另一条街道的时候,他发现那人一直不远不近地跟着自己,他已经意识到自己被跟踪了,于是立马转入一条弄堂,快步奔跑。他七弯八拐地跑进另一条弄堂,推开了一扇虚掩的房门,进去后他立马关上房门,紧靠在门后,接着他就听到了门外有人快步跑过的脚步声。他喘息了一会儿,见门外再无动静,这才开门走了出来,刚想往回走,冷不丁宫本良从转角处现身,用枪指住了他的脑门,那时他绝望地闭上了眼睛。

等到王鹏再次睁开眼睛的时候,他已经在梅机关的牢房内,被宫本良打得遍体鳞伤,虽然他极力狡辩着,但是在宫本良把刀抵在了他的裆部的时候,他还是选择了妥协,他带着哭腔说:"我说……我说。"于是很快,一张口供就递到了王鹏面前,宫本良抓过王鹏带血的手,在上面按下了手印,王鹏呜呜地低头呜咽。而一旁北川景满意地接过口供,看着上面写着:今天下午五点,凯司令咖啡馆,卫生间门口洗手池下取情报,他告诉宫本良,那个玉器店,可以灭了。

然后他又马上说:"'飞天'是女人。马上锁定嫌疑人,分头盯梢,遇有异动,立刻通知我实施抓捕。"

春羊出门以后,就来到了吉祥书场门口的路边。她之所以会来这里,是因为昨天下午春羊和由佳子逛街的时候,路过路边的一个告示栏,她假

装不经意扫过，就从告示栏上一张寻人启事上看到了海叔留给她的信息：明日下午四时，吉祥书场，海叔等你。

到了门口，春羊并没有急着进去，她先到一个水果摊上挑了两个苹果，四下扫视，确定无人跟踪自己，这才付钱拿了苹果，进入茶社，一进去她就见到了海叔。

海叔把昨天他们的同志押送处决的路线情报是陈浅提供的这些事情都告诉了春羊，春羊一听感到十分兴奋，并且她还知道了他们深入军统的"弥勒佛"同志也已经回电，这次陈浅来上海的任务，就是以浅井光夫的身份深入虎穴，获取日军铀矿石的情报。

春羊于是问："那现在是不是可以策反他了？"

原来上次春羊救了陈浅后，就跟海叔提过一次策反陈浅的事，但是海叔觉得要慎重。然而这一次海叔却告诉她："'飞天'同志已经通知他，今天傍晚六点来这里见我。一旦策反成功，以后就由你做他的接头人。"

春羊就看了看表，此时是下午四点，她说："好。我跟由佳子请了假的，说好八点前回去，应该来得及。"

海叔听完站起身来，走到包间窗口，从这个角度，可以把楼下街头的动静一览无余。如果他能够看得更远一点，应该可以看见陈浅穿着一身风衣，独自走在街头，佯装在逛街。

其实他是刚刚从米高梅离开，在米高梅他告诉吴若男，既然飓风队的队长陶大春已经接到重庆的命令日后可以提供人手，配合他们的工作，那就让他派人去查一查十六铺码头。

吴若男一脸惊讶，"你找到铀矿石的下落了？"

陈浅摇了摇头，说："还不确定是不是跟铀矿石有关。最近半个月，井田去过三次十六浦码头，我怀疑那里有秘密。"

不过马上吴若男又告诉他，飓风队最近可能人手不足，因为陶大春去负责调查军统第三处副处长周启梁小老婆有一船私人物品被日方扣押的事件去了，吴若男为此义愤填膺，他们为了执行任务出生入死，这些人却在贪污，决定回重庆非得参他们一本，陈浅让她不要管这事，只管做好自己分内的事。

吴若男也随即回答他："就是，你的分内事都没做好。"

"我什么分内事没做好？"

"你都五天没来找我了。以后失联不得超过三日，不然我会担心你……"

陈浅想到这儿，买了一包烟，点燃，察看附近有无形迹可疑之人，忽然他发现两个便衣特务，但从他们的目光和形迹来看，目标并不是自己。马上一名墨镜男子坐着黄包车前来，竟是北川。北川下车与两名特务会合后说着什么，三人一同望向一间庆祥裁缝铺。

陈浅顺着北川等三人的目光望向街对面，意外地看到了顾曼丽的身影从庆祥裁缝铺走了出来。此时一辆电车叮叮响着驶过街头，待电车驶过之后，陈浅发现顾曼丽已经坐上了一辆黄包车离去。而那两名特务在顾曼丽离开后立即跑上了电车，第三名特务则骑着自行车尾随。

在北川景也叫了一辆黄包车跟上了顾曼丽时，陈浅立即转身面对一个摊位，以免北川看见自己。他的大脑在飞速运转，并且看了一眼手表，此时是下午四点二十五分，距离约定会见前辈的时间还有不到两个小时，但是他在见到顾曼丽的时候左眼皮突然跳了一下，这让他突然有了不祥的预感。北川为何盯上了她？难道她就是"飞天"……

在他想明白后，顾曼丽的黄包车已经跑到了街道的尽头，陈浅也招手拦下了一辆黄包车。

顾曼丽是凯司令咖啡馆的老顾客，她一到凯司令咖啡馆，男招待见她径直走向最里面一张桌子坐下后，就立马上前递上菜单："顾小姐还是喝红茶吗？"

"对，老规矩。再加一块栗子蛋糕。"顾曼丽没有接菜单，就直接吩咐。

男招待得知顾曼丽的需求，说了句"好的，请您稍等"后就离去了。顾曼丽的目光这时有意无意地望向窗外，突然她又起身到书报架上取下一本英文杂志，回到座位上坐下翻看起来。她没发现，她做这一切的时候，咖啡馆角落的位置，宫本良正假装看报，实际上用余光观察着她的一举一动。

街道上，陈浅已经提前下了黄包车，他步行出现在距离咖啡馆百米远

的地方，远远地观察着北川景，他发现北川景躲在顾曼丽视线的盲区内，而北川景的目光所及之处，另有三名特务出现在附近的几个弄堂口。陈浅在心中急寻对策，而他的目光也在此时掠过街头的各个商铺，忽然他发现咖啡馆斜对面有一家"来源油画馆"，正在顾曼丽所坐位置的视线范围内。

陈浅思索了一下，他步态如常地向前走去，很快就走进了北川的视线，北川身边的特务问是否要采取行动，北川让其静观其变，尽量不要让陈浅发现他们，但如果有异常，就一并抓捕。

陈浅在北川景的视线中，目不斜视地走向那家油画馆。而此时在咖啡馆内的顾曼丽放下咖啡杯，正准备起身去洗手间，马上她就看到了陈浅的身影，她略感疑惑地看了一眼表，现在是下午四点四十，陈浅应该在清风茶楼，为何出现在此？于是她的目光迅速在咖啡馆内扫视一圈，马上看到了躲在报纸后面的宫本良。她想了想，没有坐回座位，也没有去洗手间，而是拿起杂志走到书报架边，换了一本又坐回桌边。然后她又叫来服务员把正在播放的《致爱丽丝》换成《费加罗的婚礼》。

顾曼丽初听音乐响起时，眉宇间有一丝悲怆浮起，她的手指抚过颈间所戴的一条项链，那是一条银链子，上面有一个琥珀吊坠。只过了一小会儿，她调整情绪，开始看杂志喝红茶，间或吃一口蛋糕。她的目光却有意无意地望向了街对面的那间油画馆。

而陈浅已经走了进去，油画馆画师正在专心作画，并不招呼入内的客人。陈浅就自顾自环视了一圈整屋子的画作，似乎并没有中意的。他走到油画馆画师身后，只见他画的是一幅风景静物，暮色中的居室风景，风吹起雾色窗帘，一个女孩倚窗而立的背影，窗外满满的烟火气息，显然已经即将完工。

陈浅说："先生，这幅画我很喜欢，不过我想请你在上面多画一样东西。"

北川景和众特务严阵以待。

四点五十分的时候，油画馆的门帘才被掀开，陈浅抱着一幅油画从馆内走出来，然后陈浅就叫了一辆黄包车坐上，离开，从始至终，陈浅的眼睛都没有看过顾曼丽一眼。

北川和几个特务目送着陈浅离开，其中一个特务说："他没有看到顾曼丽。"北川没有说话，只是用探究的目光望着陈浅的背影。他没有发现，陈浅拿着的画上的窗口处，比之前多画了一只黑猫。而在咖啡馆内的顾曼丽也已经看到了那只黑猫，她知道陈浅是在提醒自己外面有埋伏。

陈浅离去后，顾曼丽神色如常地看着英文杂志，翻完最后一页之后，她再喝了一口红茶，起身将杂志放回书架上，到吧台结账后离去。角落的宫本良看了一眼手表，此时是下午四点五十五分。

自始至终，顾曼丽没有靠近卫生间。宫本良有些不甘地起身走到卫生间门口，在水池底下摸查了一遍，一无所获。

顾曼丽已经神色如常地出门，并在叫了一辆黄包车后上车，北川注意到顾曼丽离开的方向与陈浅相反，但他还是马上让特务跟着她。而北川景自己推开了咖啡馆的门，此时有服务员上来打招呼，直接被北川景一把推开，然后径直走向从卫生间出来的宫本良。

"怎么样？"北川景问。

"她没有去过卫生间，也没有在水池下留下东西，除了服务生，也没有接触任何人。"

北川景又望向顾曼丽刚才坐的座位。两名特务立刻会意，冲上前去翻找桌椅缝隙，桌底和椅子底部各处，一无所获，特务起身对北川摇头。

北川环视咖啡馆内众客人，说："这里所有人，要挨个儿审问。"

春羊看表，此时已是傍晚六点。而海叔站在窗口看着窗外街上人来人往，始终未见陈浅的身影。

"会不会'飞天'没有把约见信息顺利传到陈浅那儿。"

海叔摇了摇头，说："以'飞天'的特务素质，不会。"

"难道……出事了？"

海叔神色一凛，他略一沉吟："不等了，你马上回去，有情况立刻设法向我汇报。"

顾曼丽坐上黄包车以后，北川景派来的特务就一直骑着自行车紧随其后。

突然，陈浅冷不丁地从一个弄堂里蹿出来，原来陈浅坐着黄包车离开凯司令咖啡馆门口的那条街道之后，他在拐角处就叫停了黄包车。看着顾曼丽离开咖啡馆，他立即跟了上来，现在他用一条绳索套住了特务的脖子，瞬间将他从自行车上拽了下来，然后摔倒在地，特务在昏死过去之前一直都没有看清到底是谁偷袭了自己。

反而是黄包车上的顾曼丽拿出小镜子，装作整理妆容的时候，从镜子里看到陈浅为自己除掉了尾巴的情形。但她没有回头，只是淡定地收起了镜子，依然坐着黄包车离去。

陈浅看了一眼顾曼丽离去的背影，就回头走回巷中，拿起放在地上的油画。等到他抱着那幅画走到丁香花园门口，正打算按响门铃时，有人却突然按住了他的肩膀，他回头，发现竟然是春羊。

春羊用手指按在嘴唇上嘘了一下，示意陈浅不要说话，然后带着他一直走到了丁香花园附近的弄堂才停下来。然而停下来陈浅问的第一句就是："顾曼丽就是'飞天'，对吗？"

春羊看着陈浅，一时没有回答。

陈浅知道春羊有所戒备，于是又说："原本今天下午，我准备去见前辈的。"

"我知道。"

"但她出事了。"

春羊的眉头皱了起来："怎么回事？"

"我不知道她是怎么暴露的，但我知道井田已经盯上了她，就算没有抓现行，她也绝不能再回去。刚刚我替她解决了盯梢的尾巴，希望这会儿她已经撤离了。"

在春羊离开后，吉祥书场的老板唐瑛就给海叔带来秋霜斋出事的消息。

实际上，海叔和春羊在清风茶楼等待陈浅的时候，周左和何大宝已经接受北川景的命令，带着数名特务在撞门。然而在上午王鹏出门以后，秋霜斋的另一名伙计小于就发现门口有两个人很可疑，在经过掌柜老周的观察后确认二人就是特务，于是立即准备关门撤离，然而他们还是迟了一步。

情急之下，老周只能选择点燃了秋霜斋，并且一推小于，让他先走，小于不愿意，老周就告诉他，再拖下去谁也走不了，于是他交代小于王鹏很可能被捕了，务必按照他刚才说的紧急联络方式找到上级，通知"飞天"撤离！于是小于一咬牙扑向后窗，跳入河中逃走了。

等到周左和何大宝他们撞开门，老周发现身边还有不少文件物品发报机等物未及销毁，他把一个装有汽油的玻璃瓶摔碎在地，点着打火机扔进油堆，阁楼顿时陷入一片火海。

等到周左和何大宝他们走上楼梯，只能看着火海中，老周已然成为一个火人，挣扎着发出痛楚的喊叫声。

现在海叔听着唐瑛向他汇报老周和王鹏被捕，小于侥幸逃脱，龙头哥刚刚已经把他送出城了。他没有时间震惊和难过，而是立即吩咐唐瑛通知其他跟秋霜斋有联络的相关人员，也要立刻转移。

唐瑛说："我这就安排。"

然而海叔却抬头看了一眼窗外渐渐暗下来的黄昏光亮，他说："唐瑛同志，'飞天'恐怕有麻烦了。"

顾曼丽走上楼梯，走到自己公寓门口，她仔细地蹲下身来，打量了一眼自家的锁孔，随即在上面发现了铁丝撬锁留下的极细微的划痕。顾曼丽想了想，掏出手枪紧紧地握在手中，然后用钥匙极轻地转动门锁，轻轻地打开了门。她持枪进入自己家中，观察着客厅，又小心地走到卧室门口，忽然面对卧室，而卧室内，周左也正举枪对准了她。

顾曼丽条件反射，迅速开枪，周左一躲，子弹未能击中要害，只是击中了他的右臂，周右手中的枪应声落地，人也倒在了地上。顾曼丽继续举枪对准周左，而周左捂着伤处，十分难过地说："你还回来做什么？"

此时顾曼丽瞥见自己衣柜内的发报机已经被周左翻找出来。

其实从秋霜斋回去以后，周左就从万江海那里知道顾曼丽去凯司令咖啡馆接头去了，那时端着一杯开水正在喝的周左惊得把一杯水全部洒在了

自己身上，他说："顾小姐喜欢去那里，我知道的。应该只是巧合。"

万江海还是担心顾曼丽，立即吩咐他务必赶在日本人之前赶到顾曼丽家，让他确保在顾曼丽回家看不出有人进屋的痕迹的情况下，把发现有什么带点擦边球跟政治相关的物件，尽量处理干净。

周左马上答应，但是等他用一根铁丝捅开了顾曼丽家的门锁，然后穿着鞋套，戴着手套进入顾曼丽家，从她的枕套中发现一台微型相机以后，他立马变了脸色，随即他打开衣柜内的隔板，又发现里面竟然藏着一台发报机，周左顿时一屁股坐在地上，面如死灰。

"你就不该回来。你快走吧，十分钟前我已经通知井田，梅机关的人就快到了。中了你一枪，我也能跟上面有个交代。"

听见周左这么说，顾曼丽怔了一下，但随即她还是上前用枪托打晕了周左。接着她推开一个五斗柜，从柜子底下打开一块盖板，取出里面的一个木盒，打开，里面有一叠文件。她快速拿出这些文件，用火柴点燃后，扔在一个铁盆中烧毁。然后她又将发报机扔进了厨房水池，打开了水龙头。她已经听到了门口街道上越来越近的汽车引擎声。

这时顾曼丽养的，但之前被周左突然闯入家中吓走的猫突然从窗口跃了进来，看着她打开袖珍相机，取出里面的一个胶卷，它仿佛有些迷茫地看着主人，然而此时北川景等人的脚步声已经到了楼梯上，下一秒，北川景就一脚踹开了顾曼丽的房门，看到顾曼丽正背对自己，站在桌前给自己泡一杯咖啡，那只猫已经被吓得再次跳出窗外。

顾曼丽迅速被北川景带来的人包围，但是她依旧镇定自若地端起刚泡好的咖啡，优雅地搅拌着，说："北川组长，连门也不敲一下就闯进来，不觉得太失礼了吗？"

"我的礼貌只给朋友，至于你，'飞天'，在凯司令的时候，我已经给了你最后的礼节。"

顾曼丽没有说话，端起咖啡就要喝，北川景突然出手打翻了顾曼丽手中的咖啡杯。顾曼丽不顾一切地扑向地上的咖啡杯碎片，北川景一眼瞥见咖啡杯碎片中有一个微型胶卷。马上几名特务一拥而上，将顾曼丽制住并反手铐住。

北川景捡起了那个胶卷，扭头对顾曼丽说："把胶卷吞下去再以尸体带出去的苦肉计，不好意思，我已经见识过了。"

顾曼丽的脸上马上透露出绝望，她忽然咬向衣领，被宫本良眼疾手快地扯下她藏在衣领处的药丸，但顾曼丽也因此咬住了宫本良的手指。宫本良立即大声痛呼，北川景就一拳击中顾曼丽背心，顾曼丽吃痛松口，跪倒在地，宫本良随即报复般地一脚踢中顾曼丽的腹部，顾曼丽彻底倒下。

北川冷冷地说："带走！"

陈浅接到北川景从梅机关打过来的电话的时候，他正在跟由佳子讲述他买那幅画的原因，他说："因为这只猫看世界的样子，我觉得很像你。"

由佳子却盯着画上那女孩的背影，喃喃自语："我怎么觉得这背影有点像王老师呢？"

就在春羊准备凑上去看的时候，一旁的山口秋子放下刚接起的电话，说："浅井先生，找您的。"

陈浅接起电话之前，他的心里有些隐隐地担忧，然而接完电话他就确定了他担忧的来源，顾曼丽被捕了。虽然在电话中北川景只是通知他一起去参与对顾曼丽的审讯，但是他知道井田一定知道他今天出现在咖啡馆附近的事，所以故意以这样的方式，想要试探他。

陈浅于是回答北川景："好，我这就回去。"

由佳子一听顿时就感觉到有些不悦，说："我哥哥自己忙成陀螺不顾家人也就算了，非要拖着浅井君也变成工作狂，这样的大人可真不叫人喜欢。"

陈浅于是有些无奈地叫了一声由佳子。

"但我不会生你的气的，浅井君。下次来的时候，一定要做冰糖葫芦给我吃哦。"由佳子知道陈浅误会她的意思了，立马解释。

陈浅伸出小拇指，说："一言为定。"

由佳子也伸出小拇指钩上了陈浅的小指，脸上绽放出灿烂的笑容。

"也就是说，清水街上的秋霜斋玉器店，是个中共交通站。北川组长下

午抓捕了该交通站的一名交通员后，审问得知，这个交通站是专门替'飞天'发情报的。于是顺藤摸瓜，抓到了'飞天'。"

这句话是陈浅说的，一进门北川景就跟他讲述了这件事的来龙去脉，他知道井田想要看他的反应，所以他故意这样说。

北川景看着他，说："对。"

马上井田又说："人是抓到了，但这中间出了纰漏。北川，你说一说，请浅井先生一同分析原因，一会儿审讯的时候，才能有的放矢，一招攻心。"

这时陈浅就看到了排列在桌子上的各种照片，其中有秋霜斋玉器店门面，王鹏的偷拍照，顾曼丽家中找到的发报机、袖珍相机、被烧毁的文件等影像照片，还有一个被放在塑胶袋里的胶卷。

陈浅走过去拿起王鹏画过押的审讯记录翻看起来。

北川景就适时在一旁解说起来："根据被捕秋霜斋玉器店伙计王鹏的口供，这名中共卧底光今年就向他们传达了不下十份重要情报，落款一律是'飞天'。虽然他没见过'飞天'本人，但我们将他交代的情报内容进行交叉分析后发现，有机会拿到这些情报的中国人，只能是政治保卫局的人。'飞天'选择凯司令咖啡馆作为情报交换点，说明此人有些洋派，或有留学背景。还有最关键的一点，王鹏交代，他曾经在过去拿到的情报用纸上闻到过香味，这说明，'飞天'极有可能是个女人。符合这些条件的人，整个政治保卫局不会超过三人。"

说着北川景拿出包括医务室顾曼丽、后勤科沈青怡、档案科张婉如三人的照片，排列在桌面上。每张照片上都注有姓名职务。

然后他又继续说道："我们从下午开始，分别监控了这三人。但出过门而且去过凯司令咖啡馆的，只有顾曼丽一人。但奇怪的是，顾曼丽明明已经到了咖啡馆，却没有送出情报就忽然离开。这里，我们错失了第一时间抓捕她的机会。"

北川景刚解说完，陈浅马上就听到井田说："浅井先生，你觉得会是什么环节出了问题呢？"

陈浅并未慌张，而是转头对北川景说："我想先问北川组长一个问题，你知道我是在什么时候跟踪上你的吗?"

"浅井先生跟踪我?"

"我想你一定已经向井田科长汇报过,在你们监视顾小姐期间,我也恰好出现在了咖啡馆附近。"看着北川景与井田对视一眼,陈浅又接着说:"当然,这并不是恰好。我是在长兴路意外看到北川组长的汽车后,发现北川组长在执行任务,这才一路尾随而去的。当然,北川组长对顾小姐的跟踪工作做得很好,沿途分三人穿插跟踪,只是北川组长过于自信,认定已经完全掌握了目标,所以你的注意力始终放在目标身上,反而忽略了身后的追踪者。如果尾随你的人不是我,而是顾曼丽的同伙,那么他完全可以大大方方地走过咖啡馆门口,向顾曼丽发出示警,而你根本连他的样子都不会记得。"

陈浅说到这里,井田立马说:"好一个螳螂捕蝉,黄雀在后。"

北川景听见此话,额头上汗水立即渗了出来,他说:"是属下疏忽了。"

陈浅于是又接着说道:"所以,虽然我并不知道北川组长今天的计划详情,但我还是决定现身,让北川组长看到我,其实是想给北川组长提个醒,行事务必果断,以免意外情况的发生。我相信顾小姐应该也发现了我,所以,为了显得我的行为不那么刻意,我只好自掏腰包买下了那家油画店的一幅画,送给了由佳子小姐。"

"恕属下愚钝,没能领会浅井长官的提醒。"

"当然了,如果不是我熟知你们的跟踪方法,又恰好认识北川组长的汽车的话,兴许也不会这么容易发现你们的跟踪行动。所以,你的纰漏并不是出在这里。"

"那是在哪里?"井田问。

陈浅指着北川景的跟踪日记,说:"顾曼丽从家中出发后,先坐黄包车去了长兴路庆祥裁缝铺量体裁衣,再从庆祥裁缝铺坐黄包车去了凯司令咖啡馆。而她两次所坐的黄包车,是同一辆。"

井田看了北川景一眼,说:"是这样吗?"

"是的。为了方便跟踪,我让人扮成了黄包车夫,守在她家门口,她在裁缝铺下车后,车夫也一直守在附近,等她出来,又上去招徕生意。"北川

景回答。

陈浅又说："寻常黄包车夫，如果两次搭乘同一位客人，还是位漂亮的女士，多半会搭讪闲聊。但我们的人，为了隐藏身份，自然越低调越好，可能自始至终都不会说一句话。就算顾曼丽看不出两次接她的是同一个车夫，也一定会注意黄包车的车牌号码，13769。"

井田瞪了北川一眼，冷哼了一声。

北川脸色发白，立即说："是我的错。"

陈浅又指着跟踪记录说："至于这次行动的第二个纰漏，在于北川组长不够确信，顾曼丽就是'飞天'。如果确信这一点，那么在顾曼丽到达咖啡馆的时候，就应该迅速派人搜查封锁顾曼丽家。这样她就不会有机会回去销毁文件。她明明已经解决了跟踪她离开咖啡馆的人，也知道你们一定会在她家布控，还是冒死回家，这就说明，她要毁掉的这份文件有多重要！"

井田却在这时说："这是我的疏忽，我低估了'飞天'的能量。我越是不告诉万江海嫌疑人是谁，他越担心嫌疑人与其相关。他应该是得到了顾曼丽被怀疑的消息，才会派周左一个人去顾曼丽家。与其说他想立功，倒不如说他想替顾曼丽遮掩。"

陈浅于是拿起那个放在塑胶袋里的胶卷，说："这个，就是北川组长从顾曼丽那里抢下的情报？"

"是的。当时她准备把它放在咖啡里一起喝下去。"北川景如实回答，但陈浅听到咖啡二字的时候，眉头不禁微微皱了一下。

紧接着北川就立刻让人把它冲洗出来，看顾曼丽到底藏了什么秘密。而井田也说这个"飞天"能拿到我们这么多情报，一定在我们组织内部有帮手。

"对我们来说，她也是一座铀矿，我们必须找到入口。"井田最终站起了身，说："去优待室会会她！"

优待室里，顾曼丽端坐在一张桌子旁，头发虽然有些凌乱，但是她的脸上却仍旧是一副淡然高洁的表情。井田走进去，亲自将一杯咖啡推到了顾曼丽面前，他说："顾小姐，听说北川去府上的时候，打翻了你还没来得及喝的咖啡,我替他向你道歉。"

"其实,相比您的虚伪,我更喜欢北川君的真实。"

"如果说礼貌和尊重是一种虚伪,那么顾小姐在这里的三年,每一天都过得很虚伪。从这一点上来说,我们是同类。我们都很清楚,自己想要什么。"

顾曼丽和井田说这些话的时候,陈浅一直站在顾曼丽的对面,那天井田对顾曼丽说了很多话,但他最终还是没有劝服顾曼丽,于是他铁青着脸对顾曼丽说:"既然顾小姐不喝咖啡,那就满汉全席伺候。你可能得去审讯室。北川,交给你了。"

顾曼丽却笑了,说:"我来这里的第一天起,就已经准备好了。"

第十六章

顾曼丽被捕，政治保卫局内最煎熬的两个人就是万江海和周左。

周左从审讯室外的长廊走回来的时候，就直接来到了万江海的办公室，可是面对他的请求，万江海也感到无能为力，所以他只能说："怎么救？她屋里找到的发报机、微型相机、胶卷，这都不是假的。我为什么让你一个人去？但凡她事情做得干净点，或者索性远走高飞，都还有生路。可她非要回来自投罗网，我真没那个保她的本事。"

"她是不是一时糊涂，被人利用？只要她能认错，能交代，就还有活路啊。您倒是劝劝她啊。"周左还在坚持。

然而万江海接下来的一句话却让他沉默了，因为万江海说："刚刚她在井田面前说的话，你都听到了，共产党人那叫一个硬，像我们这种软骨头，她是打心眼里瞧不起我们的，你还想劝她，她一定反过来把你臭骂一顿！"

即便这样周左还是不死心，在回到办公室以后，他像是忽然想到了什么似的，开始翻箱倒柜，取出抽屉底层的一个锦盒，那里面有两根金条和一沓钞票，他数着钞票的数量，又拿起电话拨打："喂，小白皮，我是周左……今天晚上还有没有去香港的船？"

他所做的这一切却突然被推门进来的何大宝发现，何大宝立即对他说："哦哟，队长你不好这个样子的，不管你再喜欢顾小姐，这种时候千万要拎得清晓得哦？"

周左最终还是认清这一切都只是徒劳，就像何大宝说的，他对顾曼丽的心思全局上下都知道，日本人不会不知道。现在只要他走出这个门，日本人的眼睛和枪口肯定都是盯牢他的，他要是敢动一动，别说救顾曼丽，自己的小命都保不住。

意识到这个现实，周左还是觉得无比地失落和愤怒，于是他忽然朝着何大宝大吼一声："出去！滚！你听不懂人话吗？我叫你滚！"

等到何大宝轻轻带上房门以后，周左双手支撑在桌上，捧住了自己的脑袋，眼睛渐渐发红。他不知道此刻政治保卫局内还有一个人在为顾曼丽的安危感到担忧，那就是陈浅。

陈浅从优待室走出来以后，就一直独自坐在自己办公室的窗边抽烟，他仿佛还能听到审讯室里顾曼丽不时发出的压抑的惨叫声。

他内心的情绪犹如夜里涨起来的海潮，怎么都无法平静，但是他还是努力逼迫自己冷静下来。他回想起在优待室的时候，顾曼丽的目光突然越过井田，扫向了他，然后他就听见顾曼丽说："您看出来了，也好。足够聪明的人就不会心存幻想，也可以少浪费些时光。我和我的同志会以我们的性命守护我们所知的所有秘密，你们一样也不可能拿走。"

陈浅心里明白，顾曼丽的这番话，至少向自己传递了两层信息。第一，那个胶卷只是迷惑敌人的烟幕弹，里面不会有重要情报。第二，她称呼他为同志，是一种托付。她一定有不及送出的重要情报，期待他能帮她送出。

但是这个情报会在哪儿呢？她的寥寥数语当中，哪句才与情报有关？陈浅一时毫无头绪，他陷入了深深的迷茫之中，所以他打算从办公室里出去透透气，但是一出门他却碰到了刚刚被周左从办公室轰出来的何大宝。

何大宝边走边叹气，但是一看见陈浅，就立马打招呼。陈浅向他点了点头，说："在医院里那个烧伤的中共，怎么样了？"

"哦哟，老惨的，烧得浑身漆黑，气还吊着一口，也不晓得能不能开口说话。"

"这次抓到'飞天'，你们队立功了。"陈浅故意夸赞道。

"也是运气好。要不是军统把这个中共交通站的情报卖给了井田科长，我们还不晓得要被顾小姐骗多久呢。"

陈浅眼神一闪，说："军统给的情报？"

"是的。浅井长官你还不晓得啊？军统的人老会做生意的，他们有个什么处长的小老婆，一船私货让梅机关给扣了，所以就派人打电话说，送我们一个他们刚好掌握的中共的交通站，把这船货换回去。"

听到这里，陈浅想起吴若男上次说的陶大春去调查的那件事，他似乎明白了什么。

审讯室里，吃饱了茶水点心的北川景站起身来，走到刚刚被打得昏死过去、又被泼醒的顾曼丽面前，他说："天黑前多水灵的女人，现在却变成了这个鬼样子。我真不能理解，为什么你们这些共产党的骨头，就像钢筋水泥做的。"

顾曼丽冷冷地看着北川景，说："不用再浪费时间了。"

北川笑了起来，说："不不不，我最多的就是时间。今天就到此为止，我也会给你足够的时间，让你尝尽这世间更多的苦。"

北川景说罢笑着离去，顾曼丽也在疼痛中慢慢在刑架上睡去。迷糊中，她听到审讯室的门开锁的声音。睁开眼，她看到进来的人是周左。

周左手中提着医药箱，到桌边放下，又走到她面前为她解开铁索，将她从刑架上扶了下来，靠墙而坐。然后又将医药箱拿了过来，可一看到顾曼丽满身的伤，周左一时竟不知该从何处下手，眼眶也不禁湿润。他立马扭头去擦泪水，然后吸了吸鼻子，再为顾曼丽露出来的那条手臂清理伤口。

周左的动作很轻柔，顾曼丽看着他娴熟的手法，说："谢谢你，周队长。"

"不要说谢，我没本事，没什么可为你做的，我就是……就是心疼你。"周左说着哽咽了，他说："我就是看不得你遭罪，我就是觉得……你应该做一个看看书，弹弹琴的幸福女人，被一个好男人宠爱着，而不是……不是来做这样的事。"

顾曼丽只是默默地看着周左。

周左又继续和顾曼丽说了很多话，其间二人也有争执，有顾曼丽骂他懦弱，是汉奸，是卖国贼，也有周左反驳国共都不齐心，还想四万万人齐心，这根本不可能。但是最终周左还是继续哽咽着对顾曼丽说："现在我也不怕你晓得了，我一直想娶你，想跟你生一堆孩子。只要你点头，让我周左为你一辈子做牛做马都可以。可现在来不及了，不管我们做什么，都不会有子孙后代了，谁也看不到了。"

顾曼丽听到以后，过了很久她才说："周左，你记住，你不需要为任何人做牛做马，你只需要做一个顶天立地的男人，挑起身为中华铁血男儿的担子，你的子孙后代一定会看得到！"

顾曼丽说这句话的时候，月光刚好洒在她的脸颊上，显得既坚毅又有力量，那天周左看着这样的顾曼丽，在那一瞬间竟然真的被说服了，他一把握住了她的手，说："好，我要做个顶天立地的男人，顾小姐，我要带你走……"

然而他的这句话还没说完，就被审讯室门口突然响起的万江海的声音拉回现实，周左吓得赶紧站起来："万……万局，您怎么还没回家？"

然后周左就收拾了医药箱跟着万江海走了出去，万江海看着他，怒其不争地戳着他的脑袋，说："你知不知道你在干什么？你知不知道？"

"我就是想……想再来……审审，看能不能审出什么名堂？"

"不要给我狡辩！色字怎么写知不知道？色字头上一把刀知道吗？你刚才这话要是被日本人听到，就是通敌的死罪！你还给她上药？你这不是同情共党分子吗？"

周左这时候才被吓出一头冷汗，然而当万江海告诉他让他以后不要再靠近审讯室半步时，他一个人留在原地，脸上既是羞愧，又是无奈，但更多的是悲伤。

陶大春跟着吴若男七拐八拐地走在十六浦码头上寻找铀矿石的下落时，他怎么都猜测不到接下来他会遭到偷袭，他更猜测不到这个偷袭者会在跟吴若男交手几招后，竟然向她递了一个眼色，然后便迅速出手制住了吴若男，用枪抵住了她的脑袋。

所以等到这一幕发生的时候，陶大春显得有些手足无措，他想开枪，却又害怕伤及八十一军团蔡迪龙将军的女儿吴若男，最后他只能对着用枪抵住吴若男头的钱胖子说："你是什么人？你不要乱来。"

陈浅的声音就适时地在陶大春的耳边响起："飓风队陶大春陶队长，幸会了。"

看着从黑暗中走出来的陈浅，陶大春大吃一惊，侧身到一旁，望向陈

浅的同时，又提防着钱胖子。然而陈浅戴着帽子遮住了大半张脸，陶大春根本看不清他的面目，于是他又说："你是谁？"

"无名小卒，说出来，陶队长也不会认识。只是陶队长刚刚拿我们的交通站给日本人送了人情，这笔账我还是要跟陶队长算一算的。"

陶大春立马以为他们是中共的人，所以面对陈浅接下来提出的军统有人为了一己私利，不惜出卖友军的事，陶大春直接否认，说这件事他不知情。

然而他马上又听到陈浅说："不知情三个字，就能把责任推得一干二净？我可知道，你打了告密电话给梅机关的井田，接着井田就把他们扣押的周启梁小老婆的那船货放给了你。既不费一兵一卒拿回东西讨好上司，得了好处，又暗踩了我们一脚，陶队长这生意经，可实在是妙。"

陶大春却说："我确实受人所托找到了这船货，可打电话供出你们交通站的人不是我。老子带着飓风队锄奸无数，血雨腥风里立下战功，根本犯不着用这种方法讨好上司。"

眼见陶大春并不愿意说实话，陈浅决定以其人之道还治其人之身，告诉陶大春他会把这位蔡迪龙将军的亲生女儿送给日本人做礼物，顺便还威胁陶大春："您说蔡将军要是知道，吴小姐是在你手上被人劫走的，会怎么处置您呢？"

陶大春显然有些慌张，他说："我说的就是实话，我陶大春算不上什么英雄好汉，但做过的事我认，我没做过的事，你们也别想往我身上泼脏水。"

吴若男见时机成熟，于是告诉陶大春："陶队长，我也相信你没做过，到底是谁指使你找船的，我想这个告密电话，只能是他打的。这人做出这样的事，就是党国的败类，你不该维护他。"

这天晚上，陶大春沉默了一会儿，就告诉了陈浅做这一切的是重庆二处派来上海的密使谢冬天。听到这个名字，钱胖子和吴若男不禁有些诧异地对视一眼。陈浅却仿佛并不感到意外，他收起枪，走到陶大春面前："失礼了，陶队长。"

陶大春一下子就认出了他是"吕布"，陶大春到此才彻底知道自己被陈浅给耍了，顿时有些恼怒，陈浅却笑了，说："陶队长的脾气我知道，喜欢护着自己人，不用点非常手段，我怕我听不到真话。"

搞清了这件事，陈浅跟钱胖子他们一起回了团圆里78号，他们围坐在一张小桌边共饮，起先是钱胖子吐槽："他娘的，太过分了，谢冬天怎么就这么阴魂不散！"然后是吴若男说到顾曼丽被捕。陈浅听到这个有些难过，不禁低下了头，然后他说："吴若男，你可不能出事。那种牢房，我希望你永远也没有机会见到。"

听到陈浅的这番叮嘱，吴若男心里忽然就涌进了一股暖流。然而钱胖子却瞅着陈浅，因为他知道陈浅这人怜香惜玉，心肠软，所以钱胖子提醒陈浅别忘了他们有自己的任务，并且永远要把自己的安全放在第一位。陈浅拍了拍钱胖子的肩膀，说："我知道，我得先走了。这两天你最好想办法查出谢冬天的下落。"

第二天一早，陈浅先去了一趟春羊家，他对春羊提出了想要营救顾曼丽的想法，春羊却告诉他没有十足的把握，他不能冒险。而且他们当务之急是要把顾曼丽昨天没来得及传出的情报拿到手。于是春羊就问他顾曼丽有没有给他什么暗示或者提醒。

陈浅摇了摇头，春羊又问那有没有什么异常。

这让陈浅想起了之前他去医务室，顾曼丽告诉他咖啡虽好，但她因为体质湿热的原因，一向不喝咖啡。既然顾曼丽从来不喝咖啡，甚至去凯司令咖啡馆的时候，也只点了红茶。而且他翻看了北川他们对咖啡馆服务生的询问记录，服务生说顾曼丽每次去那里都会点红茶。但在北川抓捕她的时候，她却在泡咖啡。

咖啡？代表什么呢？

陈浅从春羊家离开以后，一路上都在想这个问题。突然他发现自己已经走到了秋霜斋玉器店的门口，看着被火烧过的店铺只剩一片断壁残垣。他停下来轻叹了一口气，点了根烟，他的眼睛无意间扫过店门口的一棵树，看到树干上有个用刀刻成的元宝图案。

最终他走进了政治保卫局那条长长的走廊，但是对顾曼丽新一轮的审

讯已经开始了。然而这一天后来的时光在陈浅的记忆里，只感觉特别漫长，漫长到他只记得一些零散的片段。

第一个片段是井田同意顾曼丽坐着审讯，周左在听到井田的命令后就立马跑上前去替顾曼丽解下了锁链，并扶着她在一张椅子上坐下。顾曼丽坐下以后就说："井田科长，要说的话，我昨晚已经说完了。你又何必再浪费时间？"

井田也不急，他说："人是会改主意的。顾小姐，你现在坐的这张椅子，有一个名字，叫仁义。如果不是万局替你说情，你不会有这个待遇。"

这个时候顾曼丽看了万江海一眼，她说："我和我表舅的选择是一样的。我信仰我的祖国，而他的信仰是你们所谓的大东亚共荣。他不会在这种时候维护我而去放弃他的信仰，我，同样也不会。"

第二个片段是井田说："'飞天'？我一直以为是个无所不能，像中共的'麻雀'、军统的'吕布'一样能上天入地的男人，可谁能想到，'飞天'竟然是个女人。"

顾曼丽在这个时候居然笑了，她说："你错了，'飞天'不是一个人，而是一群人。"

"我当然知道。把顾小姐的同伙周左给我抓起来！"井田说着就命令北川景和宫本良把周左给铐了起来。

然而井田的这个举动对顾曼丽并没有奏效，她不但没有否认，反而承认周左就是她的助手，并且她还问周左记不记得三个月前，有一次他请自己去吃生煎，回程的路上，却在车上睡着了。而后来还上她家喝了水，又在沙发上睡着了。

周左一下子恍然，顾曼丽真的给自己下了药。顾曼丽也交代，那一整晚的时间，足够她拓取周左全部的钥匙。从那以后，她就能随时出入周左的办公室，偷看周左所有的文件。顾曼丽还告诉周左，她就是知道他对自己有企图，所以才利用他，而周左明知道自己对他无意，还是心甘情愿地为她所用，从这一点上来说，周左确实是她的同伙，顾曼丽甚至对井田说："所以井田科长，不用怀疑，直接把这个废物拉出去毙了就对了。想靠这些人帮你们实现大东亚共荣，根本就是痴心妄想。"

接下来，顾曼丽还披露了更多，包括万江海、北川景、宫本良、陈浅全部成了她的同伙。万江海把会议记录带回家藏在密码柜里，是故意在向她透露中共囚犯枪决的路线安排；北川景去香江路上那家宋氏医院拔罐，也是为了提醒对面兴隆澡堂内他们的人能及时撤离；宫本良昨天在咖啡馆内看报纸抖腿，还有他脚上万年不换的那双翻毛皮鞋，更是在向她发出信号提醒她撤离；还有陈浅这样一位资深特工，出现在咖啡馆对面的油画馆，买了画便扬长而去，始终不曾向她看一眼，也仿佛没有望向任何人，她不相信陈浅没有发现她，没有发现北川景在那里的埋伏，所以陈浅这些欲盖弥彰的行为，也都是在提醒她。

第三个片段则是宫本良举起锤子砸向顾曼丽的手臂，只因顾曼丽对井田说："井田科长英明神武，手下却是一群草包，所以才会漏洞百出，给我这么多获取情报的途径。要论失职，任用这些无能之辈，井田科长才是最大的失职者。所以，您说得对，'飞天'从来不是一个人，你们所有人，都是我的翅膀。"

井田愤怒地站起身来，拿起桌上的茶壶掷在地上摔得粉碎，说："那我就折断你的翅膀。给我打断她的手。"

到此，这一场人人自危的审讯才算结束。

然而陈浅还记得万江海把井田送出来的时候，仍在担忧刚才顾曼丽的话会影响到自己的仕途，所以他不无惶恐地对井田说："井田科长，您千万别生气，顾曼丽现在已经是折了翅膀的鸟，只剩嘴上厉害了，不管她说什么，您都千万别往心里去。"

井田突然站住了，他说："万局，如果我是你，我就不说这么多废话。"

万江海一下子愣住。

井田又说："道不同不相为谋。她不过就是逞个口舌之快，这几句话能救她的命还是能救国？我是不会跟一个手无缚鸡之力的人一般见识的。"

"是是是。井田科长如此胸襟，值得属下多多学习。"

陈浅却在这个时候走上前说："这个世界，永远是用实力说话的。如果真的被对手激怒，对自己产生怀疑，那反而中了她的计。"

"我就怕她说话真假参半，似是而非，井田科长要是真听信了她，搞得

我们内部互相猜疑，窝里斗成一团，那就麻烦了。"

万江海还在担忧，然而井田接下来的话却像是给他吃了一颗定心丸，因为他听到井田说："几句话就想把我们搞得鸡飞狗跳？她没这个本事。既然她不怕死，那我就让她生不如死。"

实际上这天陈浅一直忽略了一个人，那就是周左。周左在被北川景和宫本良松开，从审讯室离开时，听着审讯室里传来顾曼丽一声又一声的惨叫，他走了几步，就不由得停了下来，眼中有泪光闪烁，他回头张望，纠结徘徊，最终无力地走到了同仁医院老周的病房。

看着病床上的老周，吊着点滴，浑身包满了纱布，脸上仅仅露出的一点已被烧成了焦黑色的肌肤，他问了一声一直在旁边守着的小四："一直没醒？"

小四刚从打盹中醒过来，立马回答说："对。医生刚才按北川组长的要求，给他打了强心剂，这针下去，一个钟头内就该醒了，再不醒，也就没救了。"

周左于是让小四去歇会儿，睡两个小时再来接班。小四离去以后，周左就在老周的病床前坐下，这时他又忍不住想起了顾曼丽，想起顾曼丽在审讯室对他说的那些话，他的眼圈突然红了，开始喃喃自语起来："她这是在救我啊，但凡她为我讲一句好话，说不定我就被毙了。她是在救我，谁说她对我没情意？她拉那么多人下水，逼急了井田，连手都被打断，她都是为了我。我还……我还那样骂她，我简直不是人……"喃喃到最后，周左忍不住哽咽起来，再到捂着脸痛哭，哭了一会儿，他抹去泪水，又抬起头来，看着老周，说："你们这些人，怎么就对自己这么狠？这家和国，真的还有救吗？"

周左说完这句话，病床上的老周突然微微睁开了眼睛，他仿佛听到了周左的话，嘴角轻动着。周左赶紧定了定神，趴到老周耳边："你说什么？"

然后他就听到老周断断续续地说出："死……让我死……求你……"

周左听清后，立即直起了身子，看了老周一会儿，他一言不发地走到了病房阳台上，给自己点燃了一根烟。然而他点烟的手却有点颤抖，点了好几下，才点着，然后他吸一口烟，重重地吐出一口烟圈，他内心无比纠结。但是他又想起顾曼丽，想起了那天晚上月光落在顾曼丽的脸上，顾曼丽对他说："周左，你记住，你不需要为任何人做牛做马，你只需要做一个顶天立地的男人，挑起身为男儿的担子，你的子孙后代，一定会看得到。"

周左想到这里，又狠狠抽了几口烟，把烟头按灭在阳台的一盆植物当中，转身走回了病房。等到陈浅也走到医院病房的时候，他在门口站住了，因为他从病房门上的玻璃窗口中看到周左正在用被子蒙上老周的面部。

周左只感受到老周在被子下略微挣扎一下，就再也没有动静，然后他放开了被子，探手到老周的鼻子底下试了试，确定再无气息，他无力地一屁股坐倒在旁边的椅子上，抱住了自己的脑袋。

门外的陈浅看到这一幕，他的内心也感到悲怆无比，但是他的喉结滚动了一下，终于还是选择悄无声息地走开。因为陈浅明白，周左"杀"死老周，更多的是出于同情。他一定懂得了顾曼丽对他的维护，他无力保护顾曼丽，唯一能做的，就是让她的同志少受一点儿苦。

而周左这一生杀过不少人，他大约从未想过，亲手结束一个人的性命，也是一件如此痛苦的事。

北川景扇周左耳光的时候，陈浅就大大咧咧地坐在一旁的沙发上，他看到周左咬牙一动不动，而何大宝在一旁看着，脸部肌肉痛苦地抽搐了一下，仿佛自己被打一般。

"连一个快死的人都看不住，周队长，你可真有本事。"

周左忍辱回答："报告北川组长，医生该打的药都打了，人扛不住要死，我实在没那个跟阎王抢人的本事。"

"你是在跟我顶嘴吗？"

周左目光倔强地逼视北川："属下不敢。要不是医生给他打了超剂量的强心剂，说不定还不会这么快死。"

"那你是在指责我吗？"

北川景举手又欲打周左，陈浅却在这时出声制止："可以了，北川组长。人既然已经死了，就不必再追究了。当务之急，还是要审讯活着的人。"

"顾曼丽软硬不吃。除了她，还有什么人可以审？哼。"北川景说罢扬长而去。

周左没好气地说："还有只猫没找到。要能找到，你们也可以审一审。"

陈浅心中一动，说："猫？"

周左就告诉他那是顾曼丽养了两年的猫，而他也马上想到在井田给他看的那些证物照片中就有顾曼丽家中养猫所用的食盆，还有窗台上猫留下的爪印。想到这他不禁心念一动，站起身来："那只猫长什么样？"

"我也就见过一次，毛是咖啡色的，顾小姐就叫它咖啡。"

陈浅一愣，马上他就转过身去望向窗外，因为他已经明白，从不喝咖啡的顾曼丽在被捕时故意泡一杯咖啡，就是为了告诉自己，情报就在那只名叫咖啡的小猫身上。

第十七章

这天晚上坐在顾曼丽家公寓楼下卖地瓜的时候，唐瑛大部分时间用来警戒周围出现的一切可疑人员，但是也有一小部分时间，她回想了一下最近发生的事情。

首先就是今天下午在同仁医院的同志已经传来了消息，老周同志伤重不治，已经牺牲了。海叔想起老周在浦东乡下还有一个老娘，让她回头送些抚恤金过去。

其次就是"飞天"同志明知自己已经暴露，却还是冒险回去销毁他们的机密文件，错过撤离机会，而深陷牢狱。陈浅已经让春羊向他们转达了希望他们尽快组织营救计划，可是如今他们处境艰难，想要营救"飞天"只能等机会，见机行事。

最后就是他们的人知道"飞天"当天从咖啡馆离开后，就直接坐黄包车回了公寓。他们也已经赶在梅机关的人之前找到了那个黄包车夫，确认"飞天"没有把情报藏在车上。那么，她也没有把情报留在咖啡馆，日本人也没有找到，那就应该还在她家里。因为"飞天"之前用过一种特殊的藏物方法，是按一定的数列方式藏在地板下面，海叔已经把算法告诉了他们。

想这些的间隙里，唐瑛的目光突然注意到一个男人来到顾曼丽家的楼下，但他的目的只是到旁边的店铺里买一包烟，买完他抽着烟就离开，走进了一条巷子。然而她没有注意这个男人在店铺买烟的时候，看到店内有一条狗，等他走到巷子看到一个流浪汉时，他掏出一张钞票，上前对流浪汉说："帮我做件事，这钱就是你的。"

所以很快唐瑛就看到一个流浪汉走出了巷子，懒洋洋地走到杂货店门口，忽然一把抢过狗食盆子，飞快地跑了，狗狂吠着追赶向流浪汉。她完

全没有注意到在她目光移开这几秒钟之间，那个男人已经闪身进入了公寓大门。

里面的春羊刚才已经按照海叔教给她的算法，用随手携带的匕首撬开了一块地板，地板下便露出了一块小方空间。春羊惊喜地伸手入内，但是在里面除了一把掌心雷手枪，什么都没找到，春羊略感失望，正要将书桌移回原位，就听到有人开锁的声音。

春羊一惊，望向窗口，确定刚才并未接到唐瑛的提醒，于是只得选择立马躲进衣柜里。陈浅摸黑进入顾曼丽的家中，分明听到卧室传来一声衣柜合上时的轻响，但是马上他就看到有手电光在顾曼丽卧室窗口连闪三下，他知道这是唐瑛给春羊发出的警示信号，他立刻来到窗前，看到北川的汽车已经在楼下停下，北川带着众人径直奔上楼来。

陈浅迅速观察室内可以藏人的地方，然后他走到衣柜前一把拉开了衣柜门。柜内的春羊本能地刺出匕首，陈浅闪身一躲，匕首还是划破了陈浅的手臂。黑暗中春羊分不清敌我，知道自己刺伤对方，立刻从衣柜内跃出，扑向窗口打算逃走，却被陈浅一把擒住，两人打斗两招后，春羊一脚踢向陈浅，却被陈浅扣住了脚踝。

"是我。"陈浅突然出声。

春羊听出了陈浅的声音，顿时住手，陈浅却在此时迅速脱下了她的鞋。北川已经在外面听到了里面的动静，他立刻带人破门而入，就看到陈浅倒在地上，手臂上有被刺伤的血迹，头发也有些散乱。

很快北川又带人追了出去，因为陈浅躺在地上对他说："北川组长，'飞天'还有同党，刚刚从窗口跑了。"北川于是迅速扑向窗口，看到楼下有只女鞋，似乎是来人逃跑时遗落的。陈浅望着街上，北川景左右张望了一下，最终与三名特务兵分两路追赶而去。陈浅就走到床边蹲下，对躲在床下的春羊伸手，说："出来吧。"

春羊并不拉陈浅的手，一拉床沿，身体便滑出了床底。陈浅笑嘻嘻地看着她，说："我是不是又救了你一次，王老师？"

春羊却并不领他的情，陈浅就忽然捂着伤处做出痛苦的表情，春羊顿时关切地上前查看，马上又发现他是骗自己，于是没好气地白了他一眼，说:"我看你是骨头轻了。"

说完春羊就脱下自己脚上的另一只鞋,光脚穿着袜子就要走。陈浅却一把拉住春羊,春羊刚要发作,陈浅却告诉她:"我知道咖啡是什么意思了。"

春羊也马上知道咖啡就是顾曼丽养的一只猫,咖啡色的,脖子上还挂个铃铛。春羊突然觉得有点懊恼,因为她进入公寓楼的时候,咖啡那时候从她的脚边跑过,还站定回望了她一眼,这才跑入了黑暗当中。

陈浅决定两人分头找,然而窗外北川景已经回来了,春羊选择在这时撤退。等到北川景上楼,只看见陈浅正在用屋内找到的毛巾给自己简单地包扎伤口。

要说这天晚上在顾曼丽的公寓里后来还发生了些什么,每个人的记忆都有所不同,首先说北川景。他记得他在关心过陈浅的伤势过后,就迫不及待地问陈浅为什么会出现在这,在陈浅说他是因为审讯迟迟没有进展,所以想来看看这里是不是还有他们疏忽的细节或者证物时,他看似相信了陈浅的说法,却马上又问:"来找证物,不开灯?"

"那是因为我进屋的时候就发现,有人比我先来了。"

"就是跟您交手的那个人?"

"对,是个女人。"

"您看清她的样子了吗?"

"关了灯,女人长得不都一样吗?"

就这样来回交锋了几个来回,北川景才哈哈一笑,他看见陈浅也是一脸坏笑,算是勉强相信了陈浅的说辞。

再来说陈浅。在陈浅的记忆里,他记得他很快就停止了笑容,为了加深自己的话对于北川景的可信度,他还加了一句:"中共的人比我想象的更胆大,这就说明,顾曼丽一定还有什么东西想要送出去。"

然后他就大着胆子从北川景那里试探出他之所今晚也出现在这,是因为井田也从那些证物照片上发现他们忽略了一只猫。而这只猫那时候正好就蹲在顾曼丽邻居欧阳太太家的阳台上,北川景发现它以后,就一个箭步冲进了欧阳太太家,"咖啡"受到惊吓,立刻跳出了窗外。

在北川景持枪满街追捕"咖啡"的时候，他并没有跟上去，而是跟欧阳太太了解到"咖啡"喜欢吃小鱼干，最后在北川景开枪也抓捕无果后，他端着食盆站在窗口，很快就把"咖啡"引诱了过来，他轻抚"咖啡"的后背，"咖啡"也并没有躲闪，最后他轻轻抱起了"咖啡"，北川又一个箭步上前，就从他手中抓过了"咖啡"。

那时候北川景跟他说还是他有办法，他只告诉北川景跟畜生斗，首先要消除它的戒心，否则，比上天入地，他们可不是对手。

最后来说春羊。春羊就记得她从顾曼丽家撤退以后，并没有立即离去，而是和唐瑛一起躲在暗处继续观察，她们看到了"咖啡"一个腾挪就逃出了北川景和特务们的包围圈跃上一间民宅屋顶，也看到了北川景气得对它开了一枪，然而她印象最为深刻的还是北川景一把从陈浅手中夺过"咖啡"，但是在把"咖啡"脖子上的铃铛掰开后又露出的难掩的失望的神色。因为她已经看到当北川站在门口，陈浅俯身抱住小猫的时候，借助身体的遮挡，探手至"咖啡"的颈间，从它所戴的铃铛内侧，摸到了一个胶卷藏入了袖子里。

确定陈浅已经得手，她就选择和唐瑛一起迅速撤退了。

这一晚注定没有这么容易结束，就像"咖啡"估计没有想到它的命运最后会是被开膛破肚穿在烧烤架上，最后被北川景塞进它的主人顾曼丽的嘴里，强迫她吃下它的腿。它也更不可能想到，在顾曼丽咬紧牙关扭头闪避后，北川景会恼羞成怒，最后对顾曼丽动用了"七窍玲珑针"这样的极刑。

等到陈浅包扎完从医院回来，走进审讯室的时候，宫本良已经把十几根沾满神经毒素的钢针插入了顾曼丽的穴位。按照北川景的说法，这时候的疼痛程度，大约是七级，被扎的穴位处，会感觉到仿佛匕首插入胸膛的剧痛。如果再通上电，顾曼丽的全身肌肉会剧烈收缩，她整个身体内的脏器都会痉挛，血液会在她体内四处冲撞，最后只能以非正常的方式冲出人的身体，导致七窍流血。但顾曼丽的意识仍然会清醒，让她生不如死。

陈浅已经看到顾曼丽的脸上露出痛楚之色，但他依旧一副毫不在意的样子边陪北川景喝茶边问："那这第一级的刑罚，有没有人能受得了呢？"

北川景似乎没想过这个问题，他在愣了一下后说："如果连这第一级的刑罚也审不出来的人，就只有枪毙了。"

在北川景说完这句话的时候，陈浅似乎听到审讯室外传来一声狗吠声，显得有一些焦虑和暴躁。但是北川景却只听到刑架上的顾曼丽，在听到他叙述完这些的时候，脸上并没有露出任何恐惧之色，她反而轻声地哼唱起了《四季歌》："春季到来绿满窗，大姑娘窗下绣鸳鸯……"

顾曼丽的这种行为无疑彻底惹怒了北川景，他喝完手中的那杯茶，就走到顾曼丽面前，恶狠狠地说道："我看你还能唱多久。"

顾曼丽却并没有搭理他，她继续唱着歌，但是她的目光此时却无意地望向北川景身后的陈浅，她看到陈浅以手指敲击桌面，打出了一段莫尔斯电码，然后她有些欣慰地笑了，因为陈浅传递给他的信息是：情报已拿到。坚持就是胜利。

这个笑无疑有些刺痛北川景，他选择立刻按下了仪器的按钮。电流马上从各种穴道进入顾曼丽的体内，在她身体内四处冲撞，导致内脏出血，血管破裂。

陈浅看到顾曼丽的身体在强烈的电击下已经出现颤抖，并且发出痛楚的喊叫声，但是他仍旧冷眼旁观着，甚至为自己点燃了一支烟，实际上他的心中在默数着：5，4，3，2，1……

刚才远远的狗吠已经冲到了走廊里，很快外面就传来看守惊恐痛苦的喊叫声。原来是关在狗房里的纽波利顿犬不知什么原因，突然从笼子里跑了出来，并且咬住了审讯室外的一名看守，北川景听到动静以后，就暂停了审讯，带着宫本良一起出去查看情况。

北川景记得那天最后的结果就是他呼喝着命纽波利顿犬停止撕咬，然而那只狗却向他扑来，在他闭上眼睛的瞬间，却有一抔温热的液体溅到他的脸上，然后他就看见那只扑向他的纽波利顿犬委顿下去，而陈浅就站在前方，拿枪正对着他这边。

听到枪声的周左立刻从办公楼奔出，看到陈浅刚把枪收起来，而北川景一脸鲜血，马上询问："浅井先生，北川组长，出什么事了？"

205

而宫本良此时将已经死去的纽波利顿犬的尸体拖了出来，北川景看了他一眼说："这只畜生是怎么跑出来的？"

"它怎么出来了？狗房的门不是一直关得好好的吗？"周左也很疑惑。

"我在问你！"

北川景显然对周左的不答反问感到很恼怒，然而这时他却听到一旁的陈浅说："这可能是天意。"

"浅井先生这话是什么意思？"

"人间的刑罚对这个女人没用，不如让她去地狱受苦。如果我是井田科长，我想我已经对这个女人不再有任何期待了。我会毙了她！"

说完陈浅就转身离去了，但是他转身的那一瞬间还是清晰地看见审讯室内，月光浅淡地照在顾曼丽惨白的脸上，她满身的钢针仍未去除，双目半闭，奄奄一息，口中却仍在极低又不成调地唱着：春季到来绿满窗……

走出政治保卫局，陈浅一路走到了六国饭店，然后他就把自己关进了六国饭店1302房间的卫生间。这里已经被他打造成了一间临时暗房，他从显影液中夹起一张照片，很快他就在红色的灯光中看出照片上拍的是一份文件：针对新四军根据地的最新清剿计划。

然后他就将这张照片放入一个信封，收起胶卷，打开了卫生间的门。吴若男一个箭步从沙发上跳了起来，拦在卫生间门外，向陈浅伸出了手，说："拿来。"

然而陈浅却眼皮都没有动一下，他关上卫生间的门，就说："有些事我认为你不必知道。我得走了。"

"今天你要不把你口袋里的东西拿出来，我一定会向重庆告你的状。"

陈浅没有动作，也没有说话，两人就这样僵持着，在一旁嗑瓜子的钱胖子眼见势头不妙立马前来劝架，但是并无任何效果，马上他就听见吴若男说："别以为我不知道胶卷里的东西是什么。是不是中共地下组织的'飞天'给你的？"

钱胖子这下看向了陈浅，陈浅没有回答，算是默认了。

吴若男又说："陈浅，我知道你同情'飞天'，但你利用军统资源，为中共办事。自己的任务不上心，却替中共卖命。你这是在叛党！"

吴若男的这句话像一根钢针一样，一下就扎中了陈浅，他反驳说："你知道'飞天'都做过些什么吗？"

吴若男没想到陈浅会这么回答，于是说："她做什么我不管，可你要帮她，我就得管。"

"她在敌营潜伏三年，营救过数十名革命志士，军统的人也没少救。不瞒你说，我能活着逃出梅机关，也有她的暗中相助。"

吴若男一时有些心虚，"这件事怎么没听你说起过。"

"那时候我不知道她是谁，也不知道她就是中共的'飞天'。现在我知道了。就凭她对我的救命之恩，你说我现在应不应该帮她？"

吴若男嗫嚅着，又听见陈浅说："今年六月，那份军统上海区拿到的日军空袭重庆的行动计划，也是她送出来的。这个计划至少帮助重庆躲过了几十次的空袭，让百姓免于生灵涂炭。她没有计较过她在帮谁做事。她也没有把我们当成她的敌人，这就是共产党的风骨和担当。这样的人，你说我该不该救？"

"可是……"

"吴若男，我从来没有见过一个女人，可以在敌人如此酷刑下还能如此坚忍不屈。对这样的人，我只有敬重和五体投地，我陈浅堂堂七尺男儿，要是眼睁睁看着她落入敌手却不施援手，那我还是人吗？如果你觉得我帮助这样一个英雄是叛党，那就尽管去告我的状。"

吴若男脸已经涨得通红，她说："陈浅，你不要逼我。"

陈浅并没有退步，他反而更逼近了一步，说："如果你要告，最好再加上一句。要不是谢冬天为帮周启梁拿回私货出卖了'飞天'，我陈浅也不必替党国赎这个卖友求荣的罪。"

钱胖子意识到再不制止，场面估计要控制不住了，于是他拉住了两人，说："别吵了别吵了。你俩都冷静一点，听我说两句。"

吴若男气呼呼地走到沙发旁一屁股坐下，钱胖子也拉着陈浅到沙发上坐下，吴若男没好气地白了陈浅一眼。

钱胖子想说的那两句就是经过他这几天的观察，发现十六浦码头有一

处日本人把守的仓库有异常，这个仓库本来有六个房间，每间仓库的总体面积相差不大，按说需要的看守人数差不多，但六号仓库的日兵人数，至少是其他几间仓库的三倍。

所以他们紧接着就这个六号仓库的情况讨论了起来，吴若男觉得就算人多，那也证明不了什么。但陈浅却不这么认为，他认为以井田对铀矿的重视，只要他有所作为，他们必然有迹可循。井田开始密集巡视十六浦码头就是最近一个月的事，钱胖子现在查到，六号仓库一个月内人手猛增，所以他们至少可以肯定，这里一定藏着重要物资。

钱胖子于是又提供了两条关键信息。

第一条就是他找了两个包打听，专门在六号仓库附近的一幢楼上盯着六号仓库。六号仓库的人，每天早晚六点换班的时间很准时，有回有个接班的到晚了，还挨了打。而这明显是军队做派，一般仓库没有这么大的规矩。

第二条就是为了试探他们的人手，三天前，钱胖子往他们院子里丢了个烟头。然而刚冒点烟，就被日本人发现了，第一时间灭了火。没过多久，就来了一辆日本军车。

但是这第二条信息让陈浅确定那间仓库内藏着的很可能就是铀矿石。因为三天前，陈浅正在井田的办公室里喝茶，那时候井田刚好接到一个电话，马上就让北川景以其他的理由把他支开了，他离开井田办公室之前，听到井田在电话中说着："必须查清楚起火原因，如果是人为的，这件事必须彻查到底，我马上派人过来……"

现在经过比对，井田接电话的时间，与钱胖子扔烟头的时间刚好吻合，所以陈浅认定那天下午井田接到的这个电话，很可能就是六号仓库打过去的。

钱胖子顿时有点兴奋，说："这就对上了。这把火没白点。"

而吴若男比较关心他们接下去该怎么做，陈浅于是告诉他们接下来必须让井田相信，这次起火只是偶然，这样短时间内他们不能再有任何打草惊蛇的行动。因为井田一旦起了疑心，转移物资，他们要想再找可就更难了。

吴若男觉得可行，她让陈浅从内线多上心，他们从外线配合，千万注意安全。

话题进行到这里，一切都还其乐融融，但是陈浅一句："那你还告我的状吗？"瞬间又点燃了战火，他和吴若男两个人各持己见谁也说服不了谁，直到吴若男说出："你说的是是非，我说的是立场。我就问你，如果有一天日本人被赶跑了，国共必须打一仗，到时候你怎么办？"

听到这句话陈浅立刻败下阵来，最后偃旗息鼓，离去了。他独自一个人走在街头，有两股情感不断地在他的胸腔里冲撞着，顾曼丽坚如磐石的信仰深深震撼了他，而吴若男关于国共立场的质问亦让他深思。最终他也没有得出答案，但他知道眼下要做的，是尽快把胶卷中的情报交给春羊，并拟订营救顾曼丽的计划……

走着走着，他发现在不知不觉中，长街渐明，日出东方，新的一天已经来临了。

陈浅本想借着去丁香花园给由佳子做冰糖葫芦的机会，将照片交给春羊，然而当他敲响丁香花园的铁门的时候，却被山口秋子告知，春羊已经和由佳子前往南京参加中日友好晚会的表演去了，要三天后才能回来，然而陈浅很快就知道顾曼丽将在两天后被执行枪决。

当周左知道这个消息的时候，脚下油门一失控，竟径直冲向前方的一辆电车。眼看即将追尾，他猛打方向，车子堪堪停住，横在了马路上。万江海在急刹中险些撞到前排座位，头发都凌乱地垂到了额前，他惊魂未定地一巴掌呼在了周左脑门上，骂道："他娘的，周左你找死是不是？"

然而周左已经泪流满面，他说："万局，救救顾小姐，我求你救救她。"

那天万江海一脸无奈地看着周左，而周左的双手始终愣愣地抓着方向盘，眼眶中的泪水落下，又迅速擦去，到底还是颤抖着手重新发动了汽车，因为他最后听到万江海说："你以为我真是铁石心肠？我没那个本事啊。我认识的所有人都没那个本事。你让我怎么救？"

车子最终也无奈地开进了政治保卫局，可是当周左走到医务室的时候，却看到一名沈姓男医生正在整理桌面上的医疗用品，并且正在将顾曼丽放

在桌上的几本书装进纸箱，周左的嗓门一下就高了，他说："谁让你动顾小姐东西的？"

沈医生顿时呆住了，望向一旁的陈浅，周左这才注意到陈浅也在这里。看到陈浅，周左顿时想到昨天晚上陈浅在走廊上拦住他，问他："你还记不记得我跟你打过的赌？"

周左当然不会忘记那次陈浅请顾曼丽跳舞，他输了，于是说："浅井先生现在想让我做什么？"

陈浅却凑到周左耳边，轻声说："确切地说，是为顾小姐做一件事。"

所以昨天在审讯室里宫本良把钢针扎进顾曼丽的穴位的时候，他将一块沾了香油的生肉提在手中，走到狗房内，闻到香味的纽波利顿犬兴奋地狂吠不止。而他却注意到狗房门锁的合页，已经有些生锈。

然后他又提着生肉走出狗房，走到了审讯室所在的楼房走廊处，趁走廊内的日本特务不备，他悄然将生肉放在了走廊门口的地上。之后他在院子里察看一番，确认无人，又重新走进狗房，掏出螺丝刀将生了锈的合页螺丝拧松。

做完这一切后，他看了看表，开始等待，当顾曼丽惨叫声响起的时候，周左果断地用力拉开了狗房的门。狗房合页螺丝松脱，纽玻丽顿犬顿时飞奔而出，奔向审讯室方向。

而今天早上在梅机关，当井田问起他调查结果的时候，他告诉井田这一切都是因为纽波利顿犬发情性情特别暴躁和狗房的房门年久失修的缘故，这才让它冲破房门跑出来，而这实际上就是一桩意外。然而北川景却说在现场还闻到了香油的味道，他又说香油在狗房就有一瓶，应该是狗冲出来的时候，不小心打翻了。

这一切才算是应付过去。

现在陈浅看着眼前的周左，注意到了他脸上的泪痕，于是说："是我让他把顾曼丽的私人物品收拾起来的。"

周左的语调这才恢复正常，他"哦"了一声，又忍不住说："那个……顾小姐好像人已经不清醒了，今天就没睁过眼。那个，我想是不是能让新来的医生给看看。"

陈浅就说："行。我带沈医生过去。"

陈浅知道周左也想跟着一起去，所以走过去拍了拍他的肩膀，说："一起去。"

出门的时候，沈医生已经将顾曼丽的私人物品收拾好了，陈浅接过箱子看了一眼，里面有几本书，还有梳子镜子等物，他转而将箱子交给了周左，说："回头请周队长登记入档。"

周左接过以后说："是，浅井长官。"

那天陈浅看着从刑架上解下来，犹如一堆破烂棉絮的顾曼丽，他感觉无形之中好像有一只手突然伸进了他的心脏，噗的一下就把他的心脏捏碎了。于是他忍不住上前为她整理了一下凌乱的头发，又扭头叫周左拿一条热毛巾来，仔细地擦拭掉她脸上的血污，渐渐地顾曼丽那张清丽的脸才重新出现在他们面前。

但是那天最让陈浅难过的还是沈医生说出的那句："呼吸衰弱，心跳无力，瞳孔也有放大迹象。应该是电击损伤了心肺功能，恐怕挨不了多久了。"

"还有可能醒过来吗？"陈浅问。

"可以打一针强心剂试试。"

陈浅点了点头，说："她得醒着去刑场。"

那天顾曼丽清醒过来的时候，她第一时间看到的就是周左和不远处的陈浅，周左见她醒过来，高兴得手忙脚乱，听到她喊"水"，立马就给她倒来一杯热水，一手扶起她抱在怀中，一手拿着手杯喂她喝水。喝水的间隙里，她望向了陈浅，她看陈浅用手指发出了一段莫尔斯电码，询问她如何找到长辈？

顾曼丽于是此时将目光转向了周左，她说："你母亲的风湿病好些了吗？之前我给她开的药可有疗效？"

周左十分伤感，说："难为你到现在还记得我娘的病。她好多了，还念叨着什么时候你再去给她看病呢。"

"我怕是去不了。不过那个方子，你可以接着用。制川芎和白芍各加三

钱，泡一个小时，煎三十分钟。还有，我给她买过的那间老字号的风湿膏药，每晚子时记得要贴。内服外贴，疗效加倍。"

陈浅在一旁一言不发地把这些全部听在耳中，他又用手指发出莫尔斯电码："你是在告诉我怎么找长辈吗？"

顾曼丽微不可见地点了一下头，说："我再说一遍。按我的老方子，制川芎和白芍各加三钱，泡一个小时，煎三十分钟。老字号的风湿膏药，每晚子时要贴。"

周左难过地说："记住了，我这辈子都会记得的。"

第十八章

陈浅独自走在清冷的街头,抬头望见清风茶楼的招牌,于是走了进去。他选了一个包间,又点了一壶明前龙井,然后他就径直走到窗口向外望去,从这个角度,可以把楼下街头的动静一览无余。然而他却注意到街头亮着灯的一排店铺,其中就有一家店铺门口挂着一块陈旧的招牌:王致和膏药。而门口立着一块牌子,上面用毛笔写着:王致和膏药,叁代单传,独家秘方。营业时间,早上柒点叁拾分到夜里拾壹点。

然后陈浅又注意到就在这家店铺门口,有个盲汉子正在拉着二胡,他面前放着一只破碗,里面有两个铜板,曲声是哀伤婉转的《二泉映月》。他于是从包厢直接走到盲琴师面前蹲下,仿佛是被风吹得有些着凉,他吸了吸鼻子,从钱包里掏出一张大额钞票,放进了盲琴师的破碗里,起身离去。

一曲终了,盲琴师拿起地上装钱的盆子,收琴离去。盲琴师走进了一条路灯昏暗的弄堂,他手中的竹竿在地上不停地点着,发出轻响。

陈浅悄然尾随其后,与盲琴师保持着数米远的距离,在一个转弯处,盲琴师走进了一条漆黑的弄堂,陈浅快步跟上,却发现盲琴师不见了,竹竿点地的声音也消失不见,只剩下冷风卷起弄堂地面的树叶围绕在他的脚边。

突然盲琴师从背后用枪顶住了陈浅的脑袋。

"你不是瞎子。"

"你也不是来听我拉琴的。"

"你是在等我。"

"我等你做什么?"

"见长辈?"

"哪家的长辈?"

"按老方子,制川芎和白芍各加三钱,泡一个小时,煎三十分钟。老字号的风湿膏药,每晚子时要贴。老六子原来说的是,三日前来清风茶楼见长辈。现在制川芎和白芍各加三钱,泡一个小时,煎三十分钟,就是七点三十分。每晚子时,就是夜里十一点。能在清风茶楼看得到的老字号膏药,也就是王致和了。招牌上写着营业时间七点三十分到晚上十一点,我想我应该没找错。"

盲琴师收起了枪,说:"光凭这些,你就敢确定我在等你?"

陈浅就转过身来,说:"本来是不确定,可你是救过我命的恩人,我这条命给了你,又有何妨?"说完陈浅就抬头看向了盲琴师额头上的那颗痣,并且他深吸了一口气,说:"还有这薄荷味,错不了。"

盲琴师也立即心领神会哈哈大笑起来,这也证实陈浅猜得没错,盲琴师就是那天在乱葬岗救他的龙头哥。马上龙头哥就从怀中取出一个铁盒,从里面拿几片薄荷叶,说:"看来下次我不能再嚼这个了,要是被敌人闻出味来,小命不保。"

后来陈浅就跟着龙头哥来到了吉祥书场的后院,他在这里首先看到了烤地瓜的唐瑛,陈浅一眼就认出了她,两人寒暄了几句,然后陈浅就走进去见到了他本该上次就见到的长辈海叔。

海叔翻看着他洗出的情报照片,却在问:"顾曼丽同志现在情况怎么样?"

陈浅告诉海叔顾曼丽受了很多苦,但是没有透露任何秘密,海叔就点了点头。然后陈浅就看见海叔放下了照片,朝他走过来,说:"我们让'飞天'找你来,就是已经把你当成自己人了。你在抗日战线上的成绩,我们早有耳闻,也深感钦佩。我们一直希望能争取你这样的同志加入到我们的阵营当中来。这次找你来,就是想向你发出正式的邀请,邀请你加入我党的阵营,不知道你愿不愿意?"

陈浅听见海叔的问话,下意识地垂下了眼眸,海叔就明白了他的意思,随后陈浅也告诉海叔他今天来的主要目的就是为了完成顾曼丽的嘱托,把情报交到他们手上,还有,不惜一切代价,把她救出来。而且陈浅已经拟定好了三条日本人会押送顾曼丽路线。

第一条路线，是从极斯菲尔路出发，途经北山西路，北京路两条主干道，前往宋公园方向。这条路上，便于设伏的地点有汉口银行和邮电总局两处。

第二条路线，是从极斯菲尔路出发，途经浙江路、福建路到广东路，再往宋公园方向，这条路上，最适合动手的地点，是鸿运商行、益昌药行和邮电总局三处。

第三条路线，是从极斯菲尔路出发，途经武昌路、四川路再到北京路后前往宋公园方向，这条路上可动手的地方有外白渡桥和邮电总局。

但是陈浅认为按照井田的思路，他唯恐中共的人不出现，所以他一定会选择动手机会最多，也最容易分散我们兵力的第二条路线。同时，井田也会考虑到中共为了确保成功率，节省兵力，大概率会在三条线路都经过的邮电总局动手。所以，他一定会在邮电总局安排最多的伏兵，并在出发后封锁这个区域的道路。

听陈浅说完，海叔心里明白，他们想要没有伤亡地从营救现场撤离几乎不可能。然而陈浅却突然指向地图上的三井洋行。从地图可以看见，三井洋行的位置很特殊，它距离两边路口都有二三百米，因为门前时常有流动摊贩的缘故，这一带道路甚至有些拥挤，车辆到了这里，速度就会慢下来。

海叔立刻担忧起来，人流密集的地方不宜营救，因为他们中共有不伤群众的原则。但是陈浅却恰恰认为他们可以利用这一点，因为这附近至少有三座高楼可供狙击手伏击，不易被敌人锁定位置，井田知道他们有这个原则，料不到他们会在这里动手，所以不会有伏兵，而随行的两辆汽车内的人手有限，他们还是有很大机会成功的。

海叔又考虑到撤退的问题。

陈浅也早就想到了，他说可以从三井洋行走。因为他曾随梅机关中村等人到访过，三井银行前厅有个大铁门，只要关上门，就是易守难攻的格局，从后门出去，几百米开外，就有一个三角菜场。

海叔也在脑子里想象着山三井洋行的格局，然后他说："如果我没有记

错，三角菜场后面有个小码头。"

"对，这里才是我们最终的撤离点。这个码头专供三角菜场卸货之用，规模很小，所以日本人很有可能会疏忽。我建议事先备好船只迅速从此处撤离，行船十分钟后，就可以冲出井田的包围圈，等我们在这一带弄堂密集区上了岸，借助地形掩护，想去哪里都可以，井田要想再找到我们就难了。"

海叔对陈浅的这个营救方案很认可，因为按照这个方案，至多不超过五人，他们就能完成营救任务。但是海叔还是需要请示上级，确定人手后，才能给陈浅答复。

后来剩余的时间里，陈浅说有可能的话，他也会设法在途中相助，掩护中共营救的同志撤离。海叔却建议他明天在日本人那里继续打探消息，设法获知他们的具体路线和伏兵安排，明晚九点，会让人跟他在清风茶楼碰头，调整和确定最后的营救方案。

等到陈浅要离开的时候，他接上了海叔一开始问他的问题，他说："海叔，我跟你说实话，刚刚我没有直接回答你，我是不是愿意加入中共，是因为其实我心里还没有完全想好。我愿意和一群跟我一样爱国爱家的战士们并肩战斗，我也愿意为你们传递情报，但我毕竟是党国的人，虽然我们内部已然腐败不堪，但加入军统的时候，我是宣过誓的。要从内心去完全割裂党国对我的栽培之恩，我好像还做不到。"

海叔拍了拍陈浅的肩膀，笑了笑，说："我明白，所以不要紧，你可以慢慢考虑，慎重决定。但我希望有一天，你不再跟我说，你们和我们，而只说我们的时候，我会请你好好喝一杯。"

"好。我也期待这一天。"

顾曼丽行刑前一天，周左从早晨开始就在办公室拖地，何大宝给他买了早餐进来，他也只是把拖把拖到了何大宝的脚边，说："走开走开，别挡着我拖地。"

何大宝跳着脚闪避，走到桌边把早点放在他办公桌上，等到中午何大宝再过来的时候，发现早点还在桌子上一点都没有动。不知不觉，窗外的光亮仿佛渐渐被人抹上了一层油彩，渐渐变得昏黄模糊，周左这时才疲惫不堪地坐在沙发上，给自己倒了一杯水，端起来想喝，一不留神却没拿稳杯子，失手倒了自己一身，周左怔怔地坐着，看着地上的碎片和身上的水，内心莫名难过，这时候敲门声响起。

周左没吭声，敲门声继续响着，周左无力地说了一声："下班了，别烦我！"

万江海却在下一秒推门而入，周左赶紧整理自己的情绪，站了起来，万江海走过来拍了拍他的肩膀，告诉他明早押送顾曼丽去刑场的事，他让松江支局的局长常孝安负责了。周左知道万江海是在考虑他的情绪，所以他也没有过多纠结。

两个人就那样默默在办公室坐了一会儿，最后万江海站了起来，他对周左说："她喜欢吃凯司令咖啡馆的栗子蛋糕，一会儿你去给她买。还有，庆祥裁缝铺昨天来电话说，她的新旗袍做好了。你去取一趟，让她漂漂亮亮地上路。"

周左听出万江海的声音里也隐藏了些许疲惫，周左忍不住哽咽了，他说："好，我马上去。"

那天周左就按照万江海的吩咐先去凯司令咖啡馆买了栗子蛋糕，后去庆祥裁缝铺取了旗袍，最后就去牢房里看了顾曼丽。顾曼丽不再受刑，就静静地躺在牢房内一张小床上，周左走过去小心翼翼地扶她坐起来，他说："顾小姐，你一天没吃东西了，吃块栗子蛋糕吧，万局特地吩咐我去凯司令咖啡馆买的，咖啡馆的伙计说了，栗子蛋糕配英国红茶，你最喜欢的，每次去都会点。"

然后周左就从盒子里取出了茶壶杯子和一小块栗子蛋糕。顾曼丽接过茶杯喝了一口，周左又递上蛋糕，顾曼丽咬了一口，享受般地眯起眼睛微笑了一下，过了一会儿，她说："周队长，你有没有过这种感觉……"

"什么感觉？"

"就是你曾经和一个人做过一些事，或者是在想着谁的时候，听过一支曲子。后来，你再做这件事的时候，或者再听见这支曲子的时候，就一定会想起那个人。"

周左知道顾曼丽肯定是想起了某个重要的人，于是他说："顾小姐是想起谁了？"

"一个再也见不着的人，一个我很快就会再见到的人。"

顾曼丽说完又喝了一口红茶，这让她的耳边仿佛又响起了那曲《费加罗的婚礼》，而她的眼前好像也放着两杯红茶和一块栗子蛋糕，有个男人一直坐在她的对面，她看向他时，脸上藏不住的羞涩和欢喜就同时溢出来。

周左当然想象不出顾曼丽此刻在想什么，他只能说："顾小姐说的这个感觉啊，其实我也有的。说出来你不要笑。我每次听到狗叫的时候，都会想起我家弄堂口已经死掉的刘大爷，你知道为什么吗？"

顾曼丽没说话，周左又接着说："我小时候老是被狗追的，一看到狗就怕，有一次被狗追得没地方躲的时候，是刘大爷救了我，还把狗给赶跑了。他跟我说，怕什么？你不怕它，它就怕你了。这句话我从小记到大。再后来看见狗，我就再也不跑了，还真的没再被追过。"

"那如果碰到那种你不跑，还是会扑上来的狗，你怎么办？"

周左沉默了一小会儿，说："我会咬死它。"

周左记得，他说这句话的时候顾曼丽深深地看了他一眼，说："我相信你会的。"然后他就像是备受鼓舞一样点了点头，他本想像是说婚礼誓词一样，庄严地对顾曼丽说出那句话，但是最终他还是忍不住就哽咽了，他说："我会让你看到的，我一定会像个男人样的。明天……明天我就不来送你了，我怕我熬不住……怕被你笑话。"

看着他眼眶都红了，顾曼丽伸出手，安慰地摸了摸他的头，说："好，那就不来。"

周左那一天鼓足了这一生的勇气，他抓住了顾曼丽的手，小心地用自己的双手包裹住她白皙却伤痕累累的手，脸上似哭又笑地说："其实我不怕你笑话的，我这么傻，顾小姐从来都知道的……"

顾曼丽看着被泪水浸满了眼眶的周左，说："对，我知道。"

"你知道就好了，你知道就好了……"

周左已经泣不成声。

井田把从牢房押解顾曼丽上车的任务交给了陈浅。

这天早上，陈浅已经穿好了西服，他却打开衣柜，从里面挑出了灰色和黑色两条领带，他看着那两条领带，想起昨天他已经按照海叔的命令从北川景那里探听到，日本人确定的押送的路线就是他们当初设想的第二条路线，于是他在晚上九点前如约赶到清风茶楼去与海叔安排好的联络人接头，但是一进去，他就见到了春羊。

原来春羊到了南京后，就利用由佳子想要在母亲忌日和井田一起祭奠母亲的愿望，鼓励由佳子提前回来了。春羊告诉他，如果日方的押送路线都在他的预料内，组织上会连夜从南京调派最好的狙击手过来，以保行动万无一失。但是这仍然不能排除井田今天有临时变化，所以春羊今天会带由佳子和几个同学出去玩，上午十点左右，她会带孩子们到慕尔堂教堂门口，等他最后的信号。陈浅也告诉春羊，如果计划照常，他会在西服里搭配黑色的领带。如果计划有变，必须取消，那他会戴一条灰色领带。

所以最终陈浅将黑色的领带打上，并将灰色的那条放进了口袋。

陈浅进入牢房的时候，顾曼丽无力地坐在小床上，靠在墙上，仰头望着窗外那一小块湛蓝的天空。很快陈浅就看见她已经换上了那件新做的旗袍，脸也洗干净了，她常年佩戴的那块琥珀就挂在她的胸前。

而听到开门声，顾曼丽才转过头来，看到陈浅把手上的大壶春生煎包和豆浆放在桌子上，她就知道那肯定是周左一早跑去给她买的，然后她又看到陈浅看了一眼手表，说："还有不到一个小时，你就该上路了。"

顾曼丽就又扭头去看了看外面的蓝天，说："天气真好，是个适合上路的好日子。"

陈浅说："吃饱了才有力气上路。"

顾曼丽却说："我觉得我挺幸运的。"

陈浅看着顾曼丽。顾曼丽又说："像我们这样的人，大多不知道几时会死。不知道子弹会在哪一刻打中我们，从此和这个世界永别。而我今日将死，死前还能有这样的待遇，还能有一些告别。真的很幸运了。"

陈浅嘴上说着："但也有很多人觉得，等死的时光最难熬。"手指却借助身体的遮挡，飞快地击打出莫尔斯电码告诉顾曼丽："营救方案已定。"

然而顾曼丽看到了陈浅发出的信息,她什么也没说,只是捧起装满豆浆的碗,大口地喝着,然后说:"真暖和呀。"喝完之后,她就无力地把碗放在桌上,却因为太靠近桌边的缘故,碗没放稳,跌落在地,顿时摔得四分五裂。

狱卒想要上前收拾,却被陈浅拦住:"晚点再收吧。"

顾曼丽看着狱卒又退了回去,她抬起头看着陈浅的脸,说:"能和一个快死的人聊聊天吗?浅井先生。"

陈浅就站在那里等着,等着顾曼丽问出:"浅井先生会有害怕的事吗?"

在她问完以后,陈浅的脑海里飞快地掠过几个人的脸,有许奎林露出解脱的笑容对他说:"陈浅,我先走一步了,记得给我唱《荆轲刺秦》";也有外婆温暖的笑容,喊着:"陈浅,来吃辣子鸡了";还有满地鲜血中,秋田幸一直挺挺地躺在地上,手上仍然戴着镣铐;更有春羊帽子掉落,长发散落下来,露出头上的那枚十字架发夹……最后他说:"当然有,怕失去生命中重要的人。"

"但我的生命里,已经不再有重要的人了。所以我没有软肋,只有铠甲。从此可以不用在孤独的长夜里思念已故的人,对我来说,甚至是种解脱。你看我这个样子,腰都直不起来了,就算活着,也是个废人了。所以我真心感谢你们给予我解脱,让我这样一个废物在无望中苟活,那才是最大的残忍。"

听到这句话,陈浅已经明白她的意图,他再次用手指打出莫尔斯电码告诉她:"你要相信我,我们能救你,不要放弃。"

但是顾曼丽也很坚定地告诉他:"我也知道,你们想拿我当诱饵,去诱杀想救我的同志,以井田的性格,他可以杀敌一千,自损八百,哪怕鱼死网破,也不会让我们成功的。所以我可以告诉你,你们的圈套是没用的,我不会上当,我们的同志也不会上当。外面的每个生命,都比我这个废人的命宝贵得多。"

"不,你低估了自己。"

陈浅差点吼出来,但是此时北川景却走了进来,他的身后还跟着两个特务,其中一人手中端着一碗药。北川景对着那个特务使了个眼色,一名特务就上前按住顾曼丽，另一人便将那碗汤药给她硬灌下去。面对这突如其来的意外，北川景给陈浅的解释是为了防止她中途向同伙示警，于是给她灌下了哑药，但她还是会活到去宋公园行刑的那一刻的。

陈浅看着顾曼丽的旗袍已经被药液弄脏了，而且她想喊叫，喉咙中却只能发出喑哑的嘶嘶声。他看着这一切，却什么也做不了，最后也只能眼睁睁地看着顾曼丽被北川景手下的两名特务带走。

顾曼丽被两名特务从牢房内架出来的时候，周左就站在办公室的窗口望着她。他看到顾曼丽戴着脚铐缓步走向押送她的囚车时，忽然抬起头来，看了一眼阳光灿烂的天空，一行飞鸟刚好从她的头顶飞过，然后她也看到了窗口的他，她的嘴角浮起了微笑。

而陈浅也在这时跟了出来，他看到囚车后车厢的门内已经安装好了一个炸弹。因为井田对这次押送任务仍有许多隐忧，他觉得共产党向来重情重义，所以极有可能在这条路上的任何一个地方劫人，安装炸弹是为了以备在拘捕不力的情况下能够给中共造成致命一击。炸伤的留活口，继续审，可以挖出更多的同党。炸死的算是杀了敌。

陈浅听北川景说完，心一下就提了起来，顾曼丽却突然腿一软，两名特务没扶住，她便倒在地上。一名特务踢了她一脚，催促她："起来！"

周左在窗口看到这一幕立即捏紧了拳头，骂了一句："狗娘养的。"然后他又看到顾曼丽伏在地上，一直咳嗽着，却没有发现她的掌中突然露出一块碎瓷片。而在这同样的时刻，在牢房内打扫的狱卒猛然察觉了一丝异常，他蹲下身试图把碗拼起来，却发现明显少了一片，狱卒一惊，等到他跑出去喊出："她手上有瓷片！"的时候，顾曼丽已经奋力将掌中所藏的碎瓷片刺进了自己的颈部。

反应过来的陈浅立即向顾曼丽飞奔过去，但是等陈浅奔到她面前的时候，顾曼丽颈部喷射出来鲜血已经溅了他一脸一身，他愣了一下，马上抱住顾曼丽，试图用手捂住她的伤口。这时候北川景和其他特务也奔了过来，欲急救顾曼丽。陈浅就这样抱着顾曼丽，顾曼丽却一直用微笑的眼神看着他，在她的耳朵里又听到了那支动人的《费加罗的婚礼》，陈浅看到的却是

她眼中的光芒一点一点消失，最终失去了光华，她手上的力道也全部泄掉滑落下来。

陈浅觉得心痛无比，但他还是快速恢复了冷静，在摸过她的颈动脉后，将她放开，一脸冷漠地站了起来。因为他已经感受到，井田从楼上飞奔下来，目光以一直在盯着自己。随后陈浅无意扫到趴在窗口的周左，巨大的悲伤已经让周左迈不动脚步，最后只是无力地坐倒在了自己的窗前，脸上满是绝望，却没有泪水。

即使顾曼丽已经自杀，井田也没有放弃押送任务，他决定从牢里提一个死囚代替她，继续上路。井田做出这个决定的时候注意到了一身血迹、情绪有些低落地坐在一旁陈浅，他说："浅井先生，换件干净衣服吧。计划不变。十点，我们准时出发。"

陈浅就打起精神站起身来说了一声好，然后万江海为了讨好他，拿出了自己的备用西服给他穿。但是陈浅跟随万江海走出会议室的时候，他伸手从口袋里掏出之前准备好的另一条灰色领带，却见灰色领带也已沾上了鲜血。

过了一会儿，换好西服的陈浅已经跟随井田走了出来，他看到代替顾曼丽的女囚已经被特务用布堵住了嘴，铐在了车厢深处的铁栏杆上，看到他忍不住发出了一声绝望的嗯嗯声。

陈浅却没有过多的反应，很快这支押送车队就在井田的目光中浩浩荡荡地驶出保卫局的大门。陈浅坐在车里，装作随意地扭动脖子放松自己，其实是为了掩饰着内心的如坐针毡，然而不多时，慕尔堂教堂的尖顶就已经出现在他的眼前，他摇下了车窗，望向教堂门口，春羊和由佳子正在那里唱歌。但在他摇下车窗的同时，春羊也一眼就看到了坐在副驾驶座上的他，却发现他并没有佩戴领带。

春羊搞不清眼前的状况，于是她灵机一动，问由佳子："由佳子，看看谁来了？"

由佳子立即望向春羊所指的方向，却没发现春羊趁她不注意轻轻打开了鸟笼，小蓝迅速飞出鸟笼，飞向陈浅所坐的汽车方向，等到由佳子发现，她立即跟着奔了过去，她手中的红色风车在她奔跑中欢快地迎风转动着。

第一辆开道车上的常孝安突见有人飞奔而来，立即猛刹，春羊奔上来惊惶地一把搂住了由佳子，马上押送的四辆车齐齐停下，一众特务下车举枪瞄准了由佳子和春羊。陈浅却赶紧下车把春羊和由佳子扶了起来，然而春羊仍旧紧紧地搂着由佳子，装出惊恐未定的样子。

北川景发现被撞的人是由佳子，立即对两名特务训斥道："你们是干什么吃的？由佳子小姐要是被车撞上了，你们俩还能活吗？"

由佳子看着眼前的情景，知道自己闯祸了，于是说："浅井君，我是不是……打扰你们了？"

陈浅拍了拍由佳子身上的尘土，安慰她说："没有打扰，但由佳子这样冲出来，会让自己有危险。"但是陈浅说完看见由佳子仍旧一脸局促地看着地上那个已经被踩烂的风车，他把那个风车捡了起来，说："啊，我知道了，由佳子是想把这个风车送给我。"

由佳子有些委屈地点了点头。陈浅就马上说："其实我也有东西送给你，王老师肯定还没告诉你，本来我让她今天去买一堆的气球，过两天在院里开个小派对，让你放气球玩。"

说的时候，陈浅看了春羊一眼，春羊立刻反应过来："说好要给由佳子惊喜的，浅井先生怎么自己说出来了？"

听他们这么一说，由佳子的眼睛顿时亮了。陈浅却回头看了一眼正在焦急等待，并不时看手表的北川景，然后他就向由佳子告别，由佳子也很开心地约定明天再见。

由于出现了事故，陈浅向北川景建议，接下来由他们打头阵。春羊就这样一直目送陈浅回到车上，然后整个车队又浩浩荡荡地出发了，没有一个人注意到此刻她握在左手里的风车有什么蹊跷。

实际上她刚才看见陈浅没有按照约定的方式佩戴领带，就知道出发前一定发生了变故。而且陈浅在由佳子面前假装要给由佳子开派对放气球的事，也只是临时杜撰，并且陈浅在说话的时候故意把"放气球"几个字咬得很重，就是为了告诉她要放弃行动。

所以她立即向蹲在弄堂口的龙头哥示警，因为昨晚她就和龙头哥定下

了行动暗号，如果押送车经过教堂之后，龙头哥看到她右手拿风车，那就代表行动照常，如果左手拿风车，那就代表放弃行动。

等她转头看向弄堂口时，龙头哥已经转身扶起一旁的自行车，风一般蹿入了弄堂深处。

第十九章

这一天在龙头哥的眼里，显得十分晃荡。

当骑着自行车快速来到福建路口的时候，他看到一众百姓都被拦在关卡外，连附近的几个弄堂都有日本兵持枪守着，一名百姓试图进入弄堂，马上就被日本兵呵斥，害怕地退了回来。

龙头哥就赶紧又骑着自行车来到一家布庄门口，放下自行车，快速从布庄穿过，然后奋力奔跑起来。奔跑的时候，他能想象到路口负责示警戒的中共地下党员看到车队驶近，把一直拿在手上的毡帽戴在了头顶。而唐瑛看到毡帽信号，对那名中共地下交通员点了一下头，并用眼神示意假扮小贩的队员们准备。而在高楼上的狙击手也已经就位，看到驶近的车队，他的瞄准镜已经对准了囚车司机，同时狙击手的目光瞟了一眼唐瑛水果摊的顶篷，上面盖着红蓝条纹的挡雨布。因为他们在行动前就已经决定好，如果临时取消行动，唐瑛会收起水果摊顶篷上的挡雨布。如果一切正常的话，等囚车完全开到摊子面前，狙击手才能开枪。

龙头哥想到这里越跑越快，但是他没想到在狙击手的手指已经扣到了扳机上的时候，车队突然停了下来。他也更没想到陈浅在进入福建路以后也注意到沿途的异常，并且他一眼看到三井洋行门口的唐瑛等人，他的心一下子就揪紧了，眼看车子即将驶近水果摊，陈浅咬了咬牙，说了一声："停车！"

北川景看了陈浅一眼，问他："浅井兄是有什么贵干吗？"

陈浅说："突然很想吃点水果，我下车买点。你想吃什么？"

然而就是这短暂两句话的工夫，龙头哥刚好跑到，他于是停下脚步，装着晃荡的样子走到了唐瑛的摊前，抓起苹果咬了一口，转身就要走。北

川景此时在车内审视地眺望了唐瑛一眼，对陈浅说："浅井先生，算了吧，您也别下车了，我们在执行公务，要预防任何突然发生的事件。走！"

马上司机又发动了车子。唐瑛已经察觉到了有异常，所以她一把抓住龙头哥，要他付钱，龙头哥也随即跟瑛争论起来，然后唐瑛一脚踢在龙头哥身上，龙头哥也还了一脚，二人就那样推搡起来，龙头哥就在这样的时机内装作不小心扯掉了挡雨布。

当车队有惊无险地驶过了三井洋行门口时，龙头哥心中长舒了一口气，但是他却看到天空此时飘起了雨。

这场雨下到下午都没有停，雨滴不断打在凯司令咖啡馆的玻璃窗上，让坐在里面的陈浅和春羊的脸一下就模糊起来，而《费加罗的婚礼》的曲声却突然在咖啡馆内响起。

陈浅也就在这时取出顾曼丽生前常戴在身上的那条琥珀项链放在桌上，他问春羊："你说她为什么这么喜欢这支曲子？"

春羊轻抚那枚琥珀，说："给你讲个故事吧，也是我昨天晚上刚听海叔讲的。"

紧接着陈浅就听到了一个令他动容的故事，顾曼丽的爱人是前任"飞天"，而这块琥珀是他们的定情信物。她的爱人牺牲后，顾曼丽成为了"飞天"的继任者，而他们第一次接头的地点，就是在这里，所以她每一次来这里，都是为了缅怀爱人，是为了提醒自己不要忘记仇恨，是为了把爱埋得更深，变成更大的力量。

陈浅于是想到顾曼丽在牺牲前，一直用微笑的眼神看着他，现在他似乎明白了，那是因为她已经没有任何遗憾了，于是他在沉默了一会儿后，告诉春羊："在她牺牲之前，海叔曾经问过我，是否愿意加入你们的阵营。当时我告诉他，我还没有想好。现在如果他再问我同样的问题，我想我的回答是，我愿意，但我只怕自己不够格。"

等到陈浅回到保卫局的时候，他的脑子里一直在回想春羊对他说的："我一直在等你的这句话。"然后他就看到周左正在一个火盆里烧着顾曼丽的遗物，他手上还拿着一把顾曼丽的梳子，已经准备放进火盆，终于还是没舍得，在手心握紧了。

陈浅于是敲响了敞开的门，周左疲惫地抬头，就看到他拎着一瓶酒站在门口。很快周左就喝醉了，他眼神迷离地跟陈浅说了一大长串的话，陈浅能记得的就是周左说他现在都不敢去走廊，因为一到走廊上，他就会想起他每次看到顾曼丽从医务室走出来的样子，他哪里也不敢去，哪里都是她的影子。他就怕顾曼丽突然跳出来同他说，周左，你是不是个男人？

周左说完眼泪鼻涕都下来了，用手一摸，糊了一脸。陈浅一直在一旁静静地看着他，最后只能伸出手，拍了拍周左的肩膀，告诉他人已经走了，翻篇吧。

说罢他就起身离去了，只剩下周左一人愣愣地坐在原地，他把杯中酒一滴滴倒在地上，望向地上的火盆，风一吹，盆中的灰烬飞了起来，飞向走廊。而陈浅独自走在走廊上，一步一步，走得缓慢而沉稳，他已经做好了重新战斗的准备。

但是他不知道，在他来保卫局之前，井田刚刚获知了一个消息，就是昨日日军针对浙北中共游击队的清剿计划，遭到了中共游击队的顽强抵抗，最终中共不但从日军的包围圈逃脱，还偷袭了日军的后防营地，抢走了一批粮草。这一切都说明清剿作战计划有可能已经事先泄露，而这份计划，政治保卫局也有可能看到。所以他怀疑，他们在跟顾曼丽干耗的这些天里，她已经把情报送出去了，但是她究竟是怎么办到的，让井田陷入了沉思。

接下来的日子一度陷入了短暂的平静中，陈浅首先让吴若男给"白头翁"拟了电文，请他尽快查证铀矿石是否藏在十六浦码头六号仓库。之后又按照之前和由佳子的约定，去丁香花园给她办了一个气球派对，但是没想到他和春羊亲昵的举动，遭到了山口秋子的监视，陈浅于是故意提出要跟春羊演戏，最后等陈浅到家的时候，他收到了春羊让人从邮局寄给他的一本《泰戈尔诗集》，这是他们之间的密码本，以后他没办法见春羊的时候，就可以设法用密码把情报投进窦乐路鸿德堂教堂附近的邮筒。那条街的邮递员都是他们的人。但是陈浅拆开后又看了看信封内，并未发现任何其他东西，翻了诗集，也没有额外的字迹，他忍不住说了一句："一个字也

不写，小气。"

这样短暂的平静，在吴若男递给他一张电文，告诉他这是"白头翁"昨天的回电时就宣告结束了。"白头翁"在电文中回复他们，他也不确定井田是否已经将铀矿石藏在了六号仓库，但他提供了另外一个信息，那就是明天井田会去南京开会三天。所以陈浅决定趁着这三天，找个借口，正大光明地进去看看。

而这个借口陈浅马上就想好了，所以第二天一早周左刚进入陈浅的办公室，陈浅办公室的电话就响了起来，马上他就听到吴若男嗲嗲的声音从电话里传来："浅井先生，是我呀，小猫咪。"然后他就和吴若男边说边笑起来，周左不明白，其实这是他和吴若男的暗语，就是如果今天看到井田上了火车，吴若男就给他打电话，约他去吃火车站旁边的王瘸子的小馄饨。所以陈浅的最后一句话是："你安排。我这个人最大的优点，就是听女人的话。"

说完陈浅就笑着挂了电话，然后对周左说："一大早就佳人有约，让周队长见笑了。"

周左也只能忙不迭地应承："没有没有。浅井先生让我来，是有什么事吩咐？"

陈浅于是站起身来，说："走，带我出去转转，熟悉熟悉地头路面。"

很快陈浅就和周左一起坐上车，驶离了保卫局。但是他们没人看到何大宝从院子角落里走出来，嗑着瓜子，目送他们的汽车驶离，然后狠狠地把瓜子壳吐出老远。就如同此刻在王大瘸子馄饨店的吴若男，她一直往自己面前那碗小馄饨里放大勺的辣椒酱。然而她加了一勺又一勺，尝了尝，还是觉得不够辣，却没有发现一个男人已经在她面前坐了下来，说："江南的辣椒酱加得再多，也没有重庆的味道。"

吴若男吃了一惊，猛一抬头，就认出了眼前之人正是谢冬天。吴若男立马警惕起来，说："你想干什么？"

"吴大小姐为什么来上海，我比任何人都明白。"

吴若男不禁瞥了谢冬天一眼，就听见他说："你铁了心想证明自己不只是某高级将领的女儿，不只是花瓶，但你的这种心气，别人多半只当笑话看。哪怕是你的两个搭档，恐怕也不会让你参与核心任务。"

吴若男听完不屑地冷笑了一声，然后说："想使离间计？你以为我会上当吗？"

"吴大小姐误会了，我只是旁观者清。你跟错了人，陈浅是没本事带你建功立业的，搞不好，他还会把你带偏了道。"

吴若男又警惕起来："你什么意思？"

"陈浅有亲共倾向，你不知道吗？"

吴若男突然就有些紧张起来，她说："谢冬天，没证据的话你不要乱说。"

谢冬天观察着吴若男的神色，忽然笑了："你害怕了。"

"我怕什么？"吴若男故作强硬。

"我会找到证据的。我只是想提醒你，跟着他不会有前途的。我们才是天作之合。"

吴若男就在这时翻了个白眼，起身就要走，却听到谢冬天又说："你等着瞧吧，他没找到的东西，我会比他先找到。"

吴若男又冷笑了一声："那你也得有那个本事。"

说完吴若男就头也不回地离开了，谢冬天看着吴若男那碗馄饨，他移到自己面前吃了起来："早晚，连你在内，所有的一切都是我的。"

然后他的目光再次转向了吴若男窈窕的背影，王二宝此时却出现在他身边，告诉他："天哥，找到钱胖子收买的包打听了，他说钱胖子一直在盯十六浦码头那一带的仓库。"

周左带着陈浅来到了十六浦码头，北川景此时带着特务也出现在这里，有了北川景的命令，陈浅才得以以前几天发生火灾，来此是为了检查消防的由头进入六号仓库，陈浅进去以后，目光从各个货堆、窗户、房梁等处快速扫过，发现仓库公共区域的物资一目了然，没有任何特殊之处，直到陈浅看到仓库的角落有一间小屋子上了锁，屋子上写着一个"密"字。这时北川景显然注意到了陈浅的目光，但是仓库外面忽然传来一声枪响。

陈浅和北川景对视一眼，北川景立刻向外跑去，陈浅欲跟上，跑了两

步,又放慢了脚步。然后他就听到北川景询问是谁开的枪?周左有些狼狈地跑回来,说:"我开的。报告北川组长,刚刚有两个可疑分子在附近转悠,我上前问了几句,他们把我打翻了,撒腿就跑,我开了枪,可惜没打中。"

陈浅于是在这时走了出来:"看清长什么样了吗?"

"一个长得挺周正的,穿得也体面,西服礼帽。另一个一看就是跟班。"

陈浅听着心里产生了疑惑,等他到团圆里78号的时候,吴若男正在抄《般若心经》,但是随后等到吴若男放下笔,他就从吴若男的嘴里知道了出现在仓库附近的可疑分子很可能是谢冬天。吴若男担心谢冬天急功近利,会坏了他们的事,陈浅也有同样的忧虑,但是他们不能再等了,他决定今晚和钱胖子一起去六号仓库一探究竟。

吴若男却说:"那我呢?"

"晚点我会去华懋饭店开一间房,等你去了米高梅上班,就告诉谢大班和那些舞女,今晚你要去华懋饭店赴我的约。"

吴若男明白陈浅的意思是万一行动惊动了日本人,他就来华懋饭店找她,让她来做他的时间证人。他们确定好行动方案后,陈浅就打算离去,吴若男送陈浅到门口,忍不住喊了他一声:"陈浅。"

陈浅回头,吴若男对他说:"你多加小心。"

陈浅就对吴若男敬了个礼:"遵命。"

晚上,吴若男穿着新做的旗袍踩着高跟鞋走进舞厅。舞女莉莉立刻被她的旗袍吸引,夸他穿得比周璇还好看,但紧接着莉莉就告诉她,那边有位客人指名要找她,等到吴若男顺着莉莉所指的方向望去,就看到了坐在沙发上端着酒杯冲她致意的谢冬天。吴若男脸色顿时变了,但是当着莉莉的面她又挤出了笑容,然后走到谢冬天身边,不客气地在他身边一屁股坐下,给自己点上一根烟,喷一口烟圈在他脸上。

"这么清水出芙蓉的姑娘也能演出一身风尘味,你要是去演戏,周璇的影后地位一定不保。"

吴若男并不吃谢冬天这一套,立马说:"说吧,你又想干什么?一会儿我还有约，没时间跟你耗。"

谢冬天并不介意，反而起身对吴若男做了一个邀请的动作，然后说："能请你跳支舞吗？我会在跳舞的时候，慢慢告诉你。"

吴若男很是反感，但注意到莉莉等舞女正在不远处看着自己，只得强颜欢笑，将手放到了谢冬天的掌心里。很快，谢冬天就揽着吴若男的腰滑进了舞池，在欢快的舞曲中，谢冬天告诉她今晚他就要去十六浦码头找铀矿石。

吴若男对此表示很不屑，说："你想找就能找得到吗？"

"那如果我比陈浅先找到，你是不是就跟我？你跟我一起为党国建功立业吧！"

"你痴心妄想。"

"人就怕不敢想。我谢冬天想到的事，没有办不到的。我会证明给你看，能带你一起飞黄腾达的，不是陈浅，只能是我。"

吴若男听完发出一声冷笑，谢冬天却突然把头贴近她的耳朵，低声在她的耳边说道："晚上九点，十六浦码头六号仓库，不仅是我在等你，也是功劳在等你。"

吴若男听完脸色不禁变了，谢冬天却在此时放开吴若男，退开两步，说："人无横财不富，马无夜草不肥。不见不散。"

说完谢冬天转身扬长而去，留下吴若男站在原地，一时心乱如麻。

此时的十六浦码头六号仓库，一名仓库守卫从库房的院子走过，突然一枚冒着火星的木炭破空飞行，直接在他的身后射入了库房窗口。守卫似乎听到了一点动静，但回头望了一眼，并未发现异常，随即就离去了。而木炭落入了货包中，不一会儿就引燃了纸屑。等到守卫发现起火的时候，仓库内靠窗的一片货物已陷入火海。几名守卫赶紧用灭火器救火，然而火势太大，灭火器只是杯水车薪。仓库负责的守卫队长又立即指挥着众人把仓库里其他的货物全部挪开，并且吩咐他们，马上引水救火。

可是一名守卫却告诉他一个惊人的消息，那就是下午已经接到通知，今天开始停水，要到明天早上六点才恢复供水。守卫队长快速反应，告诉

他们出门左转五十米有个水池,接水救火!

紧接着陈浅就看到六号仓库的门被打开,一队穿着工装的守卫提着水桶等物蜂拥而出,直奔不远处的水池,陈浅觉得这是最佳时机,于是他立即提着水桶混入救火的人群,接水后冲进了六号仓库,但是当他跑进六号仓库大门的时候,听到守卫队长正在打电话:"喂,北川组长吗?我这里是在六号仓库值班的守护队……"

然而陈浅的脚下一步未停,快速跑了进去。